醫諾千金 2

清茶一盞 著

風文創 382

目錄

第二十九章

這句話，她說得極慢、極清晰，即便是聲音低，站得近的夏正慎和譚郎中、夏禪等人也都聽見了。

夏正慎頓時被唬了一下，抬腳便要走過去將夏衿拉過來，喝斥她一通；可身子一動，就被架住了，令他動彈不得。

他轉過頭來，看到身邊不知何時來了個高他一個頭且極為壯實的漢子，那銅鈴般的大眼目露凶光，將他即將出口的責問聲硬生生逼了回去。

「沒你事，老實待著。」漢子硬聲硬氣道。

這漢子不是別人，正是羅騫的車伕虎子。

夏正慎掃了四周一眼，只見其他人的目光都在夏衿、王夫人身上，唯有羅騫的視線在他身上，投過來的眼神裡全是警告。

他心中一凜，頓時噤若寒蟬，不敢再有絲毫動靜。

而那邊王夫人聽了夏衿那句話，淚眼已換成驚容，雙目圓睜、嘴唇半張望著夏衿，連眼淚都忘了流。

夏衿仍沒有打算結束問話，繼續對王夫人重複了一遍。「我問妳呢，妳兒子，是不是被妳害死的？」

這一回王夫人像是反應過來了似的，柳眉倒豎，漂亮的眼睛裡蓄滿了怒氣，對夏衿嚷道：「你說什麼？有種你再說一遍！」

夏衿冷笑一聲，盯著她道：「不是嗎？妳敢說妳兒子不是妳害死的？陳姨娘明明看到妳帶著兒子在湖邊玩，結果妳腳下沒站穩，滑了一跤，雙手一帶就把兒子推進湖裡去了。」

「胡說八道！」王夫人情緒一激動，伸手就想給夏衿一個耳光，沒承想夏衿將頭一偏，讓她打了個空。

眼前的人胡說八道，打她個耳光竟然還避開了去，王夫人簡直怒不可遏。她指著旁邊的僕婦，怒氣沖沖地道：「妳們還站著幹什麼？還不給我把這信口雌黃的東西給拿下！」

那些僕婦早已悄悄得了宣平侯老夫人的命令，只低著頭，木木然地站在那裡不動，彷彿沒聽見王夫人的話似的。

王夫人這下更氣了，拍著桌子便要罵人。

可她還沒張嘴，夏衿便不怕死地又湊了過來，彎下腰，緊緊地逼視道：「陳姨娘把這話對妳家老爺一說，妳家老爺可生氣了，真恨不得把妳給休了。妳父親和母親為了妳，拉下臉面苦苦哀求，就差給他跪下了，他才作罷；不過卻提出讓妳回娘家休養，再不許踏進王家一步。

「現在的王翰林家，是陳姨娘當家了。妳那正屋，她昨天就搬了進去。睡的是妳陪嫁的雕花拔步大床，穿的是妳新做的牡丹纏枝正紅裙子，頭上戴著妳家老爺買給妳的那支攢珠白玉牡丹步搖。聽說……」

說到這裡，她臉上還露出幸災樂禍的一絲嘲弄。「陳姨娘她呀，還懷上了孩子呢。王翰林還打算，待得她生下兒子，就過繼到妳名下，頂著嫡子的名頭，往後繼承王家家業，一家三口其樂融融……」

聽到這裡，王夫人尖叫一聲，摀住耳朵大聲叫道：「不要再說了！不要再說了……」

她赤紅著眼，猛地朝夏衿撲了過來，揮起拳頭就往她頭上招呼，一邊打，嘴裡還一邊道：「我打死你、打死你！胡說八道！我兒子怎麼可能是我害死的？他去湖邊玩，我根本就不在身邊，我怎麼可能眼睜睜看著他在水裡掙扎不跳下去救他？怎麼可能？怎麼可能？嗚嗚嗚……」

她一邊淚流滿面，一邊又罵道：「我家老爺向來對我極好，他納那賤人進門，不過是我婆婆逼的，為的是王家子嗣。嗚嗚，要不是我兒子死了，她怎麼可能進得了門？怎麼可能進得了門？嗚嗚嗚……」

夏衿也不還手，只左右躲避。不過為了讓宣平侯老夫人心生歉意，她還是讓王夫人把自己的頭髮撓亂、衣服扯歪，讓自己看起來狼狽一點，而那嘴裡，還不依不饒，繼續挑起王夫人的情緒。「怎麼不可能？妳不在他身邊，陳姨娘那枕頭風一吹，他自然什麼都相信了。現在他可恨妳呢，妳可是害死他兒子的凶手，他直嚷嚷要休了妳……」

「胡說、胡說！不是我害死的、不是我害死的，我那麼疼兒子，恨不得代他去死……」

王夫人被她這話挑得情緒完全失控，到最後簡直嚎啕大哭，不能自已。

「怎麼胡說？像妳這樣害死兒子的婦人，被人休了也是應該；只累得妳兒子死了，老父、老母還須覥著臉去給王家人賠罪，在京裡被人指指點點……」夏衿猶不怕死，轉過頭來繼續道。

「啊啊啊……」王夫人的怒火怨氣已被她這話刺激到頂點，禁不住連聲尖叫起來，拳頭不要命地直往夏衿身上揮打。

宣平侯老夫人見女兒這個樣子，心痛得如刀絞般，但想著夏衿剛才說的話，只得死死忍著，將頭轉到一旁，咬著嘴唇，不再看他們那邊。

「啊！」忽然旁觀的人都低低地驚呼起來。

而那邊宣平侯府上的僕婦也連聲叫道：「姑奶奶、姑奶奶……」

宣平侯老夫人轉頭一看，她女兒已軟軟地倒在地上，顯然是暈過去了。

而那頭夏正慎被這一幕嚇得心膽俱寒，顫慄不已，聲音發抖地叫道：「祁哥兒，你到底想要幹什麼？」直恨不得將這惹禍的姪兒千刀萬剮。

夏衿連看都沒看他一眼，上前給王夫人把了把脈，直起身來，朝著宣平侯老夫人微點了點頭。

宣平侯老夫人鬆了一大口氣，腿下發軟。

打從她外孫子落水死後，無論是王家還是岑家，誰也不敢在王夫人面前提這話題，就生怕惹她傷心。如今，夏家小哥兒卻對此直言不諱，還冤枉說孩子的死是她的責任，又提及對她情深的丈夫變了心，改寵那讓她視為眼中釘的陳姨娘，這怎不叫她傷心憤怒到極致，這才發瘋暈厥？

想到這裡，宣平侯老夫人不禁落下淚來，她苦命的女兒呀……

「老夫人，老夫人……」恍惚間，她忽然聽到一聲聲叫喚，聲音急促卻又不敢大聲。

她抬起眼，朝出聲的方向看去，卻看到喚她的，原來是仁和堂的東家，那位把夏小哥一家趕出門去的大伯。

她的目光冷了下來。對於這種不念親情、唯利是圖的人，她最是厭惡。

「什麼事？」她皺眉問道。

夏正慎可不知宣平侯老夫人對他沒有好感。見她回應自己，頓時大喜，用力地掙扎了幾下，掙脫虎子的手，跑過來跪到老夫人面前，著急道：「小人的姪兒不懂事，對貴府姑奶奶出言無狀，屢犯忌諱，小人想請老夫人看在他年幼無知的分上，饒他這一次。」

「哦？」宣平侯老夫人的眉頭詫異地揚了起來。她倒沒想到夏正慎還能出面替夏衿求情，看來這人並不如想像中那麼卑劣。

羅騫似乎也對夏正慎改觀了一般，在一旁悠悠開口道：「看不出夏東家還挺重情意的，不知為何之前要把令弟一家趕出家門？」

夏正慎正等著這解釋的機會呢。

他臉上堆起謙卑的笑意，朝羅騫拱一拱手，又轉向宣平侯老夫人道：「我家兄弟三人感情向來極好，只是今早家母被三弟言語衝撞，氣得狠了，才說要將他們趕出門。只是母子哪有隔夜仇？這不，家母又吩咐我關了門後就去把三弟一家接回去呢。」

「那你的意思是說，你跟我這祁弟仍然是一家人，福禍相連嘍？」羅騫又悠悠地問道。

「這……」夏正慎卻遲疑了。

被羅騫一問再問，不光是夏衿，便是宣平侯老夫人也弄明白夏正慎打的是什麼主意了。想來，剛開始夏衿對王夫人說那些話的時候，夏正慎以為她胡言亂語，要惹來大禍，心急如焚想要阻止她，並極力與她劃清界限；可後來發現宣平侯老夫人對此不管不顧，即便是王夫人被夏衿所激，暈厥過去，也沒表現出激動憤怒的情緒，他便猜到有可能這是治病的手段。

正因如此，他便想出了替夏祁求情這一招。如此一來，既可以改變宣平侯老夫人、羅騫以及圍觀民眾對他的壞印象，又能沾一沾夏祁治好病後得到的好處。

想通這一點，宣平侯老夫人對夏正慎更加鄙夷了。她沒再理夏正慎，而是轉向夏衿，一拍桌子，猛地喝道：「來人，把這夏家小哥給我綁起來！」

「是。」宣平侯府下人一齊應聲，那氣吞山河的氣勢，把大家都嚇了一跳。

夏正慎心裡正打著小算盤呢，思忖著是求宣平侯老夫人把診金分一半給他好呢，還是用這二、三十兩銀子做人情，緩和與夏正謙、夏祁的關係，以後好獲得更大的好處。猛然間聽到宣平侯老夫人這話，他頓時嚇了一大跳。

完了完了，押錯寶了！

夏衿被兩、三個壯婦捉住，她也絲毫不掙扎，任由她們用繩子反手將她綁了起來。

宣平侯老夫人再看向夏正慎。「你是說，你跟他是一家？」

「不不不不……」夏正慎連忙擺手。「不是一家、不是一家，我們早已分家了，倆門裡都還有紀錄呢；而且家母說了，我那三弟原不是她所生，而是我父親從外面撿來的野種。今天早上我母親已將他們逐出門戶，他們再不是我夏家的人，他們所犯的罪，與我們無關。」

圍觀民眾聽得這話，嘖嘖作聲，俱都搖頭。

他們也算是看明白了，這仁和堂的夏東家就是個無情無義的人。有福可以共享；有禍的話，那絕對是有多遠跑多遠的主兒，像這種人，誰與他深交誰倒楣。

宣平侯老夫人盯著夏正慎，臉上似笑非笑。「果真如此？」

夏正慎遲疑了一下，沒有馬上回答。

宣平侯老夫人的表情、眾人的議論，他都看在眼裡、聽在心裡，他也不是不懷疑宣平侯老夫人是試探他，但他不敢賭啊！

萬一宣平侯老夫人真是惱了夏祁呢？

夏祁說的這些話，可是大大的不妥，要是宣平侯府真惱了，夏家所面臨的，就是滅頂之災。

而反過來，宣平侯老夫人沒惱夏祁，可那又如何呢？他損失的，不過是不一定能拿到手的二、三十兩銀子，以及夏家三房的好感。

留得命在，二、三十兩銀子，又算得了什麼呢？三、四個月就能賺回來了，好感這東西，能值幾個錢？

至於街坊鄰居對他的看法，那更不在考慮範圍內了。對他印象不好又如何？要是生了病，他就不相信這些人會不來仁和堂求醫！

所以遲疑片刻，夏正慎就拿定了主意，躬身道：「果真如此。」
宣平侯老夫人笑了笑，轉過臉對夏衿道：「夏家小哥，你可聽清楚了？」
夏衿點點頭。「回老夫人，聽清楚了。」
宣平侯老夫人對僕婦揮了揮手，僕婦忙將夏衿身上的繩子解開。
夏正慎整個人如同掉進了冰洞，臉色一片灰白。他知道，自己賭輸了。
而無論是宣平侯老夫人，還是夏衿、羅騫，此時都已不將這個跳梁小丑放在心上了。他們的目光，都落在了暈厥之後，被婆子斜摟在懷裡的王夫人身上。
「夏小哥，我女兒什麼時候能醒？」宣平侯老夫人問道。
「快了。」夏衿道：「時間差不多了。」
圍觀的人群也停止了議論，全都將注意力放到王夫人身上。
他們無論誰都有過病痛的經歷，或大或小，在醫館裡也看過郎中給別人治病，但誰也沒有見到過像夏衿這般奇怪的治療手段。不光下藥，還用言語激怒對方，真是聞所未聞，他們都很好奇，這種奇怪的治病手段有沒有效？
「看，快看！動了，她的手動了。」一個站在前面的大嬸指著王夫人大叫道。
宣平侯老夫人忙朝女兒的手看去，只見她露在袖外的兩根手指微動了動。她心情激動不已，急步走到王夫人身前，輕聲喚道：「綺兒、綺兒……」
嚶嚀一聲，王夫人身子動了一下，隨即緩緩睜開了眼。
「啊，醒了！」眾人低聲驚呼。

「果然神了。」有人甚是激動。「夏家小哥說時間差不多了，這位夫人立刻就醒來了！」

眾人俱都點頭，眼睛仍盯著王夫人，想知道她醒來後會有什麼變化。

宣平侯老夫人見女兒醒來，很是激動，拉著她連聲問道：「綺兒，妳怎麼樣？」

王夫人看看娘親，又環顧了屋子一周，見滿屋的人都盯著自己，神色頓時不自然起來。

她坐直身子，臉色有些泛紅，疑惑地問：「娘，這是何處？我們怎麼會在這裡？」她又指了指夏衿和圍觀的人。「這些人是怎麼回事？」

「啊，竟然好了！」

「是啊是啊，你看她目光清明，說話極有條理，顯然是醒過來了。」

圍觀的人雖不懂醫理，但任誰都看得出來，王夫人這算是徹底清醒過來了，再不像剛才那般混混沌沌，瘋瘋癲癲，哭鬧不休。

看到女兒神智正常，宣平侯老夫人不由得老淚縱橫，伸手將王夫人一把摟進懷裡，哽咽地拍著她的背道：「好了，妳真的好了。我可憐的女兒，受了這麼多的苦……」

「娘！」感受到老母親的情緒，王夫人的眼淚也流下來了。

她前段時間雖然神智不清，但做了什麼事、說了什麼話，如今也有印象。讓老父、老母為自己擔憂難過，她覺得自己實在是不孝。

畢竟是在眾目睽睽之下，王夫人很不自在，低低地在老母親耳邊說了一句。「娘，好多人看著咱們呢。」便放開了手。

看到女兒有些嬌羞的表情，宣平侯老夫人的心情是從未有過的好。要知道，前段時間，王夫人無論是哭是笑，都是沈浸在自己的小世界裡，至於外界有沒有人？是什麼樣的場合？她完全是不管不顧。

而現在，她知道害羞了。宣平侯老夫人心中大慰。

她朝夏衿招了招手，笑容十分慈祥。「來，夏小哥，你來給我女兒把個脈，看看還有什麼不妥，是否還要吃藥。」

夏衿應了一聲，過去細細地把了脈，然後收回手來，對宣平侯老夫人道：「恭喜老夫人，貴府姑奶奶已無大礙。在下再開個方子調劑調劑，便完全無事了。」

宣平侯老夫人大喜。「有勞夏小哥。」

宣平侯府的下人見狀，個個歡喜，不用老夫人和夏衿示意，便有人將早已乾澀的墨汁再次滴水磨開，將紙張鋪了，等著夏衿寫藥方。

夏衿提筆將方子寫了，囑咐道：「三碗水煎成一碗，溫著喝，早晚各一次。」

宣平侯老夫人也不假他人之手，走過去親自將那方子吹乾，仔細摺好，放進懷裡。接著她向一個婆子招招手，那婆子拿出一個精美的荷包遞給她。她一個一個把桌上的銀錠撿了，放進荷包裡，又另加了兩錠銀子進去，送到夏衿面前。

她笑道：「夏小哥的醫術，比之京中御醫都毫不遜色。回來前我還擔心，要是家人忽然生病，臨江城找不到好郎中，豈不白白延誤了診治的好時機？可現在有了你，往後這臨江城我也住得安心了。」

說著，她把荷包塞到夏衿手裡。「來，這是診金。過幾日，等我安頓下來，還會下帖子請小哥到府上赴宴，以示感謝。」

夏衿也不推辭，接過荷包，深深施了一禮。「多謝老夫人厚賜。」

宣平侯老夫人性格最是爽利，也最欣賞爽利之人。此時見夏衿既不假意推辭，也不獻媚巴結，表情始終淡淡的，不卑不亢，禮數周到，她又喜歡了幾分。

她指著一個穿茄紫色褙子的婆子道：「這是我的陪房，夫家姓馮，她男人是我府上的管家。我在城東有一處兩進小院，這陣子你們可以先到那裡暫住。我讓馮二家的先跟著你，你回家後收拾東西，便跟著她走，到時候她會帶你們去的。」

「多謝老夫人好意。」夏衿辭道：「只是剛才羅大哥已幫忙在下找到一處宅子，在下正要回家向家父說呢，在路上就遇到了這事。」

「姨祖母，確有此事。」羅騫有默契地作證。

宣平侯老夫人笑道：「既如此，那我就不多事了。」轉頭對羅騫道：「騫哥兒，你既與夏小哥交好，那等夏小哥把家安頓好，你就派人知會我一聲，讓我好知曉他家住何處。」

「是。」羅騫恭謹答應。

「行了，我們走吧。」宣平侯老夫人讓人攙起王夫人，接著率先朝外走去。

圍觀的人讓開一條道，讓她們一行離去。

夏衿正要跟羅騫一起離開，便聽圍觀人群裡有人高聲問道：「夏小哥，你家住哪裡，能不能到時候告知我們一聲？要是家裡誰得了病，也好找你看病不是？」

她只得停住腳步，朝人群拱了拱手。「實在對不住，家父一直希望在下能考功名，過陣子在下便要參加童生試，這段時間要在家看書，恐怕沒有多少時間給人看病，還請這位大叔諒解。」

「那令尊呢？到哪個醫館坐堂去了？」又有人問。

夏衿只得撓撓頭，做出不好意思的樣子，環顧了一下仁和堂。「這個……在這裡說不好吧？」

大家哄地一聲，俱都笑了起來，對他的印象又好了幾分。

夏正慎對三弟一家的絕情大家都看在眼裡，然而「夏祁」仍還顧及著這個大伯。這孩子，真是天性純良啊！

夏衿抹著汗，終於跟羅騫衝出重圍，朝馬車走去。

走到外面，她仍聽屋子裡有人高聲說道：「夏小哥仁義，不在這裡說夏郎中去了哪裡，我卻沒有顧忌。我告訴大家，夏郎中自己開了一家醫館，叫杏霖堂，但今天剛開業就被趕出夏家老宅，如今正到處找房子呢。待他找到房子，想必還會把醫館開起來的。」

「嗯，到時候我們在城裡尋杏霖堂，就能找著夏郎中了……」

「看來你們那醫館，生意不愁了。」羅騫上了馬車，對夏衿笑道。

夏衿在他對面坐下。「做郎中的，倒希望沒有生意。」

這話若在現代聽來，也許很平常；可聽在羅騫耳裡，卻振聾發聵。

他睜著黑曜岩般的眼睛，定定地看了夏衿一眼，良久，方問道：「宅子不看了吧？就要城東那處。」

剛才夏衿是沒錢，現在得了宣平侯老夫人給的幾十兩銀子，預付幾個月的房租綽綽有餘了，即便是買房也不成問題。不過幾十兩銀子，只能買到城外的一進小院子，不安全不說，也不適合開醫館。

「那宅子離這不遠，還是去看看吧。」夏衿卻道。

見夏衿堅持，羅騫也無奈，揮手叫虎子往另一處去。馬車走了一會兒，便停了下來。

「這處房子只有一進院子，而且在巷子裡，馬車進不去。咱們得在這裡下車，走進去。」于管家道。

夏衿下了車，跟著于管家往裡走。不一會兒，兩人便停在一處宅子門前。

進去看了看，夏衿便有些失望。如果沒有第一處宅子相比，這處宅子還算是好的了。房子的格局跟夏家老宅很相似，都只有一個小小的院子，屋子也有些破敗；不過租金倒是便宜，只要一兩八錢銀子，夏正謙和舒氏定能接受。

但夏衿真不喜歡。

她實在不願意跟大家住在同一個院子裡，一舉一動都在別人的眼皮底下；而且這個地段比較偏僻，鄰居經濟狀況也較不佳，並不利於醫館的發展。

「除了這三處，沒別的了嗎？」她問道。

于管家搖搖頭，歉意道：「再找找的話，或許會有。但您給的時間太倉促，一時半刻找不著合意的。」

夏衿怕于管家多心，忙安撫道：「能找著這三處已很不容易了。我在外面轉了半個時辰，一處合適的都沒找著，是我太挑剔了。」

相處這段時日，于管家倒是喜歡夏衿大大方方的性子。他也知道夏衿並不是埋怨他辦事不力，只是不滿意這房而已。

「其實，這三處最適合你們的，就是方才六合街那一處。那處有兩進小院，帶兩個小鋪面，一個月租金才二兩銀子。房主是外地人，因要回家奔喪，而且奔喪之後還須守孝三年，老家又遠，來回一趟不方便，所以才急著把屋子租出去。」

六合街，就是仁和堂所在的那條街。

夏衿苦笑一下。「于管家，我家裡的事，剛才你也看到了。我那大伯吧，一旦我們有了錢或是他們遭了難，仍然會纏上來的。一筆寫不出兩個夏字，我爹那性子，不可能不管他們，所以我們避他們都還來不及，哪裡還敢湊到跟前去？六合街那處，還是別提了吧。」

于管家嘆了一口氣，問道：「那還繼續找嗎？如果想要再找找，我這便派人去打聽。」

夏衿想了想，搖搖頭道：「我先回去跟我爹娘商量一下，如果他們同意，就把城東那處宅子租下來。」

「那行。」于管家聽到夏衿要租城東那一處，很是高興。

他是羅夫人從娘家帶來的陪房，對羅夫人和羅騫甚是忠心。他想著，城東那處宅子離羅府近，以後羅夫人或羅騫如果身體不適，找夏衿看診便方便許多，要遇上急症，也不用把時間全浪費在路上。

第三十章

于管家是高興了，夏衿這邊卻又添了心思。

由於夏老太太的剋扣和夏正慎的摳門兒，三房向來拮据，否則今天夏正謙和舒氏也不會連一件像樣的東西都拿不出來典當了——那塊玉珮除外——也因此，養成了他們節儉的性子。

如果她懷裡這幾十兩銀子不拿出來，要讓夏正謙和舒氏在吃飯錢都沒著落的情況下，租一處一個月五兩銀子的宅子，不是一般困難。

先試試看吧。她嘆氣。

回到夏家老宅，舒氏聽到夏衿回來，急匆匆地過來問道：「怎麼樣？有沒有合適的房子？」

「找著了。」夏衿將城東的宅子情況大致說了一遍，直將那裡誇得好得不得了。

可她話還沒說完，夏正謙和舒氏就大搖頭。「房子是好，就是房租太貴了，不是我們住得起的。」

「可問題是，這不是過日子，這是投資。」夏衿勸道：「您要知道，在城東開醫館，和在城南開醫館，收入的差別是很大的。在城東，像羅公子那樣的人家比比皆是，給他治好了病，隨手就打賞個十兩、八兩銀子，一個月下來，二、三十兩銀子是不成問題的。這收入，在城西半年都賺不到。每月拿五兩來交房租，餘下的錢也比城西多。」

「這不過是妳的想像。」舒氏白了她一眼。「要是沒病人呢？一個月賺不到一兩銀子呢？那怎麼辦？吃飯錢沒賺到不說，每月還欠幾兩銀子債，到時候人家來逼債，我難道要賣兒賣女？

「再說，妳爹這次的事，我也怕了。我只求咱們一家平平安安，不求大富大貴。給富貴人家看病，風險實在太大。」舒氏想起前些日子的擔驚受怕，不禁神情黯然起來。

夏衿見狀，嘆了一口氣，摸了摸懷裡的銀子，表情嚴肅起來。「爹、娘，我想跟你們說件事。」

夏正謙見她表情嚴肅，斂起笑容。「什麼事？妳說。」

夏衿不想等會兒還得把話跟夏祁再說一遍，起來往外跑。「我去叫『妹妹』過來。」

夏正謙跟舒氏無奈對視一眼，搖了搖頭。

不一會兒，夏祁就彆彆扭扭地被拉過來了。到了屋裡，看到沒有外人，他用力甩開夏衿的手，極其氣憤地道：「我說換了衣服再來，妳偏不許，硬要拉我出來。」

夏正謙剛剛飲了一口茶，還未嚥下，聽到這話，「噗」的一聲，嘴裡的茶水全噴了出去，咳嗽咳得驚天動地。

舒氏怕兒子那幼小的心靈受傷，本想裝作沒看見的，可夏祁這一說話，她也忍不住哈哈大笑起來。

夏祁穿著一條淺綠色襦裙，頭上梳著雙掛髻，戴著珠花，耳垂還掛著夏衿改的夾式耳環，活脫脫衿姐兒模樣，可這麼一說話，那變聲期的鴨嗓配著文文弱弱的女子裝扮，怎麼看怎麼滑稽。

看父母這反應，夏祁的臉色都黑成了鍋底，直埋怨夏衿。「妳看看，我說了換了衣服再來吧。」說著扯著淺綠色鑲邊的袖子。「下次再不跟妳換裝了。」

夏衿心裡也覺得好笑，不過她能忍得住，一本正經地對夏祁道：「一會兒邢師兄要過來，而且我還得帶爹爹看宅子，哪有時間換來換去的？來，快快坐下，我把今天的事情跟你們說說。」

邢慶生師從夏正謙，如今師父開起杏霖堂，就跟過來幫忙。

舒氏趕緊強忍住笑，對夏祁道：「對對，你妹妹說得對，趕緊坐下吧。」

夏祁見妹妹表情嚴肅，父親和母親的表情也凝重起來，便知真有事，忙坐了下來，不再吵鬧。

「爹、娘、哥哥，我今天出去看宅子……」夏衿把今天發生在仁和堂的事，一五一十說了一遍。

夏祁聽了，看向夏衿的眼神閃亮得如同天上星辰。

「爹，妹妹的醫術，真比您還高明？」

夏正謙正蹙眉思索著這事的影響呢，聽到這話，不由得苦笑一下，點了點頭。「確實如此，你妹妹厲害著呢。不說羅公子那病，光是今天這病，要是給爹爹來治，也只會跟那譚郎中一樣開些治標的方。」

說著，他看著女兒，目光裡既有欣慰得意，又有糾結苦惱。醫術如此高明的女兒，如果關在家裡，真的是可惜了；可讓她借兒子的名頭，在外面弄得聲名鵲起，又真的好嗎？

而坐在他旁邊的舒氏，想的卻是另一個問題。她蹙眉看著夏衿，問道：「也就是說，妳治好羅三公子的事，讓妳大伯知道了？而且妳還得了幾十兩銀子的診金？」

夏衿點了點頭，從懷裡掏出荷包，遞給舒氏。「娘，這是六十兩銀子，宣平侯老夫人給的，您拿著。」

舒氏接過荷包，打開一看，又驚又喜。「這麼多？」

「嗯。」夏衿用力地點點頭。「夠咱們一年的開銷了。」

夏正謙望著舒氏手中的銀錠，心情複雜。他是男人，本是這個家的頂梁柱；可家裡遇到難處，他竟然毫無辦法，還要靠女兒在外賺錢，幫著家裡度過難關。

「唉，妹妹就是有本事。」夏祁也滿心不是滋味。「這個家，就我是吃閒飯的，什麼事都幹不了。」

「瞎說！」舒氏瞪了他一眼。「你要真覺得自己沒用，就好好唸書，給爹娘考個秀才回來。咱們分家另過了，可就指著你考個秀才減免些賦稅呢。你能做到這一點，也就不算白吃飯了。」

聽得這話，夏祁一改剛才的沮喪，鬥志昂揚道：「等著吧，我一定能考中秀才的！」

聽到這話，舒氏忽然想起一件事。「相公，衿姐兒借祁哥兒的名頭在外面看病，以後祁哥兒出去，萬一有人找他看病怎麼辦？總不能說不會吧？」

這個影響，夏正謙早就想到了。他點點頭。「這件事，確實難辦。」

女兒出手行醫，是為家裡著想，而且兩次都是機緣巧合，出於無奈——沒有她，自己早就遭了大難，被關在獄中；而且家裡經濟拮据，要是拿不出錢租房子，只能去當了老太爺留給他的玉珮。

所以責怪女兒的話，他怎麼也說不出口。

但這件事，雖不至於影響兒子參加科舉，但麻煩事必然不斷，以後還不知道會鬧出什麼亂子來。在這件事上，夏祁最是無辜。

「爹。」夏祁也想明白了這一點。他看著夏正謙，認真地道：「今天的事，您別責怪妹妹，要不是大伯一再逼迫，她也不會出頭。而且今天這事，不會對我有什麼大影響的，大不了以後有人叫我看病，我找藉口拖延，然後換妹妹去治；或是直接說我治不了就行了。

「妹妹的醫術這麼厲害，要是把她關在家裡，那真是可惜了。爹說過，學了本事，就要為民造福。妹妹小小年紀就學得一身大本事，這何嘗不是老天對妹妹的恩賜？她要藏著掩著不替人看病，豈不是愧對了老天的厚待？」

夏正謙沒想到兒子會說出這樣一番話來，他欣慰地拍拍夏祁的肩膀。「兒子，你能這樣想，那是最好不過了。你記住，你妹妹這樣做，是為家裡好，要不是她出手，你爹現在還在獄中待著呢。而今天她要不下車插手此事，你的名聲會更壞，以後萬不可因此事對妹妹心生埋怨。」

「爹您放心，我再糊塗也不至於分不清好歹。」夏祁認真地點點頭。

他又轉過頭對夏衿道：「妹妹，以後妳想出去就去吧，跟我說一聲就行。我反正總待在家裡看書，又不喜歡到外面亂跑。」

夏衿望著這個跟自己長得十分相像的哥哥，心裡滿滿的全是感動。

她舉手保證。「哥，以後我再不亂拍你的頭，也不粗魯地按著你換衣服了。」

夏祁斜睨她一眼，鼻子裡哼哼兩聲，表示還沒原諒她。

夏衿可沒時間跟他玩鬧，轉頭對夏正謙正顏道：「爹，您現在知道了，我不光是治好了羅三公子的病，而且還治好了宣平侯老夫人女兒的病。有這兩家的人情在，臨江城裡，誰還敢找咱們的麻煩呢？便是知府大人也要給幾分面子。在城東開醫館，真的沒有風險。」

她看了夏祁一眼，又道：「再說，孟母三遷，城東所住非富即貴，哥哥在這種環境下待一段時間，走出去都不會再畏首畏尾，一股小家子氣。而且讀書人最講究人脈，你看以前二伯整日去參加詩會，就是為了混個臉熟，搏些名聲。咱們住在城東，周圍都是些有地位、有教養的人，哥哥跟他們的孩子交好，只有好處沒有壞處。」

後面這個理由，說得夏正謙夫婦倆頗為心動。一雙兒女就是他們的心頭肉，只要是對兒女好，不管做什麼他們都是願意的。

而舒氏作為母親，想得就更深一些。眼看夏祁和夏衿十四歲了，也到了議親的時候，住在城東，沒準兒就能結識些好人家，給兒女張羅兩樁好親事呢。

這麼一想，舒氏就對夏正謙道：「相公，衿姐兒說得對。要不，咱們就租城東的那處宅子吧。」

「等我去看看再說不遲。」夏正謙其實已經願意了，不過沒看過宅子，他總不放心。說到底，還是對夏衿的辦事能力有些不信任。

「還有一件事，爹。」夏衿又道。

「還有什麼？」夏正謙抬起眼皮，不動聲色地道。他被夏衿嚇了兩次，此時都已學會淡定了。

「大伯如今已知道羅三公子的病是我治好的了，宣平侯老夫人的身分他也知道。有這兩份人情在，我擔心一會兒他就要找上門來，跟您賠禮道歉，叫咱們搬回去。」

舒氏擔憂地望著丈夫。沒搬出來前，在夏府過的日子她勉強能忍受；可現在過了幾天舒心日子，再回頭一比，她是再也不願意回去過那種挨打受罵的日子了。

夏正慎見兒子也眼巴巴地望著他，唯恐自己說出要搬回去的話，心中沒來由感到一陣酸楚。

他伸出手，想要摸摸夏祁的頭，可看到他頭上的少女雙掛髻，又縮回手，對妻兒道：「放心，就是他們說得天花亂墜，我也不回去了。」

這麼多年，他對老太太和那宅子裡雞飛狗跳的事不是不反感，只是以為老太太是親生母親，所以才忍著。現在得知那女人根本不是親娘，還把自己當成眼中釘、肉中刺，恨不得下毒害死他，他對夏府，滿滿的全是厭惡……

「老爺、老爺……」恍惚中，夏正謙聽妻子叫喚，回過神來，便見妻兒正擔憂地望著自己。

「啊，我沒事，只是想起一些事情。」他用手掌抹了一下臉，笑道，笑容裡盡是苦澀。

夏祁仍然不放心。「爹，大伯此時叫我們回去，無非就是以為咱們家攀上了羅府和宣平侯府這兩棵大樹，想要從中得利。要是他們討不了好，咱們的日子怕是比以前還要難過，所以無論大伯怎麼說，咱們都不要回去。」

「放心吧。」夏正謙見妻兒仍盯著自己，心裡暗自嘆息，自己以前到底有多懦愚，才使得妻兒對他如此不放心。「我真不會回去了。老太太又不是我親娘，恨我恨成那個樣子，我回去幹什麼？給她打罵、任她折磨嗎？」

話說到這分上，舒氏和夏祁終於放下心來了。

可夏衿卻慢悠悠地開了口。「要是不是大伯來，而是二伯和二伯母來呢？」

舒氏臉上剛剛浮起的笑容頓時僵在那裡。她望著手中的茶碗，自己便先不確定起來。

嫁進夏家這麼多年，要說對她好的，就是二太太魏氏了。她流掉孩子心如死灰躺在床上時，是二太太噓寒問暖，偷偷用私房錢買些補品給她吃；每次被老太太責罰，也都是二太太為她求情，私下裡囑咐下人對她多加照拂。

這十幾年來在夏府的生活苦澀太多，遭受的責罵冷眼太多，二太太給她的這一點溫暖，便讓她倍加珍視，格外感恩。

如果是二嫂上門勸他們回去，舒氏想，她怕是拒絕不了吧？她轉過頭來，望著丈夫。她希望丈夫比自己更堅定，卻看到他煩惱地揉著眉心，一臉為難。

她知道丈夫對二哥的感情，一如她對二嫂。她不止一次聽丈夫說過，小時候老太太生氣，偏偏老太爺不在家時，總是二哥護著他。老太爺過世後，二哥對他的維護，比二嫂對她更甚。

如果二哥上門相勸，他即便不願意回去，也會給二哥面子，緩和與夏府的關係。

夏祁看到父母這表情，嘴唇緊抿，眼裡露出失望之色。

他正要張嘴說話，卻有一隻手按住自己的胳膊。他轉過頭去，便見夏衿對他直搖頭。

「妹妹，難道妳還想回去過那憋屈的日子嗎？反正我是不會回去的。」夏祁忍不住氣憤地嚷嚷起來，不管不顧地轉頭對爹娘道：「要是你們放不下臉面，二伯和二伯母一勸你們就回去，那你們就回去吧，我跟妹妹留在外面。反正，打死我都不會回去再受夏禱和夏禪欺辱的。」

夏正謙和舒氏面色齊齊一變，剛才內心深處那一點點動搖，一下子就煙消雲散了。

「放心，我說了不會回去就不會回去。」夏正謙道。

其實即便沒有夏祁這些話，他也不會回去。二哥一家對他們固然好，但與府裡那整日的責罵欺辱相比，算得了什麼？日子是自己過的，那種難過只有自己知道。

拋了個問題出來就一直沒有說話的夏衿，這一回問了一個問題。「可二伯不是勸您回去，只勸您跟那邊不要鬧得那樣僵，今晚回府去吃一頓飯呢？」

夏正謙啞然。

他抬起頭，愣愣地望著夏衿。

夏衿就知道，這個男人心軟又善良，要不然也不會一身本事，還被人欺負到那種程度了。

她避開夏正謙的目光，望著一旁，淡淡道：「您可能想，吃一頓飯而已，這點面子總是要給的。就算老太太不是親娘，大伯、二伯畢竟是親兄弟，而且二伯這麼多年來如此維護你，他叫你回去吃一頓飯，你總不好意思不去，是不是？」

這句話完全說中了夏正謙的心思，他收回目光，低下頭去裝著飲茶，表情頗為不自在。

第三十一章

舒氏不忍見丈夫如此，心虛道：「衿姐兒，那邊畢竟是妳爹的家，咱們的根。咱們即便是分家出來了，也同樣是夏家人，每年過年還是要回去拜祭祖宗的。兩邊鬧得太僵，終歸不好，讓人看了也是笑話，到頭來定然說是咱們不好，不敬嫡母。」

說到「嫡母」兩個字，她猛地用手帕摀住了嘴巴，小心地看了丈夫一眼，唯恐夏正謙聽到這兩個字傷心難過。

夏正謙聽到這兩個字，果然神情微動，不過低垂著眉眼，看不出更多的情緒。

夏衿對這對父母感到無奈了，她嘆了一口氣。

「那好，咱們就給個面子，過去吃飯。然後呢？老太太哭著跟您道歉，說她對老太爺太過失望，她生兒育女、勤儉持家，好不容易日子稍好過些了，老太爺便生了異心，在外面有了女人。她當時孩子沒了傷心欲絕，老太爺不但沒有安慰她，反而抱回個孩子，還用她父兄來威脅，逼著她認作親生。這種情況任憑是誰，都要恨意滔天，氣憤難平。可老太爺畢竟是她的丈夫，一日夫妻百日恩，外頭的女人又查不到，她只有把這份恨意發洩到您身上，這麼多年才會如此對您。」

她注視著夏正謙，見他若有所思，微微動容，顯然這番話打動了他，她心底嘆息一聲，臉上露出一抹無奈的冷笑。「如果她說這番話，您會不會原諒她？」

夏祁抬起眼來緊緊盯著父親的臉，唯恐他說出原諒的話來。
夏正謙沈默著，沒有說話。
舒氏低下頭去，雙手絞著手帕，生怕女兒問到她頭上。
她恨老太太，但身為女人，她也能理解老太太當年的心情。她跟夏正謙鶼鰈情深，可假如她懷孩子的時候，丈夫在外面有了異心；待她剛生下來的孩子死了，丈夫卻抱了外面所生的孩子回來，硬逼著她將這孩子認下，她怕要將那孩子摔死，再將丈夫砍了，才能解心頭之恨。她性情柔弱尚且如此，何況生性要強的老太太呢？
夏衿不用看，就知道這對夫妻在想些什麼。
她冷冷一笑，又道：「好，您原諒了她，她放低身段求您搬回去住，回仁和堂幫大伯。想來，即便您不搬回去住，也不好意思再拒絕重回仁和堂吧？」
夏正謙這回沒有沈默。他想了想，微微點了點頭。
「然後呢？然後當然是您再回去為他們做牛做馬，老太太依然可以用各種藉口叫我們母子三人回去，想罵就罵、想打就打——爹，您可別忘了，每次老太太打罵我們，可都不是無理取鬧的，總有各種拿得出手的理由。」
舒氏的眼眸抬了起來，表情有些怔忡。
「當然，或許老太太看在我們能為她辦事的分上，不打罵我們；可她要求您去宣平侯府為二伯求個一官半職呢？如果她讓您去找羅大人為二哥、五哥開後門，在童生試上多加照顧呢？您去是不去？可衙門是侯爺家開的嗎？科舉是羅推官能左右的嗎？他們能為了一個郎中，就罔顧國法、徇私舞弊，陷自己於危險境地，供政敵彈劾嗎？自然不會。您求不來官、求不來秀才，老太太又會如何待您？她恐怕會把所有怒氣都宣洩到我們四人身上吧？」

舒氏聽到這裡，生生地打了個寒顫。

「退一萬步說，即便侯爺他老人家和羅推官感於恩情，給二伯安個一官半職，讓二哥、五哥中了秀才，可老太太會滿足嗎？給二伯安個文書，她恐怕還妄想著要二伯做幕僚、做主簿、做縣丞，做朝廷有品級的正經官員吧？」

夏正謙不由得想起老太太對他提過的，讓夏正浩做師爺的事。

「爹，您想想，如果不是我治好羅三公子和宣平侯女兒的病，老太太會對您道歉，求您回去嗎？恐怕不會吧，她既讓您回去，就是存了想要利用您的心，一旦您對她沒了用處，又會像這次一般，一腳把您踢出門！明知如此，您還要回去任她利用壓榨，幫她去求爺爺、告奶奶，做那些狗苟蠅營的事嗎？您就非得那麼下賤，由得她召之即來，揮之即去，想如何搓揉就如何搓揉，還拉著您的妻兒受苦陪葬嗎？」

見夏衿越說越不像話，舒氏忙喝了一聲。「衿姐兒！」

夏衿不說話了，只盯著夏正謙，目光冷冽而疏離。哪怕眼前的男人給了她一份父愛，但如今她給了他當頭棒喝，他若仍執意要做「孝子」，她便打心眼裡看不起他。道不同不相為謀，一旦他選擇回去，她便會想辦法脫離夏家。

夏衿的話說得雖難聽，卻如同重鼓般擊中夏正謙的心房。

他緩緩地抬起頭來，對上兒子和女兒的眼睛。看到這兩雙眼睛清冷裡帶著深深的失望，他心中頓時一凜，迷糊的心一下子清醒過來。

他伸出手掌，用力地揉了揉臉，沙啞道：「放心吧，我知道該怎麼做了。」

舒氏安慰似地拍了拍丈夫，一面對夏衿嗔道：「妳這孩子，說的跟真的似的，好像妳大伯、二伯來過一樣。妳看看，妳回來這麼久，他們不是也沒來嗎？或許人家根本就看不上咱們，不想再跟咱們有什麼瓜葛呢。」

夏祁撇了撇嘴。「娘，您這話也就自己騙自己，以老太太和大伯的性子，他們會不來嗎？」

夏祁話聲剛落，就有婆子匆匆從臺階下快步走了上來，在門口行了一禮。「老爺、太太，二老爺和二太太來了。」

屋子裡瞬間一片寂靜。

那婆子見一家四口如同被施了魔咒一般，一動不動，不由得將聲音揚了起來。「老爺、太太？」

以二老爺在夏府的地位，他到這裡來探望三老爺和三太太，他們做下人的本不敢攔。但今天輪值的這位守門婆子，性情最是剛直，看不慣那邊的做派，向來為三房打抱不平，這才硬生生把夏正浩他們攔在門外，說是老爺交代過，因院子窄小，住著女眷，來了客人須通報了才能放進來。

此時見夏正謙和舒氏都不動、不說話，她還以為自己的做法欠妥，心裡惴惴不安。

這四人裡，夏衿最是清醒。她怔了一怔便反應過來，見夏正謙和舒氏沒應聲，便替他們回道：「讓他們進來吧。」

看那婆子去了，她轉過頭來對夏正謙淡淡道：「爹，這句話我放在這裡。如果您真要回那府上，您就當沒生過我這個女兒。」說著，她轉身就出了門。

「爹。」見父親如此，夏祁頗不忍心，期盼地望著他，就想聽他說一句承諾的話。

「放心吧，你妹妹的話我都聽進去了，我不會再回去，也不會再給他們做牛做馬。」夏正謙道。

看著兒子穿著女裝卻用鴨嗓說話，舒氏趕緊揮手。「祁哥兒，你快回房，別在這兒待著，免得露了餡兒。」見兒子遲疑，她又道：「放心，我會看著你爹的。你妹妹那話，說得我是真害怕。如果你爹要回去，咱們就不理他了，我帶著你們兄妹倆單獨過。」

夏正謙無奈地望了妻子一眼，對夏祁揮揮手。「趕緊走、趕緊走。」

夏祁這才放心地出了門，準備找妹妹說說話。

可到了西廂，他卻找不到夏衿的身影。

見菖蒲正坐在門廊上做針線活，他忙問：「菖蒲，姑娘呢？」

菖蒲指了指旁邊的角落。

夏祁定睛一看，卻見夏衿正站在廳堂後窗下，正跟上次夏正慎來時一樣，準備偷聽牆角呢。

他趕緊也跑了過去，湊到妹妹身邊。

聽著裡面的談話，夏祁的臉色古怪起來，望向妹妹的目光充滿佩服。

二叔所說的話，竟然跟妹妹預測的一樣——先是安撫，說家裡發生這麼大的事，他偏不在家，對不住三弟；緊接著就敘述老太太當年的心情，要夏正謙理解她；最後是動之以情、曉之以理，勸夏正謙回去。這個要求在遭夏正謙拒絕後，他便退了一步，請三房一家回去吃頓飯，冰釋前嫌。

夏正浩身為秀才，整日跟那幫文人混在一起，那口才說是舌粲蓮花都不為過。要不是夏衿有先見之明，把事情剖析了一番，將種種說辭演了一遍，不要說心軟的夏正謙和舒氏，便是夏祁自己恐怕都要被他說動，答應回去吃這一頓鴻門宴了。

可惜夏正謙硬是緊咬著牙關，不答應回去吃飯。

末了，夏正浩也不耐煩了，口氣倏地冷了下來。「三弟，以前我看你秉性純良，才總是護著你，沒想到你竟變得六親不認、冷酷無情。老太太即便不是你親娘，也是嫡母，好歹養了你這麼大，不少你吃、不少你穿，還給你娶了媳婦，你就這樣回報她？你以為不要財產，再倒貼三百兩銀子，就能一筆勾銷這幾十年的養育之恩？要是錢財就能算清楚父母恩情，那還要孝悌之理做什麼？滴水之恩，當湧泉相報，這句話難道沒有聽過？」

他站了起來，指著夏正謙道：「我把話撂在這裡，今日申時，如果不見你來，咱們兄弟之情就到此為止，我再沒有你這不孝不悌、沒良心的弟弟。」

接著，拂袖而去。

二太太卻沒有馬上走，而是用極感慨的語調道：「唉，三弟、三弟妹，回去吃頓飯而已，用得著鬧這麼僵嗎？你們做得這般絕情，那外人說話可就不好聽了。要是讓考官知道，祁哥兒還能參加科舉嗎？天下無不是的父母，老太太再不好，咱們做子女的也得忍著，你們說是不是？反正呢，該說的話我們都說了，去還是不去吃飯，你們自己好好斟酌，我就先走了。」說著似乎又拉了舒氏的手。「三弟妹，我們走了啊。以後啊，不住在一起了，有什麼事妳派人知會我一聲。不管怎麼說，咱們還是好妯娌。」

「嗯，二嫂，多謝妳了。」舒氏似乎很感動，兩道輕柔的腳步聲漸往門外去。過了一會兒，舒氏聲音在院門處響起。「二嫂，慢走啊。」

夏祁抬起眼眸，定定地看著夏衿，似乎在等她拿主意。

夏衿深深地嘆了一口氣，對夏祁道：「我有點不舒服，回房歇著了。」說著再不看他，轉身快步往西廂走去。

夏祁在抬眼看夏衿時，就猛地感覺自己不對。自己是哥哥，又是男子，怎麼一遇到事情就等著妹妹拿主意？這不對勁，這很不對勁！

他拍了拍腦袋，直直地就往廳堂裡去。

他不像夏正謙，對老太太有一份難以言說的孺慕之情。夏祁與夏禪、夏禱同為孫輩，功課比那兩人好，性子也更乖，從不調皮搗蛋，然而每次有什麼事，老太太總是不分青紅皂白地責罵於他，甚至把夏禪、夏禱犯的錯都怪到他身上。

一個小小孩童，哪裡曉得還要猜想老太太的心思，諒解她的做法？一次、兩次，老太太的不公與偏心，早在他心裡埋下深深的憎惡。

協。

所以自始至終，夏祁都是堅定不移地站在夏衿這一邊，不同意父母對老太太有任何妥協。

他進了門，便見夏正謙和舒氏一人一邊坐在廳堂的主座之下，沈著臉，滿腹心思。他的嘴緊緊地抿了起來。

他知道，父母這是動搖了。

他一聲不吭，找了張椅子兀自坐下，眼睛卻定定地盯著父母。

舒氏的位子離他近一些，被他這樣盯著，頗不自在，沒話找話地問道：「怎麼你一個人，你妹妹呢？」

夏祁垂下眼，面無表情地道：「她不舒服，回房去了。」

「不舒服？」舒氏一驚。

自打夏衿得了一場大病，她就對這雙兒女要緊得很。幸得自那以後，兩人再沒犯過什麼大病小病。

夏正謙也抬起眼來，關切地望著夏祁。「哪裡不舒服？」說著便站起來，準備去看看女兒。

夏祁抬頭看了他們一眼，目光的冷冽讓夏正謙和舒氏心裡一震。

他偏過頭去，看向門外，淡淡地開口道：「心裡不舒服，大概是想著怎樣一個人過日子吧。」頓了頓，他補充一句。「剛才的談話，我跟妹妹都在窗後聽見了。」

夏正謙的眉頭蹙了起來。

舒氏見丈夫不高興，忙嗔怪道：「你這孩子，說的什麼話？我們即便要回去，也不過是吃頓飯而已。你爹的脾氣你又不是不知道，他答應過的話，什麼時候沒做到過？」

「有。」夏祁轉過頭來，氣鼓鼓地道：「我十歲那年，爹您說過年時要給我和妹妹各買一個鯉魚燈籠，到了那天卻說話不算話，把鯉魚燈籠送給了別人。」

夏正謙尷尬地跟舒氏對視一眼，左手握拳在嘴邊輕咳一聲，將目光轉向別處，不敢看夏祁。

夏祁說這件事，其實是意有所指。

當年，夏正謙答應兒女除夕夜要買鯉魚燈籠，那日從醫館回來，確實也買了；沒承想剛進門就被夏禪和夏禱、夏衿看到，三人死要活要。

其實夏正謙考慮到府裡還有姪兒、姪女，也給他們各買了一個，只是花樣不是鯉魚的，沒承想這三人就看中鯉魚的，任他怎麼勸哄都不聽。最後夏禱幾人拿了鯉魚燈籠，還去老太太面前告了一狀。結果大年三十，三房一家人飯也沒得吃，就被罰跪在冰冷的祠堂。

那時夏祁餓著肚子跪在又冷又黑的祠堂，聽到妹妹嚶嚶地哭，對老太太簡直恨意滔天。

夏祁那日的心情，夏正謙也是知道的。為怕兒子變得偏激，他還跟兒子講了許多大道理。

沒承想，那件事仍然成了兒子心裡的一根刺，這麼些年，一直沒有被拔除。

夏祁也有些心灰意冷了，他疏離地看著父親，聲音平淡得沒有一絲波動。「今晚的飯，你們去吃吧，我和妹妹都不去。你們如果願意留下，就不用再回來找我們了，我帶著妹妹另立門戶。」說著，他腰板挺直大步朝門外走去。

夏正謙愣愣地望著兒子的背影，一種無力而蒼涼的感覺從腳底穿過脊背，直直地朝他的心中撞來。

他在一雙兒女眼裡，一向是正直威嚴而不失慈愛的父親。

可什麼時候起，他在兒女心裡變得如此沒有擔當、沒有主見，懦弱無能得連妻兒都保護不了？

第三十二章

「相公，要不，這頓飯咱們就別去吃了吧？」舒氏低低地道。兒女這個樣子，叫她心疼得直想落淚。

夏正謙本意也只是去吃一頓飯，並不向老太太有絲毫妥協；而這一刻，他也覺得這頓飯沒什麼可吃的了。母子之情，本就沒有；兄弟之情，也很淡薄，這些與父子、父女之情相比，根本沒有什麼可比的。如果去吃一頓飯叫一雙兒女對他失望到極點，那這飯，便是老太太親自餵到嘴邊，他也不可能去吃。

想到這裡，他當機立斷。「叫人雇幾輛馬車，提上東西，我們現在就搬家。」

「啊？」舒氏愣住了。「搬到哪裡去？」

「就是衿姐兒找到的那座城東宅子。」

舒氏猶豫了一下，點頭道：「好吧。」說著便要出去張羅。

她剛走到門口，就見守門的婆子匆匆進來，稟道：「老爺、太太，外面來了個人，說是羅府的管家，想求見少爺。」

「于管家？」夏正謙訝然。

他望望舒氏，對婆子道：「請他進來。」又轉頭吩咐舒氏。「去看看衿姐兒換了裝沒有，如果仍著男裝，叫她過來一趟。」

舒氏也猜想于管家來此，定然是找夏衿的，忙應了一聲，匆匆去了。

此時夏衿正無滋無味地躺在床上發呆，聽到舒氏說于管家來了，趕緊過來。待得婆子引于管家進門，她也到了廳堂。

于管家這還是第一次到老宅來。他看著這一眼就能望到底的破舊小院，暗自搖頭，對夏正謙行了一禮，便將來意說明。「方才令公子看的城東那處宅子，我剛才又去找主家談了談。他說，看在您是開醫館濟世救人的分上，願意少些租金，一個月只需二兩五錢銀子即可。」

「啊？」夏正謙和夏衿都大感意外。

「怎麼可能？」夏衿想著那處宅子的地段，根本不相信主家會主動降下那麼多租金。不過當著夏正謙的面，她也不好問，暗暗打定主意，等會兒定要問清楚是怎麼回事。

「主家真這麼說？」夏正謙也不大相信。

于管家笑道：「確實如此。我找人打聽了一下，原來是主家在任上得了重病，被一個名醫治好，算是揀回來一條命。如今聽聞您租這房子是要開醫館，他又不差這幾個錢，便想便宜租給您，也是結個善緣。」

這話倒打消了夏正謙的疑慮。

夏衿目光平淡地望向夏正謙，只默不作聲。

于管家見狀，還以為是夏正謙不同意，忙在一旁勸道：「夏郎中，做大事者不拘小節。這處宅子，只比柳葉巷那裡貴七錢銀子，但無論是地段還是大小，都不是那處小院子能比的，何處適合開醫館，想來您最清楚。要不，您先去看看再說？」

「柳葉巷？」夏正謙轉過頭來，看了夏衿一眼。

夏衿抿著嘴，仍不作聲，甚至連目光都不與他對視，一副愛理不理的樣子。

于管家這時也察覺出氣氛不對了，忙將柳葉巷那處宅子介紹了一遍。

夏正謙一聽到「柳葉巷」三個字，便沒心情聽，只是不便打斷于管家的話而已。好不容易等于管家把話說完，便道：「城東那處，我聽祁哥兒說起也很滿意。原先只因價錢高，拿不定主意，既然于管家勞神把租金講下了一半，那自然沒有不租的道理。你看，我們能不能現在就搬進去？」

他說完，還特意看了夏衿一眼，希望女兒明白他話裡的意思，別再生氣了。

其實不去府上吃飯，馬上搬家的事，舒氏剛才一見女兒就說了，不過夏衿對夏正謙這軟弱的性子很不滿意，哪邊強就倒向哪邊，簡直沒有原則。因此此時夏正謙對她討好的一瞥，她依然沒理會，並不想給他好臉色看。

「當然。那宅子原本就是空的，而且有下人守著，收拾得很乾淨，把東西搬進去就可以入住，根本不用再修繕打理。」于管家道。

夏正謙大喜，拱手作禮道：「那一會兒還有勞于管家跟我們過去一趟，做個中人，把合約簽上一簽。」

于管家笑道：「我家公子說了，如果你們要租那處宅子，他願意做個中人。不知你們何時搬家，我好回去跟我家公子說一下。」

雖然夏正謙覺得租個房子不必勞動大病初癒的羅騫，但人家一片好意，他也不好再說什麼，只得連忙道謝，又道：「我們東西都收拾好了，等下人把馬車雇來，立刻就搬。」

于管家一聽，不敢多留，忙道：「那我先回去稟明我家公子。」說著匆匆告辭。

夏正愼那裡一收回房契，舒氏便叫人把東西都收拾妥當了，這會兒羅叔把馬車雇來，大家抬的抬、提的提，不一會兒的工夫，就把東西搬淨了。大家上了馬車，由扮成夏祁的夏衿指路，往城東的新宅子去。

夏正謙性情雖軟弱些，卻是個好父親，為緩和跟一雙兒女的關係，他特地跟夏祁、夏衿坐了一輛馬車。

路上，見一雙兒女都板著臉一言不發，他只得沒話找話地對夏衿道：「妳去找房的時候，秦老闆來了，聽到我要搬家，他不光不責怪，還極力安慰我。說藥鋪的事不用我操心，他先叫人把藥搬回去，如果我還想跟他合作，等找到合適的地方跟他說一聲就行；至於租金，我手頭緊，就先用著，什麼時候有了錢再還給他都成。」

見夏正謙一味討好，夏衿倒不忍心了，雖對他沒個笑臉，但至少肯面無表情地答上一句。「城東當街的鋪面貴，他要想搬來，這租金得漲上一漲。」

夏正謙小心翼翼地看著女兒的臉色。「秦老闆既然仗義，我也不能見錢眼開。這租金還是按原來的收好，妳說呢？」

夏衿挑挑眉，「哦」了一聲，便將頭轉向窗外，不作聲了。

原先三房窮，一文文都得算著來，可現在有了宣平侯老夫人給的六十兩銀子，秦老闆這裡，就是小錢了，她自然不會太在意。

夏正謙弄不懂這聲「哦」到底是高興還是不高興，惴惴地看她一眼，卻不好再問。

夏祁畢竟是真的十四歲，又是夏正謙的親兒子，不像夏衿內心裡早已換了個人，他見父親如此討好他們，早已心軟了。只是父親一味地對妹妹賠小心，他也不好說話。

此時見父親尷尬，他便解圍道：「如果那秦老闆真是仗義之人，他必然不會占咱們這個便宜，會主動提出按城東鋪子的價錢給房租的；可如果他只是裝裝樣子，那麼最多半年咱們就可以請他走人了。有了本錢，咱們自己開個藥鋪不好，非得把錢給別人賺？」

這番話倒讓夏衿頗感意外，她讚賞地看了他一眼。

夏正謙聽得這話，也微蹙著眉頭，陷入沈思。

因羅府就在夏家新宅子附近，待夏正謙一行人到達新宅時，羅騫和于管家已在新宅的廳堂裡坐著了。而坐在羅騫下首的，是一個中年男子，據他說是房主的遠房姪子，代族叔來簽合約的。

夏家人自不疑有他，舒氏帶下人去整理屋子，夏正謙則帶著夏衿跟這中年男子一起，簽了五年的賃房合約，並預付了半年的租金。

簽完合約，夏正謙便熱情留三人吃飯。羅騫知道即便夏衿得了六十兩銀子，租了宅子後也只能支撐一陣子的開銷，自然不肯讓夏家破費，坐了一會兒便告辭離去。

而夏府那頭，無論是老太太還是夏正慎、夏正浩，都極篤定夏正謙一定會來吃這一頓飯，所以也沒派人盯著老宅，更備了一桌好席，只等三房一家四口提了東西上門來。

然而左等右等，就是不見人來。老太太沈不住氣了，看向夏正慎。「派個人去看看。」

夏正慎派了人去，不一會兒那人回來了，稟道：「小人去看了，老宅上了鎖，裡面似乎沒人。小人又找人打聽了，三老爺他們搬走了。」

「什麼？」一屋子的人都懵了。

「你打聽真實了？確實是他們搬走了？不會是他們來的路上跟你錯過了吧？」夏正浩猶不相信。

夏正謙的性格，他最瞭解，他話都說到那個分上了，按理說，夏正謙即便不搬回來住或回仁和堂坐堂，這頓飯他是一定會回來吃的。

「確實是搬走了。」那下人抹了抹額上的汗。「那鄰居說，眼看著他們雇了好些馬車，拎的拎、抬的抬，把東西都搬上馬車離開了。」

夏正慎忽然想起老宅外面砌了個鋪面，老三在外面開了醫館，還跟人合夥弄了個藥鋪，又問：「那外面的鋪面呢，也沒人？」

下人搖搖頭。「沒人，都鎖著門。」

夏家人你看我、我看你，面面相覷。

待大家都反應過來，想到三房一家這麼直接搬走，等於搧老太太一個大耳光，大家全都偷偷抬起眼，朝老太太那邊瞥，就生怕下一刻，老太太手邊的茶杯忽然就朝自己飛來，遭個無妄之災。

老太太此時已氣得全身發抖。她這一輩子，還從來沒有如此難堪過，即便是老太爺當年抱回一個孩子，也是跪在她面前，低聲下氣地討饒，她即便氣惱，也沒有像現在這般難堪。

「簡直是……」她用力地拍打椅子扶手，咬牙切齒，臉上一片猙獰。「不知死活！」

她揚聲道：「老大。」

「娘，我在這兒。」夏正慎走到她身邊。

「你去，把老三的身世都給我傳出去，讓大家都知道他是婊子生的野種，我家沒這樣不仁不義的東西。」

屋裡人又是一陣面面相覷。

今早老太太在老宅那裡鬧的那一齣，因為夏正慎的囑託和劉三爺的敲打，那些病號並沒有把閒話傳出來；而回家之後，夏正慎又勸了老太太好一陣，讓她把夏正謙的身世當成把柄，不到關鍵時候不要輕易使出。因此，除了夏正慎把所有事情跟夏正浩說了一遍外，其餘人都不知道三老爺的身世另有隱情。

「娘，這到底是怎麼回事？三弟他不是您生的？」大太太忍不住問道。

「自然不是！」老太太回答得異常乾脆。

這消息不啻一聲響雷，大家猶不相信，全又把目光投到夏正慎身上。

夏正慎卻不理大家，苦著臉對老太太道：「娘，祁哥兒可是救了羅三公子，又治好了宣平侯府姑太太的病。咱們這要是跟他們撕破臉，可真沒什麼好處。」

「好處？什麼好處？」老太太尖利的聲音如同針扎般刺進大家的耳膜。「他治好了羅公子的病，跟你說過一聲沒有？他賺了宣平侯府幾十兩銀子，分給你一文錢沒有？如今叫他們來吃一頓飯，就躲三躲四，生怕咱們沾他的光。就這樣，還有什麼好處給你？反正……」她齜著牙，聲音越發尖利。「他讓我不好過，我就讓他不好過！哼，什麼玩意兒！」

夏正慎嘆了一口氣，仍然耐著性子溫聲開解老太太。「治好羅公子時他們已經搬出去了，至於沒給我錢，那不是已分家了嗎？祁哥兒能出手相幫已是……」

沒等他把話說完，老太太就打斷了他的話。「搬什麼搬？不是說祁哥兒極得羅公子的喜歡嗎？沒準兒這都是他們串通好來設計我們。我就不相信祁哥兒能得什麼奇人傳授，醫術比你三弟還高明！咱們家以前雖有個邵婆子，卻是個又聾又傻的，跟她說話不把屋頂掀翻她根本聽不見，腦子更是糊塗得連她自己是誰都說不清。這樣的人還是奇人？屁！就等著哄你們這些蠢人！」

這話說得夏正慎眉頭直皺。

夏正浩忍不住道：「那宣平侯老夫人呢？那總不會是祁哥兒認識的，也串通好來設計咱們吧？」

「什麼宣平侯老夫人？你認識她？」老太太抬起頭，快要問到他臉上去。「看她那灰撲撲的馬車和那身穿著打扮，哪個侯府夫人是這樣？」

夏正浩被這一說，也迷糊了，只好轉頭瞅著夏正慎，希望大哥能拿個主意。

「娘您不要胡猜了。」夏正慎有些不滿地道：「您是沒見過羅公子和那宣平侯老夫人。宣平侯老夫人雖然穿得不怎麼樣，但那一身行事的派頭，真不是一般人能裝得出來的。羅公子就更不用說了，絕不是那等容易被人糊弄的人，他不可能幫著祁哥兒哄騙咱們。」

他掃了大家一眼，又道：「再說，此前祁哥兒除了上學堂就是去醫館，根本沒機會外出，即便跟三弟去羅府治病，也只去了一、兩次。就他那性子，怎麼可能去了兩次就哄得羅公子幫他？」

這話說得夏禪和夏禱連連點頭。

他們跟夏祁一塊兒長大，上學後又一起待在學堂裡，對他的性子可說再瞭解不過。不要說沒有機會，即便有機會，以夏祁那簡單的腦子和老實純良的性子，也做不出連老太太和大老爺都被計算的事情來。

夏正慎又繼續道：「而且我今天回來後問過守門的人了。他們說，祁哥兒原來都是放了學或從醫館回來，就老老實實待在家裡，從不出門的。也就是他爹被關在羅府的那幾日，出入的次數多些。

「再說。」他又轉頭看向夏禪。「禪哥兒跟羅公子接觸得多，你覺得羅公子是能幫祁哥兒算計咱們的人嗎？」

夏禪一點都沒猶豫，直搖頭道：「絕對不是。羅公子自己都病得下不了床了，稍一動就噴血；而且他冷淡得很，不大愛說話，即便對三叔也淡淡的沒個笑臉。」

「可不是，即便是三弟，也難以讓羅公子這樣的人幫忙。咱們夏家小門小戶，還入不得人家貴人的眼。」夏正慎道。

老太太兩個兒子都極孝順，便是夏正謙這個不是親生的，對她的話也從不敢違背，這下見大兒子竟然直接否定自己的話，老太太更是氣惱，只覺得心口一陣翻湧。

她厲聲道：「不管算計也好，不算計也罷，那野種既然連頓飯的面子都不給，我也不必給他留面子。老大，去把他的身世給我抖出來，我看他還有什麼臉在這世上混！」

第三十三章

「娘！」夏正慎不情願了。

今天看到夏祁一出手就治好了宣平侯府姑奶奶的病，夏正浩出面也沒能請來三房一家人，他這心裡對老太太就生出了埋怨。要不是老太太平時對三房多加苛責，又突然把夏正謙的身世說出來，他們之間怎麼會鬧到這般田地？

現在好不容易把那話題給堵住，沒讓流言傳出去，這就保留了一絲挽回的餘地。都已如此了，老太太還要把事情做絕，難道她就不覺得這是徹底把老三一家往外推嗎？

「娘，這樣做只會讓三弟離咱們越來越遠。」夏正浩也不同意。

「那孽畜不聽我的話，你們也不聽我的話了？」老太太指著兩個兒子，手指直發抖。

夏正慎見老娘被氣著了，連忙柔聲勸道：「娘，您聽我說呀……」

「我不聽！」老太太一揮手，差點打到夏正慎臉上。「你們要不聽我的話，也一樣給我滾出去！」

夏正慎與夏正浩對視一眼，兩人的臉色都十分難看。

明知道三房現在有了宣平侯府和羅推官家做靠山，他們緩和矛盾還來不及，哪裡肯火上澆油撕破臉？那跟找死有什麼區別？

夏正慎待要慢慢跟老太太講道理，可老太太竟像著了魔似地歇斯底里，定要夏正慎馬上去把夏正謙的身世公諸於世。

夏正慎本就被這事鬧得心煩，此時見老太太有理講不清，他也沒了平時的好脾氣，氣道：「您要說您去說，反正我是不會去做這種傻事的！」

說著，他氣呼呼地就要往門外去，卻聽得後面一陣驚呼「娘」、「祖母」……

他回頭一看，就見妻兒、弟弟都圍在老太太面前。他心感不妙，快步擠進人群，卻見老太太面如死灰，一動不動地躺在那張鋪了錦墊的軟榻上，似乎是暈了過去。

城東，夏宅裡，上至舒氏，下到看門的婆子，看到新宅子寬敞又氣派，個個都歡喜不已。

下人們搬過一次家，熟門熟路，不用舒氏指揮，就知道什麼東西放什麼地方，不到半個時辰的工夫，就把東西一一整頓妥當了。

「相公，我叫高婆子炒幾個好菜，咱們慶賀一下喬遷之喜吧。」舒氏喜孜孜地對夏正謙道。

夏正謙心裡還在為拒絕去夏府吃飯這件事不安，但怕一雙兒女生氣，絲毫不敢表露出來，此時見妻子興致極高，忙應聲道：「好，妳安排吧。」

知夫莫若妻，見丈夫心神不定，舒氏嘆了一口氣，開解道：「相公，我知道你一向心善，總覺得不管老太太是不是親娘，大哥又是怎樣絕情，做了幾十年的親人，你對他們都做不到陌路相待；但他們是什麼人，想來你也清楚，只要你稍稍心軟一點，他們就會巴住你不放，不把你利用得徹底絕不甘休。為了一雙兒女，你就學學老太太和大哥，也絕情一點吧。」

夏正謙拍拍妻子的手。「放心吧，我不是糊塗人，怎麼做我還是清楚的，只是這心裡一下子放不開，妳容我緩兩天就好了。」

屋外正準備進門的夏衿聽到這話，皺了皺眉，又將腳縮了回去，往夏祁所住的墨韻居而去。

原先這所宅子的主人，想來是個喜愛文墨之人，所有的院子都取了雅致的名字。夏正謙和舒氏住在正院，叫熙怡堂，取和樂而興盛之意；夏祁所住的東院則叫墨韻居，可見原本就是個讀書的地方；而夏衿所住的西院，大概以前住的就是位小姐，所以叫做清芷閣。

舒氏是個窮秀才的女兒，未嫁之前也唸過書、識得字，看到這些院落的名字，她很是喜歡。

夏祁正在整理書籍，看到夏衿進來，他瞥了一眼，便又低下頭去，嘴裡問道：「怎麼，妳又想出去？想去妳便去吧，我一會兒就過去換裝。」

夏衿啞然失笑，走過去敲了他腦袋一下。「這麼晚了，誰會出去呢？你也不動動腦子。」

夏祁摀住腦袋抬起頭來，嚷嚷道：「妳今天還說不打我的頭了，現在又打。」

「哦哦，我忘了，抱歉。」夏衿很沒誠意地道了個歉，找了張乾淨的凳子坐了下來，對夏祁道：「剛才我本想去找娘的，結果就聽到她和爹在說話，似乎爹仍放不下那邊，心裡不得勁兒，娘正勸著呢。」

夏祁放下手，皺眉道：「爹就是心軟，明知道祖母和大伯是什麼樣的人，還去理他們，這不是惹麻煩嗎？」說著就站了起來。「不行，我得去勸勸爹爹。」

「回來。」夏衿叫道，朝他招了招手。

夏祁連忙小跑著走了過去，彎腰湊近夏衿，兩隻如墨的大眼睛巴巴地瞅著夏衿。

夏衿好笑地用手指一頂，將他的腦袋移得遠些，這才低聲跟他說了一番話。

夏祁聽完，亮晶晶的眼眸一下黯了下去，豎起的耳朵也垂了下來。

他有氣沒力地道：「就沒有別的辦法了？」

夏衿斜睨他一眼。「那你自己想個好辦法。」

「好吧。」夏祁答應道：「為了爹爹，我就犧牲點吧。」

當晚雖然忙亂，但在舒氏的安排下，夏家三房仍然吃了一頓豐盛的晚餐，以賀喬遷之喜。而夏正謙在一雙兒女面前，再沒流露出半點不高興的神色。

第二日，等邢慶生到來，夏正謙便帶著他一起去了前面鋪面處。

昨晚搬到這邊再收拾收拾就已天黑，鋪面也沒來得及看。

如今夏正謙看到鋪面寬敞明亮，外臨的街道極是乾淨，跑兩輛馬車都不成問題，而且這裡既不冷清也不過於熱鬧，來往的路人穿著打扮都要比城南體面許多，心裡滿意之極。

他吩咐羅叔道：「去個人，找藥鋪的秦老闆，叫他過來看看鋪面。」

「是。」羅叔趕緊去了。

夏正謙指揮著下人打掃，一面跟邢慶生興致勃勃地議論著這裡該擺放什麼，哪裡該做何用途，倒比在老宅處開醫館時還興頭幾分。

畢竟老宅砌出來的鋪面小，擺上兩張桌子就放不下什麼東西了，完全談不上佈置。而且夏正謙雖拿了房契，但房契上卻是大哥的名字，他總感覺依大哥的性子，絕不會讓他安生在那裡開醫館。

而現在，這宅子雖是租的，但他一口氣簽了五年約，預付了半年租金，他自然要將這裡用心佈置一番。

待秦老闆帶著王管事過來，醫館這邊已收拾得窗明几淨了。

看到這樣的鋪面，秦老闆哪裡還有不滿意的道理？當下便讓王管事趕緊回去，把昨日搬回藥鋪的藥再搬到這邊來，又問夏正謙租金幾何。見夏正謙厚道地說還是按原來的價錢，他心裡感動，主動要付夏正謙一兩五錢銀子的租金。

自家連後面大宅子加前面兩個鋪面，一共才二兩五錢銀子的租金，照夏正謙的想法，秦老闆給個七、八百文錢就足夠了。所以這一兩五，他哪裡肯要，自然百般推辭。

秦老闆見狀，只得道：「夏兄，不瞞你說，我一直想在城東開個藥鋪，可就是找不著鋪面。這邊的鋪面要不自己用，要不就租給親朋好友，沒門路的人都租不到；即便有那往外招租的，不是地段不好，就是租金貴得離譜。上次我看到一個鋪面還要偏僻一點，也沒你這個大，卻要一兩六錢銀子呢，所以給一兩五的租金，還是我占你便宜了。你有這樣的好鋪面能想到兄弟我，我再如何也不能讓你吃虧不是？行了別爭了，就這麼定了。」

夏正謙聽得這話，心裡就打了個突，他可不知道這邊的鋪面有這麼貴。照這麼說，人家即便不租宅子，只往外出租這兩個鋪面，兩邊加起來就有三、四兩銀子。

這似乎不對呀，有誰會嫌錢多咬手的？即便是為了結善緣，也不用這麼虧著自己吧？

心裡既有了疑問，待秦老闆打聽他這宅子租金多少時，他就學了個乖，沒說實話，只叫秦老闆猜猜看。

內宅住著女眷，秦老闆也不好進宅子去看看有多大。他出了門站在宅子的朱紅大門外往裡瞅了一瞅，估摸了一下宅子的大小，道：「這樣大的宅子，修繕得極好，又是在這樣的地段，還帶兩個鋪面，沒有七、八兩銀子，根本不可能租得下來。」

夏正謙吃了一驚。不過他倒是有些城府，表面上不動聲色，只豎起大拇指對秦老闆笑道：「厲害！沒想到秦老闆對房產也瞭解得這麼透澈。」

待王管事把藥運過來，秦老闆過去張羅，夏正謙便叫邢慶生看著下人收拾房子，自己一個人跑了出去，在城東四處打聽租金行情。

小半個時辰之後，他回了後宅，問舒氏。「衿姐兒呢？叫她來。」

舒氏遞了杯茶到他手上，一面答道：「衿姐兒換了男裝出去了，說是去給羅公子調整一下藥方子。」

夏正謙在外面跑了半天，早就渴了。不過他端著茶杯，卻沒有喝，皺眉凝思著，半天不動也不說話。

舒氏見他不對，心又提了起來。「相公，出什麼事了？」

夏正謙回過神來，想想不必瞞著舒氏，便把秦老闆說的房租和自己問到的行情跟她說了。「這樣的宅子，即便五兩銀子都算便宜的了，而且還有價無市，不是拿著銀子就可以租到的。人家能在這裡建宅子，就不差那點租金；可偏房東只喊價五兩，而且見咱們一為難，二話不說就減了半。妳說，天底下有這樣好的事情嗎？」

「還真是啊。」舒氏思忖半天，也覺得不對勁，不過又道：「不是說得了病讓郎中治好了，要跟咱們結個善緣嗎？」

「唉，當時我也是急了，這樣漏洞百出的話我竟然也相信。」夏正謙嘆道。「這家房東做官的地方跟這裡隔著一個省呢，他那姪子即便想要把咱們的情況告訴他，快馬加鞭送信過去就要小半個月，這還沒算回程呢，于管家怎麼可能半個時辰就問了准信，還給咱們講下了一半房租？」

「有沒有可能是房東的姪子……」舒氏試探著問。

「不可能。」沒等舒氏說完，夏正謙就搖了頭。「一般這種親戚幫著料理宅子出租事宜的，只會照著房主的意思辦，多少租金可租，什麼人可租，一丁點都不願意錯，唯恐幫忙做了事還落埋怨。有些不靠譜的親戚，只會提高租金，好賺些差價，萬不會主動降價的。」

這話說得舒氏越發蹙眉。「照這麼說，只有一種可能了，那就是于管家得了羅公子的吩咐，幫咱們把租金給偷付了一半；或者，宅子根本就是他們家的。可羅公子這樣做，是為什麼呀？衿姐兒給他治病，他付診金，誰也不欠誰，他何必虧著自己的錢幫咱們呢？」

說到這裡，她忽然靈光一閃，叫了起來。「難道他知曉了咱們衿姐兒的身分，想要娶咱們衿姐兒？」

咯噹一聲，夏正謙手裡的茶杯一下掉到地上，摔得粉碎。

羅嫂聽到屋裡動靜，過來瞅了瞅，見是茶杯碎了，趕緊進來把碎瓷片打掃乾淨。

舒氏卻不管這些，她也被自己那個突如其來的想法嚇了一跳，滿臉呆滯地愣在那裡，一動不動。

好半晌，夏正謙才長長地吐了一口氣，搖了搖頭。「這不可能！」

舒氏的身子也軟了下來。她想了想，自己也笑了起來。「是我多想了。羅家那樣的門第，怎麼可能會讓自己唯一的嫡子娶個小門戶的媳婦？除非……」

說到後面，她的笑容變得苦澀，她想起老太太想讓夏衿給羅騫沖喜的事情。

夏正謙顯然也想到這個，他沈默了好一會兒，道：「衿姐兒今年十四歲了，現在咱們分出來了，不用再顧忌著衸姐兒議沒議親。妳看看有什麼合適的，就給衿姐兒張羅個好人家吧。」

「嗯。」舒氏點點頭。

原先住在夏府，議親一事總有個長幼有序。舒氏即便有心要給夏衿張羅親事，也須得等老太太給夏衸訂了親後再議。

現如今，不用再有這樣的顧忌了。

這麼一想，舒氏只覺神清氣爽，心裡有說不出的豁亮。

羅騫的事，夏正謙想得更深些，又提醒舒氏。「咱衿姐兒醫術高明，這樣的媳婦娶進門，家裡人根本就不用發愁，就跟隨時備了個御醫在身邊一樣。所以如果羅家知道衿姐兒的真實身分，未免不會有什麼想法。咱們的門第配不上，他們不會娶作正妻，但納作良妾卻是沒問題的。」

「啊？」舒氏被嚇了一跳，她還真沒往這方面去想。

可現在想想，以羅家的權勢，真想要納夏衿為妾，他們還真抵抗不了。而且，如果只有他們夫妻兩人，只要咬緊牙關不同意，即便是羅推官也不敢強搶民女、逼出人命，就怕他們從老太太那邊下手……

思及此，舒氏只覺一陣寒意湧了上來。

她惶惶道：「相公，那怎麼辦？我可不想讓衿姐兒去給大戶人家做小妾！」

作為郎中，大戶人家暗地裡的齷齪事，夏正謙自然知道不少。他深知妻子不是長舌婦，有時候心裡憋得難受，他也會私下跟舒氏說說。所以即便舒氏身在小戶內宅，也知道在大戶人家裡做小妾，最是艱難，什麼時候被人害死都不知道。

「別怕別怕，我也只是猜猜。」夏正謙拍拍妻子的手，安慰道：「其實要想防備這些很簡單，咱們只要給衿姐兒訂一門親事就行了。」

「對呀！」舒氏眼睛一亮，巴掌一拍，整個人頓時鬆快下來。

只要夏衿訂了親，就是羅家再想納她為妾，也不好下手了。

而且夏衿訂了親，老太太也不好再以長輩的名義干涉此事。逼孫女退親，再送給權貴做小妾，這樣的罪名不是老太太能擔當得起的，夏家男人還要出門見人呢。

「相公放心，我下午便去找媒婆，盡快為咱們衿姐兒找個好婆家。」舒氏道。

「媒婆？」聽到這兩個字，夏正謙的眉頭又皺了起來。他對媒婆可沒有什麼好印象。

「最好能找個知根搭底的人家。」他道：「也不要什麼大富大貴，只要有飯吃、有衣穿，人品好，家裡人口簡單就可以了。」

舒氏十分贊同地點了點頭。

她太同意人口簡單這一點了。嫁進夏府十幾年，她可真是吃夠了這個苦頭。老太太這個婆婆不是親的，給她苦頭吃倒也罷了；但大太太這個當家妯娌也常常給她使絆子，要不是丈夫人好，她連和離的心都有了。

第三十四章

「師父。」院門外傳來邢慶生的聲音。

「進來吧。」夏正謙向來把邢慶生當兒子看待，也不忌諱他進後院來。

今天的邢慶生穿了一件藏青色細布長衫。他身形修長挺拔，容貌雖算不上俊俏，卻也輪廓分明，十分具有男人味，與夏祁那個還在發育的小男孩模樣大不一樣。

他走了進來，向舒氏行了一禮，遞給夏正謙一張紙條。「這是醫館需要添置的東西，請您過目。」

因這醫館開在城東，面對的病人跟城南不一樣，所以夏正謙想把醫館佈置得精緻一些，剛才還吩咐邢慶生去看看這附近的醫館，準備參照著佈置一下。

夏正謙看了他羅列的東西，提筆將上面的東西添減了些，對邢慶生道：「行了，就照這樣，叫羅叔去買回來。」又問：「日子看了嗎？是哪天？」

「我去問過了，說後日便是開市的好日子。」

「嗯，那便後日開門。」

邢慶生接過單子，自去張羅了。

舒氏一直目送著他的身影消失在院門外。

「妳在看什麼？」夏正謙奇道，順著妻子的目光往邢慶生身上看去。

「慶生！」夫妻倆同時叫了起來，對視的眼眸裡都亮了起來。

邢慶生，可不是個議親的好人選嗎？

他現年十七歲，未訂親，家中只有一個寡母，最重要的是邢慶生是夏正謙看著長大的孩子，品行正直善良，做事勤勉，如今又已出師，能獨立行醫，完全有能力養活家人。

把寶貝女兒嫁給這樣的人，夏正謙和舒氏都覺得放心。

「相公，你要是也覺得慶生這孩子合適，我就找個相熟的到他家去探探口風？」舒氏道。

「嗯。」夏正謙點點頭，不過隨即眉頭輕輕皺了起來。「妳說，要不要先問問衿姐兒？」

舒氏也猶豫起來。

按理說，父母之命，媒妁之言，他們做父母的覺得邢慶生好就可以了，根本沒必要徵詢本人的意見；但夏衿這段時間特別有主見，這親事議得不合意，她怕是不會聽任父母擺布。

想到這裡，舒氏本想說自己去問問女兒，忽然就想起一種可能性，倏地一驚，對夏正謙道：「相公，你說，衿姐兒會不會是看上羅公子了？」

夏正謙也是一驚，想想這段時間夏衿的表現，再將邢慶生和羅騫一比較，這種可能性很大，他的臉色慢慢沈了下去。

「怎麼辦？」舒氏有些慌張。「要是她看上了羅公子，肯定不會同意邢家這門親事，到時候鬧起來……」

夏正謙止住舒氏的猜想。「等衿姐兒回來，妳先問問她再說吧。」

夏衿今日正與羅騫、于管家看鋪面呢，在城南挑了鋪面，又買了幾個下人，剛回到家，就被舒氏捉住了，嗔道：「妳跑哪兒去了？找妳半天找不著。來，快來，到娘屋裡來，我跟妳說件事。」

「娘您找我幹啥，這麼心急火燎的？」

舒氏拉著夏衿到了她的房裡，坐下後卻不知如何張嘴了。

夏衿知道舒氏是一個沒有什麼城府之人，喜怒哀樂全在臉上。此時見她雖然著急，表情卻不憂愁，便不擔心，只對她這吞吞吐吐的樣子感覺奇怪。「娘，您到底要說什麼事？」

舒氏本想問夏衿對羅騫和邢慶生各有什麼看法，可話到了嘴邊，問出口的卻是宅子的事。「妳爹今天聽秦老闆說，咱們這樣的宅子，沒有七、八兩租金，根本租不下來，而且……」

她一五一十地把夏正謙的分析給夏衿說了一遍。

這件事，夏衿心裡早已有了懷疑。剛才跟羅騫在一起時，她並沒有問起這事，因為根本不用問，就知道是羅騫幫了他們；否則，天下哪有這等好事，而且還正巧讓她碰上了？

她沒說，是因為她不喜歡把感激掛在嘴上，只想等以後有錢或有了能力，再好好回報，而不是輕飄飄地說聲感謝就完事。

「娘，這件事我問過羅公子了，確實是他幫的忙。不過他是因為這次病怕了，希望咱們住得近些，一旦有什麼不適，直接派人叫咱們過去，不必套馬車跑老遠去叫人，誤了病情。他們家不缺錢，說幫咱們出租金又怕咱們不答應，所以才想了這麼個藉口，把租金降下來一些。」

舒氏一愣。「是這樣？」

「可不是這樣？」夏衿看她一眼，下一刻忽然想到了什麼，眨巴著眼睛問：「您不會想到別處去吧？」

「這、這個……」舒氏支支吾吾。

這下夏衿可明白了，不由得又好氣、又好笑，白舒氏一眼。「您可真會胡思亂想，羅公子又不知道我是女的，怎麼會有不該有的想法？即便知道我是女的，我跟他之間，也僅僅是郎中與患者的關係，再沒有別的，您可別再瞎猜了。」

舒氏被夏衿說中了心思，雖說有些不好意思，這顆心卻總算放了下來。

羅騫這邊沒事，但邢慶生那頭，她卻是放不下，這個女婿，她再中意不過了。

想了想，她決定還是提一提，也好將女兒的心思往那處引上一引。

不過，這一回她卻學乖了，知道繞個彎子。「衿姐兒啊，妳今年也十四歲了，妳可知道，老太太正給衿姐兒議親呢。」

夏衿奇怪地瞥她一眼。「我十四歲，跟夏衿議親有什麼關係？」

「議完衿姐兒的親事，就輪到妳了。」

想到這句話的言外之意，夏衿的心猛跳一下。不過她沒有作聲，只直直地盯著舒氏，等著她的下半句話。

「老太太派妳二伯、二伯母過來沒效果，妳說，她會不會從你們的親事上打主意呢？她雖不是妳父親的親生母親，但再怎麼也是夏家老太太，她要作主把妳給嫁了，我跟妳父親還真說不出什麼來。」

舒氏本是想用這個將邢慶生的事給引出來的，但這話說完，她忽然想到很有這種可能性，再想想以前老太太還有讓夏衿沖喜的前科，頓時被嚇出一身冷汗，一把抓住夏衿的手道：「衿姐兒，妳要是被老太太嫁到那種不三不四的人家去，妳叫娘怎麼活？」

說著，她的眼淚就下來了。

夏衿的眉毛緊緊地蹙了起來。

本以為，只要分了家，那麼她的親事就由夏正謙和舒氏說了算；而以這兩位對她的疼愛，只要她說不願意，他們肯定不會強迫她。

現在舒氏這麼一說，她才意識到，即便分了家，老太太也能操縱她的人生。

她的眸子裡閃過一抹冷意。

她對夏家那老太婆沒有一絲好感，如果真被逼得沒辦法，她不介意把那老太太幹掉。她相信以她的本事，絕不會讓人發現是她幹的，衙門仵作也查不出什麼來。

舒氏抽抽噎噎地抹乾眼淚，握著夏衿的手道：「為今之計，就是我跟妳爹先給妳把親事訂了，這樣一來，老太太想使壞也沒轍了。」

夏衿眉頭一揚，抬起眼來定定地望著舒氏。

雖相處的日子不長，但夏正謙和舒氏這一對夫妻的性子，她還是瞭解得十分透澈的。舒氏善良溫柔，卻是個沒主見的，別人說什麼就是什麼。照著她這性子，剛才被嚇得哭了起來，絕對會不知所措地連聲問「怎麼辦」、「怎麼辦」，絕沒有這種急智，下一刻就拿出解決方案來。

想明白這一點，夏衿緊繃的心忽然就放鬆下來。她看著舒氏，忽然覺得有些好笑，不過臉上絲毫沒有表情，只淡淡問道：「把親事給訂了？你們想把我訂給誰？」

「妳邢師兄，我跟妳爹都覺得不錯。」舒氏順口就把心裡的話給說了出來。

說著，她殷殷地望著夏衿。

「哦，是邢師兄啊。」夏衿的口氣仍然淡淡的，說完，還笑了一笑。

舒氏覺得女兒的情緒不對。

一般女孩子說到這種事，不應該害羞臉紅的嗎？為什麼女兒不光沒有羞澀，還一臉若有所思？難道，她知道自己和丈夫想把她許給邢慶生，而打心眼裡抗拒了？

「邢師兄家裡，似乎很窮吧？」夏衿忽然問道。

她想知道，夏正謙和舒氏為她擇婿的標準是什麼。

「窮些不打緊，只要他自己有本事，肯上進，能養得活妻小，最重要的是對妳好。有爹娘在，再如何也不會讓你們吃不上飯。」舒氏愛憐地撫了一下夏衿的頭髮。

夏衿的目光一下變得柔和起來，她正色道：「娘，我現在還小，不想那麼早訂親。老太太那裡，如果她真插手我的親事，我會處理的，不會讓她把我隨意嫁人的，您放心好了。邢師兄那裡，你們不要再說了。」

舒氏一怔，抬起紅紅的眼睛。「怎麼，妳不喜歡妳邢師兄？」

夏衿搖搖頭。「不是喜不喜歡的問題，而是我還小，根本還沒想過這事。」

舒氏也知道女兒越來越有主意，強迫她只會適得其反。

她點點頭。「好，娘知道了，這件事，咱們先不提。不過妳邢師兄今年也十七歲了，正是該議親的時候，如果他讓人給訂了去，到時候後悔可就來不及了。爹和娘都希望妳能嫁一個知根搭底的人。妳邢師兄家只有老娘一個，他老娘我見過，挺和善的一個人；妳師兄又肯上進，脾氣也好，憑著他的醫術，大富大貴給不了，可溫飽是不成問題的。而且有妳爹在，他和他老娘都不敢對妳不好，所以這件事，妳好好考慮一下。」

「嗯，好，我會好好考慮的。」夏衿敷衍道。

雖說前世的生活讓她疲憊，這一世想做一個平凡的女人，嫁人生子過最普通的生活，但從來沒想過這麼快就嫁人。在她的打算裡，從夏家分出來之後，她要多多賺錢，結識些有權勢的人物，這樣她就有了自主、自保的能力。之後，再挑個順眼的男人成親，過上悠閒日子。

舒氏也知道不能勉強，說多了又怕夏衿反感，只叮囑了兩句，便放她出去了。

出得門來，夏衿望著城南的方向，眸子微冷，全身散發出戾氣。

以老太太的性子，絕對會操控她和夏祁的親事，從而給她的親兒子、親孫子獲取最大利益，再將夏正謙和舒氏拿捏在手裡。既如此，自己得防患於未然，將這老太太先廢了才好。

下一把藥，讓她中風，眼歪嘴斜不能說話，這樣她就不能再使壞了吧？

那天晚上，夏衿等大家都睡熟，便換了黑衣，蒙上臉，從後院的院牆一躍而出，朝城南奔去。

這身體讓她調養了一、兩個月，每天晚上泡藥浴，再配以獨家心法和淬鍊身體的方法，前世的功力已恢復了四、五成。子時到外面的街巷飛簷走壁，也是她每晚的功課之一。今晚就趁練功之機，順便去夏家走一遭吧。

城東權貴雲集，每家每戶都有護院，而這些護院裡沒準兒就藏有高人。夏衿不敢再像在城南、城西那樣肆無忌憚，並沒有跳上人家屋頂行走，而是老老實實在巷道裡奔跑，只是奔跑的過程中，無聲無息，快如閃電，形如幽靈。

城東離城南甚遠，平時來去都是坐馬車，像這樣繞著迂迴蜿蜒的巷道，沿著往常所走的路奔跑，確實遙遠。

每到一個城市，熟悉地圖，是每個殺手做任務前必做的功課之一。

夏衿現在雖不做殺手了，但前世的習慣卻是不容易改變。對於這座她即將要生活下去的城市，她沒理由不探勘清楚。

因此，她跑出夏家宅子所在的那條街道，便拐了個彎，朝另一個方向跑去。

她知道，從這個方向去城南，是一條近路，只是需要經過一座樹林，還有一個小湖——說是小湖，方圓也有近千畝，卻不知何時起成了一座死水塘，住在附近的有錢住戶紛紛搬離，這裡便成了無家可歸之人聚居的地方，越發髒亂。

出了城東，往南走，便進入了小湖附近。夏衿這才躍上了屋頂，直直地往樹林方向奔。

此時天上掛著一輪明月，照得大地一片寥寂，雖不十分明亮，卻能讓人看清遠處屋簷的輪廓，和近處物體的形狀。四周萬籟俱寂，只有遠處傳來幾聲狗吠和野貓的叫喚。微風拂來，帶來小湖特有的臭氣，夏衿加速奔跑，想要快些遠離這空氣污濁的地方。

她跑過貧民窟，眼看就要進入樹林，卻忽然聽到一陣奔跑的聲音，她身影一動，將自己隱在屋頂的陰暗處，朝聲音傳來的方向看去，便見兩個人影踉蹌地朝她藏身的這座宅子奔跑而來，嘴裡還發出沈重的呼吸聲。

「你、你別管我……你一個人，還能逃得了命……」高個子的那人推了夥伴一把，可身子一歪差點倒在地上，顯然是受了傷。

「公子，阿墨怎能扔下你一個人逃命？快別說了，咱們進屋去藏起來。」一個矮的拚命把高個子往屋子方向拉，想把他拉到屋簷下。

聽到這兩個聲音，夏衿頓時一怔。

做殺手的人，就要有過目不忘、過耳不忘的本事。只要見過的人、聽過的聲音，都要牢牢記在心裡，以便往後可以加以利用。

而這兩位，即是在城東茶館前給過小乞丐銀錢的那個年輕人，以及他的小廝阿墨。

他們怎麼會在這裡，還被人追殺？

阿墨死拽硬拉，硬是把他家公子拉進屋簷下，然而卻發現門是閂著的，怎麼推也推不開。

夏衿蹙眉，卻沒有動彈。

屋裡除了女人，還有嬰兒，剛才過來的時候，她聽到有女人迷糊哄孩子睡覺的聲音。阿墨他們進去，一來連累無辜，二來女人、孩子的哭叫聲容易暴露他們的行蹤，沒有一點好處。

阿墨見推不開門，左右看看，看到門前堆著一垛不高的稻草堆。他將牙一咬，把公子往旁邊的草垛裡一埋。「待在這裡別動，我藏另一邊。」

「阿墨。」他家公子受傷甚重，頭腦早已迷迷糊糊，手上卻死死把他拉住。「你……你也藏進來。」

「公子，出來前，方丈交代，不管生死，一定要護住公子。」阿墨抹了一把淚，用力地往年輕人後腦一砍，把他打暈，再用稻草把他的身影掩住，聽得後面已有人追來了，趕緊飛快地朝另一個方向跑去，邊跑還裝著不小心的樣子，撞翻了路邊一個破木盆，發出一陣聲響。

「快，在那裡，追。」七、八個蒙面人聽到聲響，立刻朝著阿墨消失的方向追去。

夏衿望著這群人消失的方向，心裡如翻江倒海，不能平靜。

阿墨的做法，讓她想起前世執行任務時的一個戰友。當時，他也隻身引開敵人，讓她和另一戰友逃離，而他，從此再沒回來。

她轉過頭去，靜靜地盯著那堆草垛，片刻之後終是下了決心，從屋頂上跳落下來，將草垛裡那個昏迷的年輕人揹在背上，縱身再躍上屋頂，朝東跑去。

「糟糕。」跑了一陣，她暗暗叫苦。

她背上的這位年輕人，被一支箭從後背射穿到前胸，傷得甚是嚴重。她這一路走，他就一路流血，這鮮血的味道，很快地會把那群蒙面人引來。

她停了下來，將他輕輕放下，快速地點了幾個穴位，又撕下衣襬為他連箭和傷口一起綁住，以減緩流血的速度。待她站直身體，正準備將他拉起揹到背上時，她只覺心裡倏地一陣生寒。

「有暗算。」腦子閃過這麼一個念頭，身體也作出反應，便聽「嗖」的一聲，一支箭如閃電一般朝她射來，饒是她躲避得快，仍是射中她的左肩。

夏衿的動作卻絲毫沒有因此而停頓，她以迅雷不及掩耳的速度，揹上年輕人，腳下一點，身影立刻從屋簷上消失，出現在另一家的屋頂上，幾個縱身之後，便消失在茫茫夜色之中。

地上站著的兩個人看著她這一連串行雲流水般的動作，都嚇呆了。待回過神來想放第二箭射殺她時，眨眼的工夫，就已不見了她的蹤影。

「這是誰？這到底是誰！」其中一個握著弓箭咆哮起來。

他娘的誰中了箭不會因疼痛而停頓，從而讓他再有機會射出第二支箭？這是哪裡跑出來的妖孽，中了箭卻沒有反應就揹著人逃跑，這還是人嗎？

「走，給我追。」他不甘地道。

「大人……」下屬正要勸他，不要以千金之軀犯險，就聽身後有人跑過來，到他們身邊行禮稟道：「大人，京城來了口諭，說京中有變，命我們立即回京。」

那人停下腳步，沈默片刻，一揮手。「傳令下去，停止追殺，立刻回京。」

第三十五章

夏衿自然不知身後發生的事，她揹人，拚命奔跑，直到發覺身後沒有任何動靜，這才悄悄鬆了一口氣。

她左右看看，發現這已是小湖的另一頭，這一邊的湖面泛黑，氣味更臭，所以居住的人也越發的少。湖岸邊有一些廢棄的房屋，她仔細確認裡面沒有任何呼吸聲，便躍下牆頭，推開屋門，找到一張破椅子，將背上的人輕輕地扶了下來，讓他靠坐到椅子上。

此時她左胸前後的衣襟已是一片鮮血。

擔心燈光引來麻煩，她並沒有將懷裡帶的火摺子吹燃，而是走到窗前，將懷裡的幾個瓷瓶掏了出來，藉著月光仔細辨認了一下，將其中一個打開，放在破敗的窗櫺上。

之後，她將染滿鮮血的上衣脫了下來，搭在窗戶上，再將一層層綁在胸部的布條解開，咬在嘴裡，右手握箭，用力一拔，悶哼一聲，箭已拔出。她將箭隨手扔到地上，拿起窗櫺上的瓷瓶，將藥粉灑在傷口上，再用咬在嘴裡的布條將傷口纏繞起來。

布條纏到一半時，她停住纏繞，將它撕斷，剩下的一半仍咬在嘴裡，騰出手來把胸前的布條打了個結，這才拿下嘴裡的布條，用右手抹了一把額上的冷汗。

可這把汗抹到一半，她便僵住了。

那個本已昏迷的年輕人，不知什麼時候醒過來了，正目瞪口呆地望著她，眼裡全是震驚。

她跟他對視一眼，又低下頭看了一眼自己。

做殺手的，生死瞬間，腦子裡只有活命，沒有別的東西。她剛才揹著這人拚命奔跑，血流得很快，跑到這裡時已有些眩暈，要再不包紮，她怕自己也倒下了。解衣、拔箭、包紮，她唯有跟生命賽跑，哪裡還顧及男女之別，更何況，當時這男人還是昏迷的。

她面無表情地將身子背了過去，將裡衣穿上，最後套上外面的夾衣。

而她身後的年輕人早已滿臉赤紅。

他剛剛醒來，迷茫不知自己身在何處，抬起頭忽然就看到窗前的月光下，站著一個裸著上身的女子，還沒等他反應過來，便見這女子手起箭落，麻利得如同拔一根頭髮——便是拔頭髮有些人還怕痛，猶豫半天呢——拔箭時，她僅僅只是皺了皺眉頭，眼不眨而色不改。他受過箭傷，知道拔箭有多痛，有些人吃不住這種疼痛，能叫喊著暈厥過去。所以她這份淡定，直叫他看得目瞪口呆，竟然忘了非禮勿視，將頭轉過一邊去。

現在這場景，叫他十分尷尬。

夏衿收拾好自己，走到年輕人面前，問道：「你怎麼樣？」

「啊！」年輕人似乎被她的聲音嚇了一跳，頭雖然轉了過來，眼睛卻往地下看，紅著臉不敢看她。

這年輕人也就十六、七歲，還是個大男孩。本就長得白淨，目光清澈乾淨得如同剛出生的小鹿，讓人沒來由地心生好感。如今再加上這靦覥害羞的模樣，任誰都不會把他跟追殺這樣黑暗的事情聯想在一起。

「我、我、我還好……」他道，聲音一如他的眼睛一般清朗乾淨。

說完這句話，他似乎鎮定些，抬起眼飛快瞥了夏衿一眼，又低下頭去，臉色發紅。「我是武安侯府世子蘇慕閑，跟小廝瞞著家人出來遊玩的。不知為什麼，竟然被人追殺。」說到這裡，他的臉色黯淡下去，眉頭也皺了起來。

夏衿雖救了人，卻是不愛多管閒事的，所以也沒問他是什麼人，可蘇慕閑將他的名字說出來後，頓時把她嚇了一跳。「蘇什麼？你說你叫蘇什麼？」

「蘇慕閑。」蘇慕閑抬起頭來，疑惑地看著夏衿。「怎麼，妳聽說過我？」

「哦，沒有。」夏衿收回目光，心裡卻仍因這個名字怦怦直跳。

蘇慕，上輩子叫了二十幾年的名字，深入骨髓，與她整個人融為了一體。重生到這個世界，她深知那個名字已隨那軀身體消失在那個世界了；她如今姓夏，叫夏衿，所以那個名字便深深埋在她的記憶深處，沒承想今天會聽到有人叫它，雖然叫的不是她，名字後面還多了一個「閑」字，仍然讓她激動萬分，不能平靜。

夏衿深知此時不是感慨緬懷的時候，她深吸一口氣，平復情緒，轉過頭來問道：「你剛才說什麼？你是什麼侯府的世子？」

「武安侯府。」蘇慕閑道，眸子乾淨得如一汪湖水。

夏衿上下打量著蘇慕閑，蹙了蹙眉。

她自詡看人極準，蘇慕閑明顯就是不諳世事的大家公子，他說自己是武安侯府世子也絕不是撒謊。只是一個侯府世子，為什麼會只帶著一個小廝跑到這南方城鎮來？還被明顯是殺手組織的人追殺？

不過，蘇慕閑臉色潮紅，顯然正在發燒，傷口雖經她點穴包紮流血已經變緩，但箭仍在他身上，血流仍然不會停止。現在的當務之急，就是幫他把背上的箭拔出來，再上藥包紮，找個地方讓他好好養傷。

「這箭得拔出來。」她道。

「妳拔吧，我受得住。」蘇慕閑道。他雖怕疼，但夏衿一個女孩子都受得了這份痛，他沒理由受不住。

前世生死之間，夏衿救治過無數戰友，沒有麻藥，生生地將中毒的肢體砍掉再包紮的事都做過。所以於她而言，只有救人，沒有下不了手的情況，於別人如此，於她自己也是如此。

她走上前來，二話不說，直接就動手拔箭。蘇慕閑本以為她會說幾句安撫話，沒承想忽然就覺身體一震，一陣強烈的疼痛從背後襲來，驚叫聲還沒出口，他就直接痛暈過去。

夏衿也不管他暈不暈，另一隻手立刻將藥粉倒在傷口上，扔掉箭後，布條也隨之纏了上來，血剛隨箭頭湧出來，就被她壓了回去。蘇慕閑的這支箭比她那支射得要深，差點就射穿他的肩膀，布條這麼一纏，一瞬間鮮血就把布條染成了紅色。

夏衿手下一刻未停，將布條纏完，又撕了衣襟繼續纏，直到再也看不到鮮血滲出，這才打了個結，完成包紮。

她從懷裡又掏出一個瓷瓶，倒出裡面的藥丸，自己吃了兩粒，又塞了兩粒到蘇慕閑嘴裡，用手一托下頜，就讓他嚥了下去。

過了一會兒，蘇慕閑慢慢醒了過來，但肩膀的疼痛讓他額上冒出一層密密麻麻的冷汗。

他微抬起頭，望向夏衿，卻見她在房間裡走來走去，面色如常。他實在不知道同樣是拔了箭，他為什麼疼得要死，而這姑娘卻絲毫沒有感覺。

「妳……不疼嗎？」他問道，聲音微弱。

夏衿正在收拾房間，聽到問話，她絲毫不驚訝，聽一個人的呼吸聲，就能知道他是清醒還是昏迷，抑或是沈睡。

「疼啊，怎麼不疼？我的身體又不是鐵打的。」她頭也不回地答道。

「那為什麼妳……」蘇慕閑問到一半，就沒有再問下去，他覺得很不好意思。

夏衿自然知道他問的是什麼，不在意地道：「哦，習慣了。」

蘇慕閑吃了一驚。「習、習慣？」

是什麼樣的遭遇讓一個姑娘家竟然把疼痛當成了習慣？

夏衿沒有再理他，終於把房間整理乾淨，用找出來的破棉絮把床鋪好，轉過身走到蘇慕閑身邊道：「我不能帶你回去，否則會連累我家人。好在這裡有張床鋪，還有一床破棉絮，你湊合著在這裡養傷吧。」

「謝謝。」蘇慕閑感激地道。

雖然當時他陷入昏迷，但從夏衿身上中的箭可以看出，是她冒著生命危險把他救出來的，他對她唯有感激，自然不會埋怨她把他放在這破舊又難聞的屋子裡。

「你能走嗎？要不要我抱你過去？」夏衿問道。

「不、不用了。」蘇慕閑的臉又紅了。

夏衿聳了聳肩。她一女子被人看了身體，都沒有羞愧得不敢見人，這男子偏偏還動不動臉紅，真叫她這後世來的人無語。

夏衿自己身上都有傷，而且她幫蘇慕閑拔箭用了些力，此時肩膀上又滲出血來，蘇慕閑要逞強，她也樂得清閒。

蘇慕閑鼓了好一會兒勁，才咬著牙撐著椅子站了起來。這一動彈，他只覺眼前陣陣金光，差點倒在地上，好在夏衿剛剛的模樣給了他無窮的力量。他站在那裡一動不動好一會兒，感覺恢復了些力氣，便一步一步朝床邊挪去。好不容易挪到床邊，坐下來時，他只覺渾身脫力，衣服全被冷汗浸濕了。

「慢慢地上床躺下。」夏衿看到蘇慕閑竟然硬生生自己走了過來，對他倒是好感大生。別人不是她，她前世在為父母報仇時，曾進行過兩年魔鬼訓練，後來又在傭兵團出生入死。這種疼痛，於她而言根本就不算什麼；可蘇慕閑一看就是個貴公子，沒吃過什麼苦頭，而且他現在還發著燒，身體比她更為虛弱，能做到這一步，著實難得。

蘇慕閑又挪了幾下身體，終於在床上慢慢躺了下去。這麼一躺，他便連睜眼的力氣都沒有了。

「行了，你好好睡一覺。床頭有個瓷瓶，你醒來後吃兩粒裡面的藥，明日我再找時間過來看你。」夏衿的聲音聽在他耳裡，縹緲得如在雲端。

「好，謝謝。」他喃喃道，也不知道自己的聲音傳沒傳到夏衿的耳朵裡。

夏衿扯過一張又黑又破的爛棉絮，蓋到他身上，見蘇慕閑已陷入了昏睡，她走出屋子，輕輕關好門。

聽聽四處除了風聲和幾聲鳥叫，遠處偶有狗吠，再無別的聲響，夏衿放下心來，幾個縱身，便消失在茫茫黑夜之中。

她受了傷，夏府那邊，她自然是不會再去了。

一路順利回到家裡，神不知鬼不覺進了房裡，換下身上全是血漬的衣服，拿到廚下灶裡一把火燒了，她這才靜悄悄地躺到床上。

第二天吃早飯的時候，舒氏見夏衿臉色蒼白，趕緊伸手摸摸她的額頭，又摸摸她的手，發現並沒有發熱。她鬆了一口氣，問道：「怎麼了？是不是哪裡不舒服？」

舒氏的關愛，讓夏衿心裡暖暖的十分受用。她仰臉笑道：「沒事，大概是昨晚沒睡好。」

舒氏嘆了一口氣，對女兒愛憐地道：「這陣子可把妳累壞了。如今醫館那處有妳師兄幫忙，妳就別操心了，在家好好歇著吧。」

「嗯。」夏衿點點頭。

她雖不把這點傷勢放在心上，但小心點總沒壞處，畢竟這身體還比較柔弱，不像她前世那般耐摔打；而且，她也得找個藉口躲在房裡，好偷溜出門去看那蘇慕閑。

然而沒等他們吃完飯，就有守門的婆子來稟。「老爺、太太，那邊夏府的張管家來了，說老太太病了，讓你們過去瞧瞧。」

一家人的動作都僵住。

舒氏看看夏正謙，沒有作聲。

夏祁卻皺眉道：「他們是怎麼找到這裡來的？」心裡則暗自咆哮——這日子還讓不讓人過了？都躲到這裡來了，還輕易被找到。以後，就別想有清靜日子過了！

那婆子看看夏祁，答道：「老奴不知。」

夏衿望向夏正謙，想知道他是什麼反應。

跟那邊夏府的瓜葛，說到底還是要看夏正謙，只要他心硬，那邊就翻不出什麼大浪；但如果他心裡還念著什麼孝道和手足之情，那這日子就清靜不了。

夏正謙挾菜的手頓了頓，便恢復了正常。他把那根青菜放進嘴裡，慢慢地咀嚼之後嚥了下去，這才道：「得的什麼病？」

「聽張管家說，是中風。吃了趙郎中的藥沒見好，所以想叫您回去看看。」婆子道。

中風？

大家都想起夏正浩來請吃飯，結果大家沒理，直接搬家的事。莫非老太太是被這事氣著了，所以中風了？

夏衿心裡暗喜，這樣就不用弄髒自己的手了。

夏正謙慢慢將手中的筷子放下，看向一雙兒女，眼神有著從未有過的嚴肅認真。「你們說，我該不該回去看看？」

夏祁避開了夏正謙的目光，轉過頭來，看了夏衿一眼。

夏衿卻明白，她與夏祁前日的言行，不符合這時代提倡的仁孝思想，肯定給夏正謙帶來了一定的憂慮。

她自己無所謂，一來她的靈魂是成人，二來她來自現代，思想與古代不符很正常；可夏祁卻不行，如果思想跟這時代提倡的相差太遠，以後必然會成為異端，他自己也會很痛苦的。

為了夏祁，也為了夏正謙的那一份心，夏衿決定以後行事緩和一些。她道：「去是自然要去的，否則被人傳出去，有損您和哥哥的名聲。」

夏祁猶豫片刻，也點了點頭，表示同意。

夏正謙深深望了他們一眼，站起來道：「我去收拾醫箱，你倆誰跟去，自己決定。」說著，走了出去。

第三十六章

「哥，你去吧。」夏衿道。

夏祁剛才的舉動提醒她，雖然她靈魂是大人，但身分還是夏祁的妹妹。如果她太過強勢，勢必會讓夏祁只知道聽她意見、看她臉色行事，而不是一個有主見的男子漢。她決定往後家裡的事情，儘量讓夏祁去做，而她也該抽出空來，做自己的事了。

「嗯，我去比較合適。」夏祁點點頭道，還滿含深意地朝她眨了眨眼睛。

夏衿立刻就明白了他的言外之意，不由得笑了起來，剛才的那點擔憂頓時煙消雲散了。

夏祁這孩子，還是很肯動腦筋的。

她跟夏正謙去了，如果夏正謙治不好老太太，那她要不要出手呢？她昨晚都想去給那老太婆下藥了，沒理由還去救治；可當著夏正謙的面，她也不好幹啊。

夏祁跟著去就沒這擔憂了。

夏正謙提了藥箱過來，聽說是夏祁跟著去，他也沒說什麼，只深深看了夏衿一眼，便直接掀了門簾出去。

夏正謙和夏祁前腳剛出門，夏衿便跟舒氏說她不舒服要睡覺，依著這個藉口避開大家的視線，也換衣服跟著出了門，雇了輛馬車往蘇慕閑待的地方奔去。路上還停下來買了些藥、粥和一些生活必需品。

她昨晚帶蘇慕閑來的這片地方，叫塘西，遠遠的就聞到一股臭味。馬車伕怕弄髒自己的車，走到一片髒矮的屋子前，便死活不願意再走了。夏衿只得付了錢，雙手提著東西慢慢往前走。

昨晚她來時，不仔細看還沒發現，現在白天走到這塊，只覺一片髒亂。到處都是垃圾、蒼蠅、老鼠，再加上湖水臭氣熏天，這裡已沒多少人居住了。

夏衿輕易就找到了昨晚的那間屋子。不過她沒有馬上進去，而是隱在暗處靜靜地觀察一會兒，見四周並沒有異常，這才走到門前，推門進去，破爛的門發出「呀」地一聲異響。

門一開，夏衿就心感不妙——門後有人！猜想到可能是蘇慕閑，她一個閃身欺到面前，手裡那把鋒利匕首就頂在他的脖子上。

蘇慕閑被她這鬼魅一般的身手嚇著了，愣了好一會兒，才發出聲音。「是、是我。」

夏衿收回匕首，鼻子裡「哼」了一聲，道：「要不知道是你，這會兒你早已是個死人了。」

蘇慕閑被她這話說得臉色發白。

夏衿滿意地打量他一眼，笑道：「不錯，還挺警覺的，知道要防範，我還以為大少爺你還躺在床上睡覺呢。」

蘇慕閑臉上一紅，將劍收起，對她肅然行了一個大禮。「多謝姑娘昨日救命之恩。」

「行了，要不是曾有一面之緣，我也不可能救你。」夏衿將手裡提的東西放在一張搖搖欲墜的桌上。

「一面之緣？」蘇慕閑疑惑地抬起眼來，看向夏衿。

昨天晚上實在太過驚悚，現在想起他仍臉色發紅，心跳如鼓，而且當時又沒有燈光，他神智也不清，自然沒有仔細看清楚夏衿的臉。

此時這麼一打量，他才想起，指著夏衿道：「妳、妳就是那個……那個救小乞丐的人？」

夏衿點了點頭，將手中的一個陶罐遞了過去。「這是肉粥，還熱著，你先吃著。」又拿出一個葫蘆。「這湖裡的水不能喝，葫蘆裡是我給你帶的清水。」

「多謝姑娘。」蘇慕閑感激地拱了拱手，也不客氣，端起陶罐正要舀粥往嘴裡送，忽然又想起什麼，神情黯然道：「姑娘有沒有我那小廝阿墨的消息？」

夏衿搖搖頭。

那阿墨似乎並不是武功高強之輩，昨晚被追殺，想來已是凶多吉少。

這兩人與她非親非故，此事又與她無關，她自然不會冒著危險打聽那小廝的消息。能出手將蘇慕閑救下，已是她大發善心了。

蘇慕閑一時情緒低落，端著那罐粥半天沒有動彈。

夏衿也沒理他，將自己提過來的一個大包裹打開，一一交代。「這是床單，一會兒你鋪到床上。這是棉被，這包是乾糧。這小葫蘆裡是我叫人煎的藥，還溫熱著，一會兒你喝完粥，把藥給喝了。」

蘇慕閑怔怔地看著那堆東西，好半天才抬起眼來，想要表示感謝，夏衿走到他身邊道：

「抬起手來，我給你把個脈。」

夏衿精通醫術，早在救治小乞丐時蘇慕閑就已知道。他沒有多問，抬起手伸到夏衿面前。可待夏衿那纖細的手指搭在他手腕上時，他的臉沒來由地紅了起來。

夏衿收回手，面無表情地道：「把小葫蘆裡的藥喝了，中午和晚上再吃兩粒瓷瓶裡的藥，就沒事了。」說著，直直往外走，走到門邊，她轉過身看向蘇慕閑。「萍水有相逢，就此別過，後會有期。」

蘇慕閑沒想到夏衿毫無徵兆地就要離開，而且是再也不來的架式，忙站起來急叫道：「姑娘、姑娘……」

夏衿停住腳步，轉過身來。春日的陽光斜斜地照進門來，顯得背光而站的她眼睛更加黝黑明亮。

「還不知姑娘高姓大名，救命之恩，沒齒難忘。」蘇慕閑拱手道。

夏衿看向他的目光柔和下來。

他不諳世事，嬌生慣養，她以為他叫住她，即便不是傲然許她名利，讓她留下照顧他，也會赧然懇求她的駐足。

然而他卻一字不提挽留的話，只問她姓名，以求報恩。

他雖是豪門公子哥兒，卻也有錚錚鐵骨，甚有擔當。

「我叫夏衿。」

「夏衿。」蘇慕閑輕唸一遍，用力地點了點頭。「我記住了。」

夏衿深深看他一眼，轉身離去。

她不是拖泥帶水之人，更不是個多事的。順手救他，送他藥，給他吃食，確保他能活著離開，這已是她所能做到的極限。至於他從何處來？要往哪裡去？為何被人追殺？有沒有去處？會不會再被捉住？這都不是她能管、也不是她想管的事。

世間需要幫助的人何其多也，她是個自私而淡漠的人，只想走好自己的路。

一盞茶工夫後，她出現在城南租賃的小院裡。因要開點心鋪子，她買了幾個下人，並教他們製作點心。現在這些下人照著她的吩咐，採買了一些原料來，正在挑選棗子和豆子，她囑咐了幾句，這才回了家。

回到家時，夏正謙和夏祁竟然已從夏府回來了，他們正跟舒氏坐在廳堂裡說著話。夏衿換了女裝走進去，夏正謙也不問她去了哪裡，只道：「老太太沒什麼大礙。」

夏衿點了點頭。

夏老太太雖然六十多歲了，但面色紅潤，聲音洪亮，健康得很。即便是被這事氣著了，也不會有大礙，藉病喚夏正謙過去，不過是找個藉口罷了。

夏正謙起身去了前面醫館，夏祁則跟著夏衿回到清芷閣，匯報道：「老太太裝得跟什麼似的，用粉把臉塗得煞白，一副病懨懨的樣子。她就沒想咱爹是幹什麼的，一把脈什麼偽裝都看穿了，偏她還毫無知覺，嘴裡一個勁地哼哼，又數落爹不孝，說到了地下要把事情跟祖父好好說說。」

夏衿冷笑。

現在他們搬出來了，老太太拿捏不了什麼。因為有羅家和宣平侯府做靠山，她和夏正慎不敢再做出過分的事，除了裝可憐這一招，她就沒手段可使的了。

夏祁接著道：「不過爹一直淡淡的，根本不理她。後來去了廳堂，大伯和二伯說了很多勸解的話，爹爹仍是一聲不吭，由得他們自己說自己的，坐了一會兒就起身告辭。妳沒看見，大伯氣得臉都白了，卻又不敢罵咱們，那憋氣的樣子，要多好笑就有多好笑。」

夏衿點點頭。夏正謙這表現就對了，倒沒讓她失望。

「你找二姊打聽議親的事沒有？」她問道。

在去之前，她悄悄拉過夏祁，叫他向夏袗打聽議親的事。那個府裡，她知道夏佑和夏袗都是好的。

「打聽了。」這麼重要的事，夏祁怎麼可能忘記？「二姊說，這陣子為了我們這房的事鬧得不可開交，老太太哪裡有精力去給四姊議親，更不要提咱們的親事了。妹妹放心，沒這回事。」

夏衿朝正院的方向看了一眼。

她沒想到，舒氏那麼老實的人也會在她面前耍心眼。「行了，我知道了。」

雖然有些不高興，但她倒也沒太生舒氏的氣。舒氏沒巴望她攀個高門第的親事，而是一心給她找個好人家，也算是個好母親了。再說，她這一齣，也算是提醒夏衿，好做些防範。

「妹妹，妳放心，我一定考個秀才回來，讓那些小瞧咱們家的人看看。妳議親的事，我也會跟娘親說說讓她推遲。現在咱們家什麼也沒有，議親能議出什麼好人家來？等我考上了秀才，爹爹的醫館也聲名鵲起，到時候還怕沒好人家上門來提親？」

雖然這番話是夏衿暗示過的，但夏祁現在能這麼說，她仍然十分高興。她也不是天生的女強人，前世可謂被逼著走上殺手一途的，今生能有個哥哥做依靠，也是十分幸福的事。

「嗯，那拜託哥哥了。」夏衿道：「我現在只想讓咱們家的日子好起來，不想早早嫁人。」

夏祁被「拜託」兩字一激，立刻拍著胸脯道：「放心，有哥哥在，絕不讓娘胡亂將妳許人。」說著，便出門準備去找舒氏。

昨天失血過多，即便夏衿強悍，終是有些撐不住。好在當初她以認藥的名義，讓夏祁幫她買了不少藥材，把治傷的藥材都備齊了。她開了個方子抓了藥，讓菖蒲偷偷拿去煎了，喝了藥睡了一覺，下午的時候臉色便好看許多。

菖蒲進來，看夏衿醒著，正倚在床上看書。她輕聲稟道：「姑娘，我爹回來了。」

「哦。」夏衿放下書，起身穿了衣服，到外間坐下。「快快叫他進來。」

不一會兒，菖蒲便領著一個四十來歲的男人走了進來。

菖蒲的爹，名叫魯良，三房還沒分出來時，就被夏衿派了出去，去贛省和桂省替她尋找一種植物。

「魯良向姑娘請安。」魯良進來後先給夏衿行了一禮。

「魯大叔快莫多禮。」夏衿虛扶一把，眼睛盯著他提在手上的一個袋子問道：「我叫你找的東西，可有找到？」

魯良打開那個袋子，從裡面掏出一把枯紫色的莖幹，遞到夏衿面前。「姑娘，您看看，您讓小人找的，是不是這種草？」

夏衿接過乾草，細細辨認，發現那莖幹是由邊緣有鋸齒的卵圓形葉子曬乾而成；她又將莖幹放到鼻子前嗅了嗅，一股淡淡的藿檀味撲鼻而來。

她記得《本草綱目拾遺》提到，「仙人凍，一名涼粉草，出廣中，莖葉秀麗，香猶藿檀，以汁和米粉，食之止饑。山人種之連畝，當暑售之……」

所謂「仙人凍」，即是燒仙草了。

夏衿租了鋪面，又買了幾個下人，準備在臨江城賣燒仙草。她相信，仙草的苦香彈滑、紅豆的綿軟、小棗的甜美、芋圓的滑糯融合在一起的仙人珍饈，既然那麼受養刁了味蕾的現代人喜愛，沒有理由不能征服古人的心。

魯良見夏衿不說話，在一旁又道：「小人見當地人用這個的汁水跟米粉和在一起，就成了凍糕狀，就跟姑娘您說的一樣，而且他們也叫它仙人草。」

她點點頭。「應該是了。你拿出一小撮來，弄成粉，叫菖蒲她娘照著當地人的做法，做出一碗凍糕我瞧瞧。」說著她又道：「悄悄做，莫讓人看到。」

魯良應聲去了。

菖蒲好奇地問：「姑娘，您叫我爹找這種仙人草，有什麼用處？」

夏衿一笑。「它既能做吃食，也是一種藥。」

菖蒲「哦」了一聲，便不再問了。

這段時間夏衿冷眼瞧著，菖蒲很是忠心穩重，並沒有因她這個主子在家裡的地位變得舉足輕重而輕狂得意；便是她的爹娘，也是極老實本分的。這一家子都可以培養成她的左膀右臂，開店這種事，也當讓他們一家知曉，這也算是一種考驗吧。

她傾耳聽聽，見屋外沒什麼動靜，便道：「菖蒲，我準備跟羅公子合開一間食肆。」

「啊？」菖蒲輕叫了一聲，又立刻摀住了嘴。

夏衿抬起眼眸，瞥了她一眼，繼續道：「就準備賣妳爹尋回來的這種仙草。不過，我不打算讓我爹娘知道。」

菖蒲眨了眨眼，似乎想不通，疑惑地問道：「姑娘，為什麼不讓老爺、太太知道？」

菖蒲在這一點上，最討夏衿喜歡。

她不喜歡那種說話遮遮掩掩、忸忸怩怩的性子。明明想知道，卻不問出來；即便是問，也要轉彎抹角，沒有痛快的時候。

菖蒲卻不。她想什麼，就會說出來；不懂，就直接問。這種性格就很對夏衿的心思。

「老太太和大老爺那邊，如果知道我們家有了賺錢的買賣，妳說他們還能消停嗎？還不定會鬧出什麼花樣來呢。而我爹娘那性子……」夏衿露出無奈的表情。「我們手上有了錢，那邊又不停地叫窮叫苦，我怕不給錢他們心裡會過意不去。」

「嗯。」菖蒲跟了夏衿一陣子，已完全被洗腦了，因此很能理解她的做法。「姑娘放心，這件事奴婢不會跟第二個人說。我爹娘那裡，奴婢也會囑咐他們，說這是姑娘的秘方，不能讓人知道的，便是老爺那裡也不要說，怕人多嘴雜會傳出去。」

夏衿很滿意。

沒多久，菖蒲的娘魯嬸便拎了一個提盒進來，笑道：「姑娘，東西做好了。」

她打開提盒，裡面是一碗糖水，把糖水拿開，第二層才是燒仙草。

夏衿接過勺子，把凝結成塊的燒仙草舀了一勺放進嘴裡，抿著嘴品嚐了一下，點了點頭。「正是這個。」

魯嬸看著這黑糊糊的東西，疑惑地問：「這東西能好吃嗎？」

夏衿還沒說話，菖蒲就搶先道：「娘，這是藥，治病救人的東西，哪裡說得上好吃不好吃？」

魯嬸笑了起來。「可不是，我糊塗了。」

夏衿放下勺子，問道：「這東西魯大叔帶回多少？」

「依著姑娘的吩咐，他雇了馬車，拉了滿滿一車呢。如今卸在城南租來的一處小院裡。」魯嬸道。

魯良離開臨江城之前，夏衿給了他一些錢，告訴他如果買了仙草回來，就到城南或城西租一處小院，把東西卸在那裡。如今魯良照著她的吩咐，把事情辦得妥妥當當。

看來讓魯良多鍛鍊幾次，能力應該也不比于管家差。

「甚好。」夏衿從懷裡掏出一錠碎銀，遞給魯嬸。「魯大叔辛苦了，這是給他的辛苦錢。」

「這、這……」魯嬸看到這錠碎銀足有一兩之多，哆嗦著都不敢伸手去接。

「拿著吧，以後有這樣的事，我還找你們辦。」夏衿直接將銀子塞到她手上。

魯嬸感激地行了一禮。「多謝姑娘厚賞。」

待魯嬸出去之後，菖蒲這才上前來給夏衿道謝。「多謝姑娘厚賞我爹。」

夏衿沒有接這話題，而是問道：「菖蒲，妳還有親戚在那邊府裡吧？」

「是的，我外祖母和舅舅一家還在那邊。」菖蒲回道。

「妳舅舅和舅媽為人如何？」夏衿又問。

菖蒲知道，自家姑娘並不是多事之人，無關的人、事她向來不關心，現在問起，定有深意。想到這裡，她腦子裡靈光一閃，抬起亮晶晶的眸子，望著夏衿道：「我舅舅那人，別的都好，就是喜歡喝酒花錢；我舅母則想要攢錢給我表哥娶媳婦，兩人整日為錢吵架。我表哥喜歡大太太院裡的喜容姑娘，我表姐總羨慕別人有漂亮衣服，從他們嘴裡打探些消息，想來不是難事。」

夏衿便知菖蒲明白她的意思了，對這丫頭越發滿意。

「很好。」她點點頭，掏出一錠銀子，遞給菖蒲。「妳外祖母年紀大了，你們也該常回去看看她老人家。這點錢，就拿去買禮物吧。」

菖蒲看到夏衿給的是一兩銀子，擺手道：「姑娘，百十文錢就差不多了。開頭給得太多，往後怕是要拿喬起來，以為自己奇貨可居呢。」

夏衿噗哧一聲笑了起來。「咱們菖蒲也是個有學問的人了，懂得的詞倒不少。」

這話說得菖蒲的臉一下紅了起來。

「妳且先拿著，多了當我賞妳的。」夏衿斂起笑容道。見菖蒲猶豫，她又正色道：「菖蒲妳記住，妳家姑娘是有本事的人，往後賺的錢只多不少。只要你們忠心為我辦事，我必不會虧待了你們。」

菖蒲這才接了銀子，恭恭敬敬地對夏衿行了一禮。「多謝姑娘。」

第三十七章

當天下午，夏衿出去了一趟，回來時正與夏祁在屋裡說話，婆了滿臉激動地跑了過來。「少爺、姑娘，宣平侯府送來帖子，邀請你們去赴宴呢！」

「赴宴？」夏祁抬起頭來看了夏衿一眼。

「走，去看看。」夏衿跟夏祁一起去了正院，問舒氏道：「娘，請柬呢？拿給我看看。」

舒氏將請柬拿出來，遞給夏衿。

夏衿看了，眉頭頓時皺了起來。「奇怪，怎麼請了我們兄妹兩人？」

舒氏腦子還沒轉過來呢，喜孜孜地道：「想來這宣平侯老夫人打聽到祁哥兒還有個妹妹，便邀著一起去。要知道，能去宣平侯府赴宴的，都是城裡有頭有臉的人。妳哥哥能去見見世面，多認識幾個人，往後也有好處。妳二伯老去參加什麼詩會，不也是這樣……」

話說到這裡，她大概想到了什麼，歡喜興奮的臉忽然僵住了。

「是吧？娘您也想到了吧？我給那王翰林夫人治病時，扮的可是哥哥的樣子，這會兒邀請我們兄妹倆同時赴宴，我是著男裝還是著女裝呢？如果我穿男裝，到時候有人當場請哥哥看病可怎麼辦？」

舒氏的臉色一下子垮了下去。「那怎麼辦？難得有這樣一個機會，妳哥哥不能去，那就太可惜了。」

夏衿也蹙起了眉頭。

「那赴宴時我著女裝。」她道：「到時候讓哥哥機靈一點，有人叫他看病時，找藉口推掉好了。」

舒氏這一下子可拿不定主意，起身道：「我叫妳爹過來一起商量商量。」

待夏正謙進來，舒氏把事情一說，夏正謙也猶豫起來。他雖不重男輕女，但兒子是繼承家業、頂門立戶的人，他當然希望兒子能赴宴，見見世面，認識一些對他有幫助的人。

「祁哥兒，如果到時候有人讓你治病，你能不能應付？」他問道。

夏祁沈吟著，沒有馬上說話。

「哥，不怕。就算這次你不去，以後也要遇到這種情況的，你總不能永遠躲在家裡不出去見人吧？既然逃避不能解決問題，那還不如大大方方地站在人前。」夏衿鼓勵道。

「嗯。」夏祁用力地點點頭，對夏正謙和舒氏道：「爹娘你們放心，我會處理好的。」

「好。」夏正謙很欣慰。這段時間，兒子天天關在家裡看書，女兒卻四處走跳，還做出讓人瞠目的成績，他這心裡不是沒有擔憂的，就怕兒子被養成了女兒，女兒卻被養成了兒子。

現在兒子能勇敢地面對挑戰，他自然十分欣慰。

決定好兩人都去赴宴，接下來舒氏便帶著兄妹兩人，去城東最大的綢緞鋪子，一人做了兩身衣服，又去銀樓給夏衿買了一些首飾。幸虧有宣平侯老夫人給夏衿的幾十兩診金，做幾身衣服還不至於太為難，否則她還真不知怎麼辦好。

宣平侯府的宴會是在三天後，而杏霖堂，在第二日重新開業了。

夏衿依然扮成夏祁去幫了一天的忙。不過，她並沒有出手給人看病，只是幫忙抓了一陣子藥，看看病人不是很多，夏正謙和邢慶生忙得過來，便回了後院，招呼魯良，去了他在城南租的那個小院。

看到堆在屋子裡有半人高的仙草，夏衿打發魯良回去，自己找了個牙婆，買了兩個下人。

「你們把這些藥材煮成汁水，讓它凍成塊，裝在桶裡，以後每天會有人到這裡來將它們運走。」她道。

那兩個下人，都是四、五十歲孤苦無依的婦人，聽了她的話，連連應聲。

吩咐她們每天做的事後，夏衿又吩咐那兩個下人把豆子、糖塊都準備好，這才回了家。

回家剛換了衣服，就見薄荷匆匆走了進來，稟道：「姑娘，老太太和大老爺來了。」

夏衿眉頭一皺，問菖蒲。「這幾日，誰回了夏府？」

「是天冬他娘。」

夏衿的嘴角勾起一抹冷笑。

世人都是貪錢的，有些人不貪，只是給的價碼不夠而已。

菖蒲的爹娘能為她收買，願意回夏府去幫她說服他們的親戚相幫，那邊老太太和夏正慎，自然也可以收買跟著他們分家帶過來的下人。這完全在夏衿預料之中。

只是，她沒想到會是天冬的娘。

「這件事，我會跟少爺說的。」她將手中的書放下，又在菖蒲打來的水裡淨了手，這才起身，去了正院。

一進院子，老太太那尖利的聲音就撞入了她的耳膜。「……還沒攀上高枝呢，便不認嫡母兄長，有你這樣的父親，祁哥兒會有什麼好前程？你這樣豈不是教得祁哥兒連父兄都不認了？看以後他怎麼孝順你！行了，閒話少說，說正事，聽說宣平侯府請祁哥兒赴宴，到時候讓禱哥兒、禪哥兒他們一起去。」

夏衿聽得這話，嗤地一聲笑了起來，眼睛裡卻全是冷意。

她徑直地進了屋。

廳堂裡，老太太坐在上首，夏正慎坐在她旁邊的主位上；而這家的主人夏正謙和舒氏反倒像個客人似的，坐在下首處，舒氏身後立著個夏祁。

看到夏衿進來，老太太看都沒看她一眼，繼續道：「明日幾時去？到時候你們這邊雇兩輛馬車，去接上禱哥兒他們幾個，再去宣平侯府。」

夏正謙被老太太這番自說自話給氣笑了，冷著臉道：「宣平侯老夫人下的帖子，就請祁哥兒和衿姐兒兩人，禱哥兒他們幾個不能去。」

「什麼？」老太太的聲音頓時拔高了幾分。「老三，你別以為分家另過了，我就管不了你。不過是讓祁哥兒帶幾個兄弟姊妹赴宴，你就這個態度？你要是不答應，我反正早已沒臉了，我就上宣平侯府鬧去，到時候看看是誰沒臉。」
老太太這話，倒真把夏正謙嚇住了，依著老太太偏執而瘋狂的性子，這種事她還真幹得出來。
為了兒子的前程，夏正謙只得忍著氣解釋道：「這權貴人家跟咱們普通老百姓不一樣。他家設宴，請多少人、請什麼人，那都是有講究的，不去赴宴或去多人、去少人，都是失禮，反倒會得罪主家。您總不會為了讓禱哥兒赴個宴，就讓我們把宣平侯府得罪了吧？得罪了他們，你們也沒好處，何苦來哉！我家祁哥兒不走科舉也可以行醫，以他的醫術，養家活口絕不成問題，反倒祤哥兒和禱哥兒，恐怕就前程堪憂了。」
夏正謙這番話，倒叫夏衿刮目相看。
以前的夏正謙，只會哀求講道理，現在卻知道反過來威脅老太太了。
這話還真把老太太嚇了一跳。夏祁可以不讀書、不做官，但她寶貝孫子不行。
不過直接認輸不是老太太的風格，她將嘴一撇，提著嗓子道：「不過是帶兩個人赴宴，有你說的這麼嚴重嗎？你還真當我是那無知婦人不成？祁哥兒治好了侯爺老夫人女兒的病，這點面子侯爺老夫人難道會不給？你莫要再找藉口推託，明日準時叫馬車來接兩個孩子就是。」說著，她站起來就準備走人。
夏正謙的臉色雖不好看，卻沒再說話。
老太太不是他親娘，他對老太太沒好感，但對於二哥和夏家的子姪們，他還是有感情的。

夏正謙對夏祤的印象尤其好，知道他是個肯認真唸書的好孩子。而且夏祤是二房的孩子，二哥、二嫂對三房不薄，提攜夏祤一把，也是應該。那夏禱雖然讓人討厭，但依著老太太的性子，別人可以不帶，夏禱是非帶去不可的。

帶一個是帶，帶兩個也是帶，反正已失禮了，再失禮一點又有什麼關係呢？

夏正謙心裡，已是默許了這個無禮要求。

夏正謙不作聲，夏祁卻不幹了。

他將宣平侯府的請柬拿出來，直接扔到桌面上，對老太太道：「這是請柬，拿給妳的寶貝孫子，讓他們自己去赴宴好了，妳想讓他們去就去，我不去了還不行嗎？」

「祁哥兒，你這什麼態度？有你這麼對祖母說話的嗎？你的書都唸到狗肚子裡去了？」

一直沒有說話的夏正慎忽然對著夏祁吼了起來。

夏正謙冷冷看夏正慎一眼，拉著夏祁的胳膊，正要安撫他幾句，夏衿就從門邊衝了過來，對夏正慎道：「什麼什麼態度？我哥這態度還算客氣的，要是我，直接拿大棒子把你們打出去！別來這裡給我們擺什麼祖母、伯父的譜。我爹當初下獄的時候，你們是怎麼個說法？逼迫我們從老宅搬出來的時候，你們又是什麼個說法？

「我爹替你們賺了幾千兩銀子，還倒欠你們三百兩，早已把什麼情都還清了。說了互不相欠，再不相干，如今有了好處，你們又來沾，連個宴會都不放過，我都為你們害臊。就你們這樣的人，配當什麼祖母、伯父？出去，都給我出去！我家跟你們沒關係，以後要想再來，就是私闖民宅！」

說到這裡，她指著老太太的鼻子道：「妳要鬧，妳就鬧去！不就是滾地撒潑，想壞我爹和我哥名聲嗎？去，妳去呀！反正不管我們怎樣忍氣吞聲，到頭來都得不了好，倒不如大家撕破臉，大鬧一場算了，到時候看看是誰的名聲更壞！我哥不考科舉，我們不在乎，妳要鬧，我們奉陪到底！妳便是去衙門告狀，我們也不怕，羅家還欠著我哥的情，我會怕你們？」

夏衿這凶狠的態度、犀利得如同刀子般鋒利的話語，直接把老太太、夏正慎罵懵了。他們之所以敢來鬧，就是看準了夏正謙息事寧人的性子，如今來個比他們更厲害、更撒潑、什麼都不在乎的人，他們還真沒轍了。

老太太也就嘴巴喊得厲害，她還真不敢去宣平侯府前和衙門裡鬧。這兩個地方的主子都欠著夏祁的情，她真要去鬧，影響的只會是她兒子和孫子的前程。

老太太不敢去鬧，可不代表她不敢打罵夏衿。等她回過神來時，頓時氣得七竅生煙——她竟然，被視如草芥的小孽畜指著鼻子給罵了！

豈有此理！

「妳這個……」她一巴掌就朝夏衿掃過來。

「衿姐兒！」

「妹妹！」

舒氏和夏祁一陣驚呼，然而出乎他們意料的是，老太太這一巴掌不但沒搧到夏衿，反而自己身子一歪，就朝旁邊的桌子上倒去，把桌上的茶壺、茶杯撞得落到地上，唏哩嘩啦碎成一片。

「娘！」夏正慎大驚，連忙跟老太太帶來的婆子一起上前扶起她。

老太太倒是硬實，這麼摔都沒把她摔壞。她被扶起剛一站穩，指著夏衿便要大罵，沒承想夏衿臉色一變、兩眼一瞪，猛地叫了一聲。「滾！」

老太太的兩耳被這一聲震得嗡嗡作響。可這還沒完，夏衿那目光忽然就變得涼颼颼的，在她脖子上來回掃視，老太太忽然有一種被人拿刀架住脖子的感覺，只覺心裡發寒，生生打了個寒顫。

老太太十分害怕，禁不住連連向後退了幾步，望向夏衿的目光滿是驚恐。「妳、妳……」

「出去，馬上、立刻，滾出去！」夏衿指著門口道。

「走，快走。」老太太忽然腿腳發軟，催促著夏正慎趕緊離開這渾身冒著殺氣的夏衿，任誰看了都害怕。夏正慎不待老太太催促，扶著她就快步往外走。走到門口還被高高的門檻絆了一下，差點摔了一跤。

看著老太太和夏正慎像是被鬼追一樣倉皇逃竄，惶惶如喪家之犬，跟以前的威風凜凜完全相反，夏正謙、舒氏、夏祁，以及留在屋子裡的下人，一個個全都張大了嘴，像是被施了定身咒一般，呆呆地立在原地一動不動。

夏衿面無表情地掃視了他們一眼，轉身出了門，回了自己院子。

以前待在夏府時，她這裡逞一時之快回嘴罵了老太太，那邊夏正謙、舒氏就要被老太太責打罰跪，受盡淩辱，所以她只得強忍著，日子過得著實憋屈；現在分家了，老太太的手搆不著了，她今天終於出了一口惡氣。

不過，這還不算完，她得找時間去給老太太下點藥，徹底解決這個問題才好，否則三天兩頭來鬧，煩不勝煩。

菖蒲是跟著夏衿來正院的，剛才夏衿那渾身殺意的模樣，她全部看在眼裡。這一路上，她噤若寒蟬，磨磨蹭蹭地走在後面，離夏衿足有十步遠。

夏衿察覺到菖蒲的害怕，也沒任何安撫。讓這些人對她心存敬畏，比給賞錢的效果都還要來得好。

「對了，去告訴太太，跟她說把宴會的消息通報給老太太的是天冬的娘。妳再告訴她，慈不掌兵。今天要是不嚴懲這些人，往後家裡就別想有安生日子過。」

菖蒲被夏衿的聲音嚇了一跳，回過神來便趕緊應了一聲「是」，小心翼翼地抬眼看夏衿，見她再沒別的吩咐，這才急匆匆轉回正院去了。

夏衿回到清芷閣，喝了幾口茶，拿起桌上的書，正要接著往下看，就聽門口傳來腳步聲，緊接著菖蒲的聲音在外面響起。「姑娘，老爺來了。」

夏衿眉頭一蹙，將書放在桌上，應道：「知道了。」站起來走了出去。

夏正謙已在外間坐著了。

「爹。」夏衿喚了他一聲，坐到右邊的座位上，吩咐菖蒲。「上茶。」

夏正謙表情嚴肅，緊抿著嘴一直沒有說話。直到菖蒲上了茶，又退了出去，他才抬起眼來，望向夏衿。

夏衿也不懼怕，直直地與他對視。

夏正謙輕咳一聲，轉過頭去，半瞇著眼睛望著門外，似乎在思考如何開口，夏衿也沈默著，不發一言。

半晌，他才道：「多行不義必自斃。妳祖母和大伯這樣鬧下去，總會受到懲罰。妳，不要弄髒了自己的手。」

夏衿一愣，愕然抬眼看著夏正謙。

她以為夏正謙是來責罵她的，畢竟她的行徑在古人看來，簡直稱得上離經叛道。以夏正謙從前那愚孝的性子，狠狠罵她一頓都是輕的，打她兩巴掌都有可能。

她也做好了被責罰、與夏正謙爭吵的心理準備。

沒承想，他不但沒有一句責怪之語，反而說出這樣一句話來。

夏正謙仍然望著門外，兀自說下去。「爹知道，爹不是個好丈夫、好父親，讓你們母子三人吃盡了苦頭。妳被堂兄下藥，妳堂兄卻沒受一點責罰，妳和妳母親反被罰跪責罵。妳性情大變，將老太太恨之入骨，又把母親、兄長護在身後，這都是爹爹無能，爹能理解妳的轉變。」

夏衿眨了一下眼，轉過頭也面對著門外，靜靜地沒有說話。

「爹被請去給羅公子看病，留在府上，最後下獄，都是妳設計的吧？」夏正謙又道。

夏衿瞪大了眼睛，愕然地望著夏正謙怔怔地說不出話來。

夏正謙依然沒有看她，繼續道：「爹不是傻子，這段時間將事情串起來想想，也能想得明白。」

他終於轉過臉看向夏衿，目光溫柔慈愛，沒有一絲責怪。「我才知道，我女兒長大了，知道動腦子，能利用一切手段，達成自己的心願了。爹很慚愧，也很自責，要不是我沒護好你們，妳小小年紀，又怎會活得這樣累？妳只須想著穿什麼新衣、繡什麼花樣，何必步步設計，精心謀劃，使盡渾身解數來布這麼一個局？」

夏衿沒有避開他的眼光，直直地與他對視著，臉上卻沒有什麼表情。

夏正謙露出個自嘲的笑容。他轉過頭去，依然望向門外。「說真的，爹爹打心眼裡感激妳。要不是妳弄出的這些計謀，爹爹怕是一輩子都被蒙在鼓裡，把老太太認作親生母親，任她責罵，心甘情願地為他們做牛做馬，讓妳母親和你們兄妹受盡委屈。」

話說到後面，他的聲音漸漸地低了下去，終於哽在了喉嚨裡。

第三十八章

好一會兒，他才平復了情緒，接著道：「回想這許多年，我真像作夢一樣，簡直不敢相信自己竟然被人作踐了這麼多年，活得沒有一點骨氣。」

他頓了頓，聲音忽然提高了一些。「衿姐兒，爹爹也恨，恨老天不公，何以讓我遇到這樣的事，連親生母親是誰都不知道，一心把別人當成了親生母親。我恨我一心愚孝，以致讓你們母子三人委屈了這麼多年。

「可是……」他轉過頭來，望向夏衿。「我雖然恨，卻並不想報復任何人。這些都是命，誰也抗爭不過老天。要是整天怨老天不公，怨自己的命不好，那些做乞丐的，那些窮得連飯都吃不上、賣兒賣女的，豈不是就活不下去了？所以，我不怪任何人。」

他伸出手，似乎想要撫摸一下女兒的臉，可手伸到一半，又收了回去。

他看著夏衿，認真地道：「衿姐兒，妳也別再恨了，好嗎？妳年紀還小，整日活在仇恨裡，對妳並沒有好處。」

夏衿眨眨眼，有些無辜地道：「我沒恨，我只是不想再被人欺負而已。」

她這是實話。老太太和夏正慎的行徑只是讓她厭惡，卻還沒有資格讓她生恨。老太太和夏正慎，她還看不進眼裡。

「沒恨就好、沒恨就好。」夏正謙似乎大大鬆了一口氣，臉上也露出了輕鬆的笑意。

「衿姐兒，爹希望妳能像其他女孩子一樣，日子過得無憂無慮。」他望著夏衿，滿眼都是慈愛。

「嗯。」夏衿點了點頭。心底隱藏的那一點點殺意，一下就煙消雲散了

恨也好，厭惡也好，那都是負面的情緒。重生於世，她也希望自己能放開前世的所有，依靠著這一世的父親與母親，做一個快快樂樂的小姑娘。她前世死的時候，也不過是二十來歲，如今能將青春歲月重活一遍，又何嘗不是老天對她的一種彌補？

既如此，她就應該滿懷感激地看待這個世界。惡人總是存在，她又何必因為這些人的惡行而影響自己的心境？

這一刻，夏衿只覺得自己的心是從未有過的澄淨明亮。

「行了，妳既然沒事，爹爹就去幹活了。」夏正謙站了起來。

「爹爹慢走。」夏衿送他出了門，眼看著他的身影消失在院門處，這才抬眼望向藍天，長長地吁了一口氣。

這麼久以來，她一直覺得夏正謙軟弱、迂腐，不辨善惡。

剛才的一番話，卻讓她轉變了態度。

每一個人，都有他成長的環境和在乎的東西，她不能要求別人都跟她一樣，敢愛敢恨，快意恩仇。

第二天，是去宣平侯府赴宴的日子。舒氏比夏祁、夏衿都要緊張，一大早就起來將兄妹

倆要穿的衣服重新熨了一遍，又叫丫鬟、婆子們去花園裡採了鮮花，將夏衿按在熱水裡泡了個鮮花澡。看著夏衿將新衣服穿了，首飾配戴妥當，還細細地化了個淡妝，她便又忙忙地去折騰夏祁了。而一向不願意求人的夏正謙，為了一雙兒女，則一大早去了秦老闆府上，向他借馬車。

臨近巳時正的時候，夏祁兄妹倆早已準備妥當，就見羅叔匆匆來報，說羅三公子已在門口等著了。

舒氏聽到在門口等候的是羅三公子，而不是夏祤、夏禱，暗自鬆了一口氣，轉頭對夏祁、夏衿笑道：「有羅公子跟你們一起去，我就放心多了。」

夏正謙卻擔憂地看了夏祁和夏衿一眼。

他的想法正好相反，此前夏衿治病、找房子，跟羅騫有過不少接觸；現在，羅騫認識的那位「夏祁」已換成了真正的夏祁，他會不會看出破綻來？

「走吧。」夏衿扯了夏祁一下，轉身朝外面走去，一面走一面還跟夏正謙和舒氏告別。

「爹、娘，我們走了，別擔心，不會有事的。」

夏祁心裡要說不忐忑，那絕對是騙人的。不說他與夏衿這碼子事，光是去勛貴人家作客，他都是大姑娘上轎——頭一回，總怕自己不小心出了狀況，丟了父母和妹妹的臉。

不過此時的夏祁，比起夏衿剛穿越來時成熟堅強了許多，即便心裡不安，他也裝作若無其事，對父母笑了一笑，便跟上了夏衿的步伐。

羅騫今天乘坐的馬車與往日不同，車廂大一些，裝飾也豪華許多。見到夏正謙和舒氏送夏祁、夏衿出來，他忙從車上下來，給夏正謙夫婦行禮。

「羅公子，他們兄妹，就拜託你照顧了。」舒氏殷殷囑咐。

「夏太太請放心，宣平侯老夫人對祁弟喜歡得緊，一定不會讓他們受委屈的。」羅騫道。

「那就好、那就好。」舒氏聽得這話，放心許多。

夏祁與羅騫不熟，出了門後就站在一旁，聽羅騫與舒氏說話，全然沒有要上前招呼張羅的意思。夏衿見狀，只得扯了扯他的衣袖，再朝羅騫那邊努努嘴，他這才反應過來，忙上前去，笑道：「羅大哥，你來了？」

夏衿在心裡暗自翻了個白眼。

她這哥哥，這時候就已開始說廢話了，別關鍵時候再出了差錯。

夏正謙見狀，更是擔心得不行，但事已至此，再讓夏祁、夏衿換個身分已來不及了。他忙道：「祁哥兒，時辰不早了，趕緊上車吧。」

夏正謙借來的馬車雖沒有羅騫的馬車那麼豪華寬敞，但比街上隨意雇來的馬車又強上不少。

夏衿跟在夏祁身後，正要上車，就見一輛車快速朝這邊駛來，眼看著就要撞到車尾上。她連忙拉了夏祁一把，又對準備駕車的兩個車伕喊道：「羅叔、虎子，快跳下車。」

虎子是有武功在身的，反應極快，夏衿話聲未落，他已從馬車上跳下來了。

羅叔以前在夏府曾趕過車，現在成了管家，本不用他駕車，但此行特殊，去的是勛貴人家，夏正謙不放心別的車伕，擔心不懂禮數惹出事端，便派羅叔跟著。

聽到夏衿的喊聲，他愣了一愣，待聽到馬蹄聲由遠而近，終於反應過來時，那輛馬車眼看就要撞過來了。好在那輛車的車伕使勁地拉韁繩，嘴裡連連喊「馭」，那拉車的馬看到此路不通，放慢了腳步，緩緩地在秦老闆這輛車的後面停了下來。

虎子長得人高馬大，卻是個極聰明的。看到那輛車是一輛普通人家的馬車，車伕穿著粗布短褐，便衝過去就朝那車伕嚷道：「喂，你是怎麼駕車的？這條街住的是什麼人不會不知道吧？撞了貴人，你擔待得起嗎？」

「對不住！對不住！」那車伕也是一腦門子的汗，點頭哈腰直道歉。

而夏家人早已認出這趕車的是什麼人了，目光都朝車門看去。

車門拉開，下車的果然是夏正慎，後面跟著夏祤、夏禱兩人，三人的臉色都不大好看。

夏正慎一下車，就換了張笑臉，對虎子連聲道歉。

羅騫是認得夏正慎的，即便對他印象不好，但夏正慎終究是夏正謙的哥哥，讓下人對他無禮，就是對夏正謙不尊。他忙喝斥了一聲。「虎子，回來。」

虎子不情不願地應了一聲「是」，轉身回來，滿臉不高興地跳上馬車。

羅騫也不說話，只冷著臉瞧著夏正慎。

「啊，羅公子也在這兒呢？」夏正慎看到羅騫，裝作很意外的樣子，對羅騫拱手作揖。

羅騫只對他微微點了點頭，便轉過頭來，對夏祁道：「祁弟，時辰不早了，咱們走吧。」

夏祁巴不得早點離開這裡，免得讓羅騫看到夏家人醜惡的嘴臉。聽得羅騫招呼，他應了一聲「好」，提起衣襬就要上馬車。

「祁哥兒、祁哥兒……」夏正慎一把拉住夏祁，急急道：「你祖母的話，那天你也聽見了，你兩位哥哥既然來了，你就帶他們去吧。」

大家還沒來得及說話，就聽羅騫冷冷地道：「祁弟，這是怎麼回事？」

夏祁聽得羅騫有插手的意思，大喜，連忙道：「昨日我祖母和大伯就來過，硬要我帶兩位堂兄去宣平侯府赴宴。我們都說這種宴會請誰就只能誰去的，多帶了人就是失禮，沒承想我祖母和大伯不依。」他用下巴朝夏祤、夏禱一揚。「看，這不就帶著人來了！」

夏禱是夏祁的死對頭；夏祤是個除了讀書，萬事不掛在心上的人，對家裡比較冷漠，看到夏祁被夏禱和夏禪欺負，也從來不理。夏祁對他們都沒有好印象，這句話便說得一點都不客氣。

夏祤聽了，臉上露出不悅的神色；夏禱望向夏祁的目光則隱有不善。

羅騫眉頭一皺，轉過身來，打量了夏祤和夏禱一眼，問道：「你倆都讀過書吧？」

夏祤一喜，以為羅騫是在考察他有沒有去參加侯府宴會的資格，忙恭敬地行了一禮，答道：「在下讀書十餘載，操童子業；在下的五弟夏禱亦然。」

夏禱也跟著彎腰作揖，應聲道：「正是如此。」

羅騫淡淡道：「既然讀書十餘載，想來也應該知禮儀、懂道理才對。『不請自來，謂之不速之客』這句話，兩位可聽說過？你們要做不速之客不打緊，但因一己之私，陷別人於失禮之中，便是不該；心中毫無仁義可言，明知無禮還妄自行之，這樣的人要是能考中秀才，大周朝堪憂啊！」

這番話說得夏祤和夏禱大驚失色。

誰不知道羅推官的權勢比知府還大？他的一句話，或許能左右臨江城童生的命運。如今羅騫說如果讓他們考中秀才就是國家之恥，有了這句話，他們就是德行有虧，文章寫得再好有什麼用？誰敢再錄取他們？

夏禱還好，他唸書並不厲害，就算參加童生試，也是陪公子趕考那一類；再加上他只敢在家裡稱雄，在外面遇上比他地位高的就龜縮了。所以聽得此話，他只是臉色發白，並沒敢說什麼。

而夏祤則不然。他從小就受先生誇讚，平時也極努力，心心念念就是考取功名。如今青雲之路眼看受阻，他如遭雷擊一般，惶惶道：「並、並不是在下要來，而是家中祖母望孫成龍，非逼著我等過來。在下想著孝道，才有此一行，並不是有意陷公子失禮。在下也知此行不妥，曾極力勸家中長輩，無奈……」

羅騫冷冷地打斷他的話。「你家的長輩要你殺人，為了孝道，你也殺人不成？不辨是非，毫無主見，虧你還好意思振振有辭！」

說著他一揮衣袖，抬步上了馬車。

夏祁見了，連忙拉了夏衿一下，也上了羅叔那輛車。

夏衿瞥了夏祤一眼，忍不住心裡好笑。

這羅騫向來沈默寡言，沒想到說起話來，卻毒舌得很。文謅謅幾句，一個髒字不吐，就把這三人羞辱得抬不起頭來。像夏祤這樣高傲的人，沒回去撞牆就不錯了，哪裡還有臉再要求跟著去侯府？

羅叔駕著馬車，跟在羅騫馬車的後面緩緩而行。夏祤和夏禱的臉色一下紅、一下白，呆呆地站在那裡，滿臉羞憤，卻屁都不敢再放一個。待得羅騫的馬車走遠，夏祤也不理夏正慎和夏禱，直接轉身就上了車，吩咐車伕道：「走吧。」

車伕遲疑著，望向夏正慎。

夏正慎膽小怕事，凡事都想著利弊，原不敢再惹有侯府和羅府撐腰的三房，無奈老太太鬧得厲害，他抱著僥倖的心理，才領著兒子和姪兒來碰運氣，沒承想被羅騫連諷帶罵地嘲弄了一通。

此時他也沒臉再跟夏正謙說話了，轉過身來，也上了馬車，低低地叫道：「走吧。」

夏祁上了車後，也不知有什麼感觸，沈著臉，一路沒有說話。夏衿見狀，悠然地靠在車廂上，透過車窗縫隙往外看風景，也不發一言。在兄妹倆的沈默中，馬車終於緩緩停了下來，遠遠聽到羅騫道：「到了，下車吧。」

夏家兄妹下了車，才發現這裡離宣平侯府還有一段距離。

羅騫走過來解釋道：「我們來得遲些，前面已被其他馬車堵住了，過不去，咱們多走幾步吧。」

夏祁早已把剛才的事甩到腦後去了，心裡不安起來，神情惴惴道：「這麼多人來參加宴會呀？」

羅騫看了他一眼。「臨江城雖有皇上賜的侯府，但宣平侯的老家卻在平南鄉下，即便回鄉祭祖，臨江城也不過是個落腳之處。平時他們一家常居京城，如今宣平侯老夫人攜女回鄉，自然要宴請當地官員鄉紳，以昭告大家，她回來了，這是禮節。」

「原來是這樣。」夏祁點點頭，神情仍是不安。

他這麼一個小老百姓家的孩子，見過最大的場合，就是親戚家的喜宴了。即便是喜宴，都有父母長輩領著，還有堂兄夏佑在前，他只須躲在哥哥、姊姊後面依樣畫葫蘆就可以，哪裡有要他出頭的地方？

可現在，一同赴宴的都是權貴鄉紳，他作為治好王夫人病的郎中，沒準兒還會被宣平侯老夫人推出來，隆重介紹給大家，想到這種場合，夏祁心跳如鼓，腳下發軟。

夏祁的忐忑，夏衿自然看在眼裡，但當著羅騫的面，她也不好出言安撫，只得跟著兩人後面，往侯府大門走去。

侯府門前，站著幾個人，為首的是一個三十來歲的錦衣男子。見了有人來，他便笑著拱手寒暄，再派下人領客人進去。

羅騫低聲對夏祁道：「這是侯爺的遠房姪子岑林，平時都是在臨江城裡，照看這座宅子和一些鋪面、田地。」

「哦。」夏祁應了一聲，朝那人看了一眼。

此時岑林已看到羅騫，立刻滿臉堆笑地迎了上來，拱手道：「羅公子，您來了，剛才我伯母還問起您呢。來，快快裡面請。」

說著，他往夏祁和夏衿身上掃了一眼，問羅騫道：「這兩位是……」

「這是夏祁夏公子，這是其妹夏姑娘。」羅騫介紹道。至於夏祁和夏衿的身分，他並沒有具體提及，他深信，這兩個人的身分，宣平侯老夫人定然跟岑林說過。

果不其然，一說到「夏祁」兩個字，岑林的臉上立刻堆起熱情的笑容，聲音也提高了一些。「原來是夏公子。我姊姊的病，幸得你妙手回春，否則鬱氣積攢於心，小病都要拖成大病了。岑林在此要代我姊姊多謝夏公子。」

這樣的應酬，夏祁哪裡經歷過？幸好他見過夏正謙跟人寒暄，緊急之下倒也沒失了分寸，抬起手回了個禮，臉上帶著僵硬的笑容，嘴裡客氣道：「哪裡哪裡，岑公子客氣了。」

羅騫看出夏祁的不自在，沒等岑林說話，便接過話道：「岑兄，今天客人不少啊？你辛苦了。」

「確實不少。」岑林露出一抹疲憊之色，不過這疲憊稍縱即逝，轉眼之間他仍是一臉笑容。「家伯母難得回來一次，自然要請大家過來見見面。我這做小輩的，辛苦一些也是應當。」

羅騫又跟他寒暄了幾句，便由一個下人領著，往府裡走。

繞過影壁，穿過一個院子，便到了侯府廳堂。羅騫停在堂前，待得那領路的下人進去稟報，出來道「有請」，這才整了整衣衫，領著夏家兄妹進去。

第三十九章

此時的廳堂裡堂上、兩旁立著許多人，正熱熱鬧鬧地說著話，見羅騫和夏家兄妹進來，這些人俱都停了嘴，朝他們望來。

這麼多的女眷，眾目睽睽之下，羅騫卻依然神態自若。他不緊不慢地跟著那下人直接走到堂前，對坐在上首的宣平侯老夫人行了一禮，嘴裡道：「羅騫給姨祖母請安。」

「騫哥兒怎麼這時才來？你母親可來了多時了。」宣平侯老夫人笑道，又轉頭對坐在左邊下首的羅夫人道：「想當年妳還是這麼點大的丫頭片子，如今兒子都這麼大了。唉，我們都老嘍。」

「我們是老了，可姨母卻還跟當年一樣，都沒多大變化呢。」羅夫人陪笑道。

「睜著眼睛說瞎話！」宣平侯老夫人瞪她一眼，轉過頭又笑了起來，對羅騫道：「好孩子，你幾位表哥年紀雖比你大，卻淘氣得很，沒你懂事。等過年的時候他們來，我介紹你跟他們認識，你也教一教他們。」

她話聲剛落，羅夫人便接話道：「姨母就會自謙。您家那幾個孫子，我雖沒見過，卻也常聽人誇讚呢，一個功夫了得，小小年紀就做了御前侍衛；另一個還考了武狀元。我家騫哥兒能有您家孫兒半點能幹，我就燒高香了。」

「妳就會說好話哄我高興，我不跟妳說。」宣平侯老夫人瞋她一眼，轉過頭來，望向夏祁，向他招了招手。「來來，小哥兒，過來。」

這屋裡黑壓壓全是女眷和她們帶來的丫鬟、婆子，夏祁跟著羅騫走進來時，便覺得大家的目光都投在他身上，叫他渾身上下沒有一處自在。此時見宣平侯老夫人叫他，更是心跳如擂，手腳都不聽使喚。

好在夏衿給了他一個鼓勵的目光，讓他一瞬間有了視死如歸的勇氣，竟然一下子就鎮定了下來。

他走上前去，學著羅騫的模樣，給宣平侯老夫人施了一禮。「夏祁給老夫人請安。」

「嗯嗯，好孩子。」宣平侯老夫人看到夏祁，十分高興，指著他對大家道：「我家綺姐兒的事，想來大家也知道。她沒了兒子，心裡鬱結，懨懨地整日茶不思、飯不想，我怕她悶出個好歹來，才帶她回了臨江城。沒承想一進城，就遇到個瘋子郎中，硬說我家綺姐兒得了癲狂之症，幸虧這孩子在場，一劑藥就把我家綺姐兒的病治好了。」

說著她向夏祁問道：「那日你說我家綺姐兒得的是什麼病，你那藥又有什麼說法來著？」

在來之前，為防穿幫，夏衿早已把當日治病的情形跟夏祁細細說了一遍，又把宣平侯老夫人可能要問的醫藥知識讓他記牢了。

夏祁腦子聰明，又生長在醫藥世家，雖不行醫，但醫書是背過好幾本的，耳濡目染之下也能說出許多病症，糊弄不懂醫藥的人，是不成問題的。

此時見宣平侯老夫人甚是慈祥，問的又是夏衿讓他記的東西，他倒也完全鎮定了下來，回道：「姑太太的病，是因火敗土濕，金水俱旺所致，並不是癲狂之症。小子所使的藥，是用燥培木、溫金暖水的法子，是散鬱順氣、調理脾臟的。」

「對對，就是這個。」宣平侯老夫人連聲稱是，轉頭又笑。「他們郎中說的這些個東西，我聽不懂，所以也記不住。」

在座的婦人都是臨江城裡有頭有臉的，她們從小生長在大家族裡，長大後又嫁進權貴人家，做了當家主母，無一個不是人精。

此時聽宣平侯老夫人的話，她們哪裡不知其用意，一個個趕緊附和起來。「沒了孩子，是個人都要難受。偏這種時候還要被庸醫說成癲狂之症，難怪老夫人聽了要生氣呢，我聽了都恨不得給他幾個耳刮子，再把他抓了下大獄。這種人，太可惡了。」

「這種郎中沒病偏要說你有病，小病偏要說成大病，目的就是一個，那就是唬得你乖乖掏錢抓藥，喝完了藥還得感激他治好了你的病。其實根本就沒有病，哪裡需要喝藥呢？」

「可不是！這種郎中比騙子還可惡呢……」

待得大家的聲音漸漸低了下去，宣平侯老夫人這才感激道：「唉，幸得大家都明白這個道理，否則我家綺姐兒的名聲，怕是要給這莫名其妙的郎中毀了。」

大家又紛紛道：「老夫人放心，這種人的話，誰會相信呢？」

「王夫人剛才大家也見了，除了有點鬱鬱寡歡，整個人好著呢，絕不會有人相信那瘋子郎中的話，老夫人儘管放心好了。」

夏衿看夏祁睜著漆黑的眼眸一臉驚詫，不由得暗自好笑。這種一群婦人爭相巴結高位者的場合，夏祁怕是從未見過，現在能見識一番，於他而言也是一件好事。見多識廣，才不會被人幾句好話就哄了去。大家族裡長大的孩子，跟小門小戶的孩子相比要更精明，區別就在這裡。

等大家把這個話題說透了，宣平侯老夫人這才指著夏祁道：「別的就不說了，這位夏小郎中醫術高明，算是救了我家姑奶奶的命。我今日特地請他赴宴，也是想讓大家見一見他，往後有什麼事，大家多照應他些，我這裡自然承大家的情。」

這句話，頓時讓這些貴婦人們對夏祁羨慕不已。能讓宣平侯老夫人主動說要照拂，這位姓夏的小哥兒以後即便在臨江城裡橫著走，也沒人敢說半句閒話。唉，要是自家孩子有這福氣就好了。

夏衿卻沒有半點高興的地方，反而對這位宣平侯老夫人的高明手段欽佩不已。

誰說這位老夫人出身將門，行事粗暴簡單？看看她對羅夫人的態度，惱怒嗔怪，雖沒一句好話，卻是完全把她當自家人的做派，這是要抬高羅夫人的地位啊。明面上震懾羅維韜和那位得寵的章姨娘，其實是在震懾臨江城所有人。

而夏祁一進來，便用他做話題為王夫人正名；剛才拜託大家照應他的話，直接就宣告了宣平侯府在臨江城最高的地位，同時也樹立了一個形象——誰幫了我，誰對我好，我就把他當自己人護著；否則……您就自個兒想想吧。

如此一來，臨江城裡誰不願意巴結討好她呢？宣平侯府要做任何事，都不會有反對的聲音了。他們不常回這裡來，可這一回來，幾句話就確定了自己一呼百應的地位。

「這位是夏小郎中的妹妹吧？」說完那些話，宣平侯老夫人又把目光投到夏衿身上。

「夏衿給老夫人請安。」夏衿連忙上前，乖巧地行了一禮。

「嗯，是個好孩子。」宣平侯老夫人上下打量了夏衿一下，點了點頭，也不多說廢話，轉頭吩咐一個婆子。「把夏姑娘領到曼姐兒她們那裡去，就說我說的，夏姑娘第一次來，對這兒還不熟悉，讓她好好照應著，不許給夏姑娘委屈受。」

「是。」那婆子應了。

宣平侯老夫人又轉過臉來，對夏衿一臉慈愛地笑道：「曼姐兒是我的孫女，跟妳年紀差不多大，昨兒個騎馬從京城來的，如今正跟著一群女孩兒在後花園裡玩呢，妳跟著這婆子找她去吧。」

「是。」夏衿應道，又施了一禮，轉身跟著婆子退了出去。

夏祁擔心地看了她一眼，見宣平侯老夫人的目光轉向他，忙將視線收了回來，眼觀鼻、鼻觀心地站在那裡，一副聽宣平侯老夫人發落的樣子。

其實夏祁這副局促的樣子，倒是歪打正著，正是小門小戶人家孩子參加宴會時應有的表現。

要知道屋裡這群女人，心眼比一般人都多。如果今天穿男裝的是夏衿而非夏祁，她那大大方方、泰然自若的模樣，必然會引起這群女人的懷疑，懷疑夏家設了個局給宣平侯老夫人鑽，非得派人去查出個三五六來才作罷呢。否則，哪戶小老百姓家的孩子會如此有大家風範呢？

到時候，即便查不出什麼，宣平侯老夫人怕是也不會再承夏衿的情了。這幫人最不喜歡的，就是心機深沈之輩。

所以此時，宣平侯老夫人看到夏祁那局促的模樣，心裡是極滿意的。她轉頭囑咐羅騫道：「夏小哥兒我可就交給你了，你帶著他到外花園找你們那群哥兒玩，可別淘氣了。」

羅騫答應一聲，帶著夏祁退了出去。

出了院門，羅騫便問那帶路的下人。「今兒個都有誰來了？」

那人笑道：「有知府大人家的二公子和四公子，同知大人家的大公子……」數了大約有十來個名字。

羅騫挑了挑眉。看來，這宣平侯老夫人真是為他母親撐腰來了。

剛才在廳堂裡見到那群婦人，他還沒什麼感覺。畢竟官宦人家還是極講規矩的，小妾再受寵、再能幹、娘家再有背景，也上不得檯面，是不能代替正室到處走動應酬的。

可庶子就不一樣了。他們只要能幹，會讀書，言談長相出眾，就能夠跟著父親、嫡母出入各種場合，廣結人脈。畢竟能幹的庶子考了功名、做了官，同樣能出人頭地，光宗耀祖，比不能幹的嫡子還要強上許多，他父親就是個很好的例子。

因此，臨江城裡不管誰家設宴，只要家裡地位門第夠格，那些公子、小姐不分嫡庶，都會一起請來的。

可剛才這下人所報的人名裡，明顯可以看出，宣平侯老夫人這次設宴只請嫡子，裡面一個庶子都沒有。

男孩子這邊如此，想來女孩子那邊也差不多。

走到外花園，羅騫看到在場的男客果然正如他所想，沒有一個庶出的。

「騫哥兒，你怎地來這麼晚？一會兒是該罰喝酒呢？還是罰鑽桌子底？」一個十七、八歲的年輕男子看到他來，迎上來笑道。

「喝酒沒問題，只要你把上次欠下的酒盡數喝了，我就任你罰，怎麼樣？」羅騫應道。

大家轟地一聲笑了，一個個圍了上來，七嘴八舌地問他身體怎麼樣了，顯得交情極好的樣子。

待得寒暄應酬了一番，羅騫便將夏祁介紹給大家。「兄弟我能活著，多虧了我身邊的這位。來，我給大家介紹一下，夏祁，出身醫藥世家，醫術一點也不比京城的名醫差。虧得他妙手回春，把兄弟我留在了世上。」

推崇的話說到這個分上，就足夠了，如果再來一句「大家誰人有病，就找他看啊」，這不是咒大家生病嗎？

所以在廳堂裡，宣平侯老夫人只護著夏祁，並沒有推崇其醫術的意思，原因就在這裡。

「啊，就是你治好了騫哥兒的病啊。天天聽他念叨你，今兒總算見著面了。」那最先迎上來說要罰羅騫喝酒的年輕人，親熱地拍拍夏祁的肩膀。

「祁弟，這是同知大人家的大公子林雲。」羅騫介紹道。

這等人家的公子，對夏祁而言，是在路邊遙望其豪華馬車奔馳而過的存在，如今卻熱絡地拍著他的肩膀，對他滿臉親切地笑，夏祁激動得心肝都發顫了。

他抬起手對林雲露出個僵硬的笑容，深深作了個揖。「林公子。」

「我跟騫哥兒最要好，你既救了他的命，就是我林雲的兄弟，叫我一聲林大哥就可以了。」林雲是個外向而自來熟的性格。

夏祁囁嚅著卻不敢叫。

「就叫林大哥。」羅騫幫他作主了。

夏祁這才喚了一聲「林大哥」，重又作了個揖。

「夏老弟不必拘謹，我們都是極隨意的。今兒個你可是宣平侯府的座上客，這裡家裡再有錢、有地位的，也不敢給你甩臉子。」林雲道，說著向眾人掃視一眼。

林雲這麼一說，大家都醒悟過來。眼前這位靦覥得跟小姑娘似的半大孩子，不光救了羅騫的命，還治好了宣平侯府姑奶奶的病。

明白了這一點，接下來一一見禮時，眾人即便內心看不起夏祁，也不敢在面上表現出來，最多是表情冷淡一些，言語上卻都極客氣。

見過禮後，林雲便引著羅騫、夏祁往旁邊的廊下去。那裡有幾張桌子，桌子上有沏好的茶水、點心等，看來之前林雲他們就在此說話聊天。

「夏老弟多大了？十五了沒有？」林雲示意立在一旁的小廝給羅騫和夏祁倒茶，一面問道。

看到林雲這樣熱情隨意，夏祁也放鬆下來，沒有剛才那般拘謹了，抬眼答道：「在下十四歲。」

「才十四歲？」林雲移盤子的手頓住了，抬起頭來仔細打量了夏祁一會兒，轉臉對羅騫笑道：「真沒想到，十四歲就有這樣的醫術，著實厲害！」

說著，他在盤子裡揀了一顆橘子，遞給夏祁。「來，吃顆橘子。」

夏祁忙站起來，感激地接過橘子。「多謝林大哥。」

羅騫就坐在他們身邊。夏祁接橘子時，伸出來的手恰恰正對著他的臉。羅騫抬眼正要叫夏祁不用客氣，可看到夏祁那雙手，他一下子愣住了。

這隻手，不是給他治病的那一隻。

那隻手，他記得清清楚楚。

當時他已病得不抱任何希望了，只等著身上僅餘的那一點點力氣被抽離，然後就永遠地閉上眼，離開這人世；可那隻手，那隻纖細得讓人驚訝的手，就那麼微涼地搭在他的手腕上，然後，它的主人告訴他，這病能治。

那種想要痛哭流涕、感激上蒼的狂喜，他這一輩子都忘不了。那隻纖細的手，也永遠印在他的記憶裡。

他慢慢地將目光上移，望向夏祁的臉，細細打量他的眉眼。

白皙的皮膚，濃淡適中的眉，並不十分挺拔的鼻子，小巧而微嘟的嘴，這些都只能算是清秀。讓這張臉增色不少的，是那雙漆黑如墨的眼睛，黑亮靈動，十分有神。

這張臉，確實是他平時所見的「夏祁」。如果說這張臉別的地方可以假扮，可那雙墨玉一般的眼睛，再高明的人也假扮不了。

想到這裡，羅騫心裡一動。

他忽然想起，夏祁那個孿生妹妹，似乎有著一雙跟他一模一樣的眼睛。

羅騫極力地去回想夏衿的容貌，可他沒有盯著人家女眷看的習慣，此時怎麼也想不起夏衿長什麼樣了，印象裡只有她那雙跟夏祁一樣黑而亮的眼睛。

羅騫收回目光，思緒又飄向了另一處。

今天他見到夏祁的時候，心裡還奇怪得很，總感覺他跟往時不一樣。平時的夏祁行事，大氣而又坦坦蕩蕩，面對的無論是羅維韜、羅夫人，都沒有絲毫的局促緊張，那份泰然自信，便是世家子弟都自愧弗如。

偏今天的夏祁，從見面時他就覺得不對，行為也跟平時大為迥異——自從在宣平侯府前下了馬車，他就緊張拘謹得不行；到進了廳堂，被眾女眷這麼一瞧，他更是額上見了微汗，手腳不知往哪兒放，笑容都是僵硬的。與他往日表現出來的鎮靜淡然，形成了鮮明的對比。

如果同是一個人，前後的行事風格差異怎麼會這麼大呢？

今天赴宴，前有為王夫人治病所獲得的恩情，後有他這個熟人陪伴照應，夏祁完全不應該緊張才是；倒是那時去羅府治病，生死未卜，微有差池就會丟了性命，那時候才應該緊張。

偏夏祁卻相反，這完全不合情理。

第四十章

「騫哥兒、騫哥兒……」羅騫耳邊傳來林雲的叫聲。

他恍然抬頭，朝林雲望去。

「發什麼呆呢？叫你半天都沒聽見。」林雲抱怨道。

「啊，對不住、對不住，我沒聽見。」羅騫忙笑著道歉，又問：「喚我何事？」

「大家剛才議論說，在此無聊，不如出一道題，各自做一首詩。大家都湊些彩頭出來，獎給前三名者。」

「這倒是個好主意。」羅騫點頭同意。

說到這裡，他忽然心念一轉，轉頭對夏祁道：「祁弟作詩沒問題吧？我還記得當日祁弟作了一首詩，有『一彎清瘦月，幾點舊青山』的絕妙好句，甚是出色，大哥我自愧弗如，今日可得好好給哥哥掙個面子。」

「啊？」夏祁愣了一愣，不過隨即便反應了過來。

他哪裡知道夏衿作沒作過詩，羅騫這樣說，他也不疑有他，忙自謙道：「什麼絕妙好句，羅大哥誇得我臉紅。胡亂吟的一句，與羅大哥這秀才做的詩一比，什麼都不是。小弟我才疏學淺，不敢在此獻醜。你們作吧，也讓我在一旁學習學習。」

林雲哪裡肯依，硬拉著夏祁跟大家一起作詩去了。

羅騫走在兩人身後，望著夏祁的背影，目光深邃。

而後花園裡，夏衿跟著婆子進了花園，便見奼紫嫣紅，各色鮮花開得十分好看。夏衿是學醫的，對植物有一種莫名的親切感，前世就比一般人更喜歡花草。

所以看到這一園子的花木，她打心眼裡高興，一路地東瞧西看，頗有幾分悠然自得。

花園的東北角處，設了許多桌椅，七、八個二八年華的小姑娘，正圍坐在一起，不知在說些什麼，時不時發出歡快的笑聲。

那婆子走了過去，對中間一個穿紫色衣裙的女孩兒行了一禮，指了指夏衿道：「姑娘，這是夏姑娘，就是治好姑奶奶病的那位夏小郎中的妹妹。老夫人交代，要您好生照顧著。」

岑子曼抬頭看了夏衿一眼，便點點頭道：「嗯，我知道了。」又指著一個空位對夏衿道：「坐下吧。」

夏衿雖對這些閨秀的話題沒有興趣，與其坐在這裡聽她們聊天，倒不如自己一個人在花園裡閒逛；但今天她不是夏衿，而是夏小郎中的妹妹，要顧忌著夏祁的臉面和宣平侯老夫人的印象，只得道了一聲謝，在那處坐了下來。

眾閨秀聽得夏衿只是個郎中的妹妹，便沒興趣跟她說話，又轉過頭去，繼續剛才的話題。「聽說京城流行在裙邊上鑲一道荷葉滾邊，是不是這樣？」

「不是裙邊吧？我怎麼聽說是袖口。是不是啊，岑姑娘？」

岑子曼眼眸裡閃過一絲厭倦，淡淡地道：「是嗎？我不知道。我整日騎馬射箭，忙得很，沒有時間關注這些。」

大家對她這回答很是失望。

她們平時的愛好就是穿衣打扮，如今岑子曼對這個沒有興趣，她們即便有心巴結，也一下子找不到合適的話題，一時之間便有些冷場。

「岑姑娘除了騎馬射箭，都玩些什麼？」有那腦子機靈的忙想出一個話題。

岑子曼想了想，道：「注坡跳壕，跑步練拳。」

大家面面相覷。

「什麼叫注坡跳壕？」有人弱弱地問。

這一下岑子曼倒是來了興趣，興致勃勃道：「就是騎著馬從斜坡上奔馳而下，跳過六尺寬的壕溝。」

眾閨秀一聽，立刻就沒了聲音。騎馬就夠危險了，還從斜坡上奔馳而下，還要跳壕溝，這是活得不耐煩了嗎？岑子曼這個姑娘家，怎麼玩這個？

「妳們平時就不玩玩遊戲什麼的？」有人插嘴問了一句。

岑子曼也不是沒眼色的，見大家興趣缺缺，她便也沒有心情講下去了，搖搖頭道：「沒玩遊戲。」說著，她站了起來。「在這裡坐著沒意思，我到花園裡走走。」說著，也不理大家，轉身就一個人下了臺階。

「岑姑娘，等等我，我也想看看你們家的花園。」其中一個穿鵝黃色衣裙的姑娘忙站起來，追了出去。

「我也想。」

「我也去。」

其他人也都紛紛站起來，爭先恐後地往臺階處趕，生怕落在別人後頭，給岑子曼留下不好的印象。

唯有夏衿坐在椅子上，一動不動，淡然看著這些姑娘一個個離開，也沒有人招呼她一起跟上。

岑子曼定定地站在臺階下的花叢旁邊，等那些姑娘全都到齊了，她這才往夏衿這方向瞥了一眼，看見剛才熱鬧的地方只餘了夏衿一個人，而夏衿拿著茶杯獨飲，面色如常，眸色沈靜，一臉悠然自得，岑子曼不由得定睛仔細看了她一眼。

她轉頭對那些姑娘道：「我想一個人清靜清靜。我們家園子大，路有很多條，大家想要看花，可以隨意走動。我走旁邊的小路，礙不著大家的興致的。」

說著，她再不理大家，抬腳往旁邊的小路上走去。

那些姑娘一個個如被施了定身法一般，站在那裡一動不動，表情呆滯地看著岑子曼的身影消失在花叢裡。

「我們……還是走吧。」鵝黃色衣衫的姑娘最先回過神來，有氣無力地說了一句，往另一條路走去。

「哼，有些人啊，拍馬屁都拍到馬腳上了，真是羞死人了。」另一個穿淺綠色衣衫的姑娘卻開了口，話語裡滿滿都是嘲諷。

「妳說什麼？」鵝黃衣裙的姑娘停住腳步，轉身朝她看來，臉上蓄滿怒氣，用手指著她道：「李玉媛，妳剛才要是沒追來，我倒要為妳叫一聲好；可妳不光追來了，還要諷刺別人拍馬屁，這叫什麼妳知道不？這叫做了婊子還要立牌坊！各位說說，是不是這個道理？」

「妳說誰是婊子？妳娘就是這樣教妳的？一個大家閨秀，開口婊子、閉口婊子，妳可真不害臊！」

兩個人就這麼一來一往吵了起來。

夏衿舉著茶杯的手僵在半空中，正詫異這些大家閨秀的素養，就聽旁邊兩人道：「知府不是比推官的官要大嗎？朱心蘭真要喜歡羅三公子，直接稟了父母，叫人上門提親不就完了嗎？哪用得著這麼跟李玉媛當眾爭吵？」

「嘿，這妳就不知道了。羅大人雖是推官，官職不如知府朱大人，但人家是世家子弟，家族裡做京官的都不知凡幾，他家嫡子的親事，哪裡是朱大人說結親就結親的？大概朱大人也怕丟了面子，所以只裝作不知道吧。」

這邊竊竊私語，那邊爭執不休，也不知是誰高聲叫了一句。「都別吵了，這是宣平侯府，可不是妳們吵架的地方，有什麼話，回去再吵。」成功地讓朱心蘭與李玉媛都閉了嘴。

「行了行了，咱們去那邊看花吧。」

「走吧，別再吵了。」

與朱心蘭和李玉媛各自交好的閨秀，連拖帶拉地把她們倆都分別拉走了。

而那竊竊私語的兩個人，也挑了一條沒人走的小路，往那邊去了。

這地方一下子變得異常清靜。

夏衿將手裡涼掉的茶水倒了，重新沏了一杯，慢慢地啜著，又拿起碟子裡做工精緻的豌豆黃，慢慢地吃了兩塊。待得大家都走遠了，這才起身，朝一條小路走去。

可沒走多遠，就聽見女子的叫喊聲。「救命啊、救命啊！快來人啊，快來人，有人落水了……」

「啊，出什麼事了？快去看看。」各處花叢、樹林裡三三兩兩鑽出人來，紛紛往叫喊聲方向跑去。

夏衿也朝那方向去。到了小湖邊，便看到此處圍了許多人，大家都伸長著脖子，朝湖裡張望。李玉媛此時沒有了剛才的囂張，釵環零亂地站在池塘邊哭泣，嘴裡一個勁地喃喃道：「不是我，真不是我，是她自己不小心掉下去的……」

夏衿顧不上看她，目光朝湖裡掃去，待看清楚湖裡的情形，她頓時一怔。

湖中沈沈浮浮的是一個鵝黃色身影，想來是那位名叫朱心蘭的姑娘，而她旁邊竟然還有一個紅色的身影——岑子曼今天穿的就是一身熱烈如火的大紅色錦緞夾襖。湖中這人，想來就是她了。

夏衿往圍觀的人群掃了一眼，果然沒有看到岑子曼。

「天哪，怎麼岑姑娘也落了水？」

「不是，是朱姑娘落水，岑姑娘去救她。」

夏衿看清楚湖裡的情況，眉頭也皺了起來。

岑子曼會游泳，救人心切，但她卻從未在水裡救過人，不知道先把人打暈了再救，而是直接上前就扶了她的胳膊，結果被失了理智的朱心蘭不管不顧地纏住，胳膊、腿都划不了水，直直地被拽往水裡，要是再沒人相救，恐怕兩個人都要淹死在池塘裡了。

夏衿轉頭看看，見眾閨秀雖焦慮擔憂，卻沒有一人準備下水救人；宣平侯府的下人站在附近的只有兩、三個，跺著腳一臉焦急，卻也沒有下水的意思，想來是不會游泳；另有下人則往回跑，應該是要去搬救兵、叫主人；另一個原先跟在岑子曼身邊的小丫鬟則被嚇懵了，正呆呆地愣在那裡不知所措。

情況緊急，不能再等下去了！夏衿即便心硬如鐵，也做不到見死不救。她將那件新做的湖藍色夾裙一脫，就撲通一聲跳進水裡。

那些閨秀見夏衿跳了水，一個個都驚詫地張大了嘴巴。

「這是誰？」她們互相問道。

「不知道，不認識。」

「我知道，就是剛才侯府下人帶過來的，說是什麼小郎中的妹妹。」

「哦哦。」大家都恍然大悟，希望頓生，眼睛緊緊地盯著夏衿，心裡祈禱她能把水裡的兩個人救上來。

而夏衿的表現也沒叫她們失望。脫了厚重的外裳，她在水裡輕便如魚，一起一伏幾個縱身，就游到兩人身邊。

眾閨秀看到她這出眾的泳技，都驚訝不已。

此時岑子曼已被朱心蘭拽到湖裡去了，剛剛還漂浮在水面上的紅裳，完全不見了蹤影。

夏衿深深地吸了一口氣，潛進水裡，張眼望去，便見一紅一黃兩個身影在不遠處糾纏。她游了過去，不管三七二十一，一人一掌擊暈她們，這才一手一個，把她們從水裡撈了上來。

「啊！快看，起來了、起來了……」岸上傳來姑娘們驚喜的尖叫聲。

「她能不能把兩個人都帶上岸來？」又有人擔憂道。

雖然水裡有浮力，不像陸地上扶人那般需要力氣，本來以夏衿如今的本事，拎兩個人上岸是完全不成問題的；但她胸肋上還有箭傷，此時左手拖著昏迷的朱心蘭，那處已隱隱作痛。換作別人，或許根本撐不到岸邊，只能在水裡等著宣平侯府的人來。

但夏衿不是一般人，即便中了箭，仍能揹著大男人在屋頂上奔跑跳躍，拔箭的時候眼睛都不眨，拔完箭後還能神色自若地跑回家，實在不能以常人的忍耐力衡量。

所以，待宣平侯府的人心急火燎地跑了過來，坐在廳堂裡聊天的貴婦人們也得到消息往這邊趕時，夏衿已筋疲力盡地拖著兩個人上岸了。

「岑姑娘、岑姑娘……」

「怎麼辦？她們這一動不動的，是不是已經……」

那群閨秀一見三人上了岸，就圍了上來，對著岑子曼、朱心蘭七嘴八舌地叫喚起來，又爭相把自己的披風披到兩人身上，把渾身濕漉漉的夏衿擠到一邊。

夏衿搖了搖頭，忍著疼痛，找到她脫下的外裳，直接穿到那身濕衣外面，接著找了個地方坐了下來，長長地喘了一口氣。

「姑娘、姑娘……」宣平侯府的人也擠進人群，看到岑子曼昏迷在地上，焦急得不行，連聲道：「去叫郎中，快去叫郎中。」

「趕緊把軟轎抬來。」

便有人擠出人群，朝府外和後院飛奔而去。

「這是怎麼了？啊？這是怎麼了？」宣平侯老夫人比想像中還來得快，一面走，一面喘著粗氣。在她身後，遠遠地跟著一大群婦人，其中一個跑在最前面的，是知府家的朱夫人。

人群主動給宣平侯老夫人讓出一條道，她摸了摸岑子曼、朱心蘭的身體，發現都還熱著，脈搏也還跳動，心下鬆了一口氣，轉頭吩咐下人道：「快去請郎中，再把軟轎抬來。」

「已有人去請郎中了，軟轎也去抬了。」下人回道。

「心蘭啊，我的心蘭……」這時候朱夫人才跑到這裡，看到朱心蘭緊閉著眼睛一動不動地躺在地上，頓時被唬得七魂少了六魄，撲到女兒身上就哭了起來。

宣平侯老夫人不耐地看了她一眼，轉頭問道：「到底是怎麼回事？怎麼會掉到水裡？」

「是她。」有那巴結朱心蘭的閨秀指著李玉媛道：「是她跟朱姑娘爭吵，把朱姑娘推進池塘裡去的。岑姑娘去救朱姑娘，差點被淹死，幸好那個什麼……」卻是想不起夏衿的名字。

有那記得的，連忙在一旁提醒。「夏小郎中的妹妹。」

「對，夏小郎中的妹妹跳進水裡，把她們兩人都救了上來。」那閨秀繼續道。

宣平侯老夫人將眼睛朝四周掃視了一眼。「夏姑娘呢？」

擋在夏衿前面的那幾個閨秀忙讓開一條道，老夫人轉頭看見坐在一旁臉色蒼白的夏衿。

看到夏衿，宣平侯老夫人又想起夏祁，忙吩咐下人。「趕緊去前頭，把夏小郎中請來。」

「是。」下人忙忙地去了。

宣平侯老夫人這才對夏衿道：「多謝夏姑娘救我孫女和朱姑娘。」說著，作勢便要一福。

夏衿連忙托住她的胳膊。「老夫人快莫多禮，只要會游泳，誰也不會眼睜睜看著別人溺水，岑姑娘不也是下水救人嗎？」

情況緊急，宣平侯老夫人也不多說這個話題，開口問道：「你們家是醫藥世家，妳會不會一點醫術？能不能幫我看看她們兩個？」

夏衿笑道：「她們倆沒事。我游過去的時候，岑姑娘還清醒著，朱姑娘倒是喝了幾口水。我擔心被她們纏住施展不開，三人一起溺在湖裡，便一人一掌先打暈了，才拉著她們游回來的。」

一聽說自家女兒是被打暈的，朱夫人頓時火冒三丈，對夏衿嚷嚷道：「妳是怎麼回事？為什麼要打暈我女兒？我女兒要是有個什麼好歹，我非要妳償命不可！」

在場的明白人全都無語。

第四十一章

「妳知道什麼？就在那裡瞎嚷嚷，要不是夏姑娘冒著生命危險救妳女兒，她早已淹死在水裡了。」宣平侯老夫人可不管這位是不是知府夫人，皺眉訓道：「剛才夏姑娘已講得很清楚了。溺水的人一旦抓住東西，不管什麼，都會緊緊纏住，救人的如果這時候被纏住，手腳划不了水，就得被她拖住，一齊淹死在水裡。夏姑娘要是不打暈她們，就救不上來，一死一暈，妳選哪個？」

岑子曼那個貼身小婢聽得這話，忽然一激靈，指著朱心蘭道：「對對！剛才我家姑娘去救朱姑娘，就是被她纏住了，直直地就往水裡沈！要不是夏姑娘，我家姑娘她……」說到這裡，她嗚嗚地哭了起來。

朱夫人臉色頓時一變，急急反駁道：「不可能，我家心蘭最是懂事聰明，怎麼可能會做這種傻事？妳這小丫頭沒看清楚就不要亂說。」

「大家都看到了。」小丫鬟為了減輕自己即將到來的責罰，恨不得把宣平侯老夫人的怒火全轉移到朱心蘭身上，她轉向眾閨秀問道：「妳們說是不是這樣？」

這句話問得大家十分為難。

一邊是宣平侯府，一邊是知府家，她們得罪誰家都不好。宣平侯府雖然勢大，但不在臨江城常住，她們父兄的頂頭上司，正是知府大人呢。

小丫鬟見這些人一個個避開她的目光，氣得不行，站起來正要一個個指名道姓地問，卻被宣平侯老夫人喝住了。「雪兒，閉嘴。」

雪兒只得偃旗息鼓，氣鼓鼓地蹲了下來，對著岑子曼直掉眼淚。

宣平侯老夫人轉過頭來，和顏悅色地對夏衿道：「妳做得對，在水裡救人就應該這樣。我還沒老糊塗，不會拎不清，妳放心。」

夏衿笑了笑，沒有糾纏這話，而是道：「我在家裡無事，也喜歡看醫書，平日裡也跟著父兄學過一些醫術，如果老夫人不放心兩位姑娘，我可以看一看。」

宣平侯老夫人大喜。「那有勞了。」

夏衿正要過去，卻聽到外面有人高呼。「讓一讓、讓一讓，郎中來了。」

眾人齊齊讓出一條道，讓夏祁和羅騫快步走進來。

「夏小郎中，你來了。來來，趕緊幫她們看看有沒有大礙。」見到夏祁來，宣平侯老夫人也顧不得男女大防，招手便讓夏祁過去，讓他幫岑子曼和朱心蘭看診。

夏祁當時正跟著羅騫等人作詩呢，莫名其妙地被人拉著就跑，只說讓他去救人。他生怕自己露餡兒，也耽誤別人的病情，一路都心裡發慌，不知如何是好。

此時看到兩個姑娘躺在地上生死不知，宣平侯老夫人還叫他救人，他只覺得腦子一片空白，心慌得快要從胸膛裡跳了出來。

羅騫自從知道此「夏祁」非彼「夏祁」，心裡就存著疑惑，不知眼前這個夏祁的醫術，是不是也一樣高明？

此時看到夏祁臉上的表情，他想了想，將羅夫人往旁邊一拉，低聲道：「娘，祁弟畢竟是年輕男子，這樣給岑姑娘她們看病終是不妥，我聽說他妹妹也懂醫術，不如讓夏姑娘看診，祁弟在一旁指點就可以了。」

「行，我去說說。」羅夫人拍拍羅騫的手，走上前高聲道：「姨母，我聽騫哥兒說，夏姑娘的醫術也是極好的，不如讓夏姑娘先給曼姐兒、朱姑娘看診吧，有什麼不妥之處，夏小郎中再在旁邊指點即可。」

「對對對。」宣平侯老夫人也是急中生亂，滿腦子只擔心孫女的性命安危，全然沒有考慮聲譽問題，經羅夫人這麼一提醒，她才醒悟過來，暗罵自己老糊塗，轉頭對夏衿道：「夏姑娘，還是妳來吧。」又問夏祁。「夏小郎中，你看這樣行嗎？」

羅夫人的那句話，聽在夏祁耳裡不啻如仙樂一般動聽。他哪裡還能說不行？點頭如搗蒜道：「行、行，當然行。」

看到夏祁這個傻樣，夏衿不禁好笑。她上前告了聲罪，便伸手朝岑子曼的手腕處搭過去。

羅騫的眼睛死死地盯著夏衿伸出來手，心潮如波濤一般翻湧起來。

那隻手，五指纖細而修長，白皙細嫩，正是他記憶裡的那一隻手。

他的目光，慢慢地從那隻手上移到夏衿的臉上。

同樣漆黑如墨的眼睛，黑而亮，閃爍著清冷淡漠的光芒，正是他隔兩天就會面對的那一雙眸子。有些疏淡彎彎的眉，並不十分挺拔的鼻子，小巧的嘴，跟旁邊的夏祁有八、九分相像。

原來，將自己從死神手裡救回來的，竟然是眼前這個女孩兒嗎？在自己面前談笑風生，一起去看房子，還一起開食肆的，仍是眼前這個女孩兒嗎？

細細地把了岑子曼的脈，夏衿收回手時，感到一道異樣的目光朝自己射來。她抬頭瞥了一眼，看到是羅騫，心裡微訝，卻裝作不經意收回了視線，看向了另一邊的朱心蘭。

「夏姑娘，我孫女她……怎麼樣了？」宣平侯老夫人心憂孫女，見夏衿不說話，忍不住問道。

「她沒什麼大礙，一會兒就醒了。」夏衿道。

大概是因朱心蘭被夏衿打量了的緣故，又或者是因為夏衿而被宣平侯老夫人當眾教訓，朱夫人對夏衿怎麼樣都沒有好感。她聽得此話，鼻子裡哼了一聲，便想講兩句諷刺的話，沒承想對上了夏衿那雙冰冷銳利的目光，想要出口的話一下子卡在嗓子眼裡。

「如果朱夫人看我不上，完全可以另請高明。」說著，夏衿站了起來，似乎不準備幫朱心蘭把脈了。

「啊。」人群裡發出了低低的驚呼聲。

誰也沒想到，身為郎中之女的夏衿，竟然會對知府夫人如此強硬。

有那心腸好的，為夏衿捏著一把汗；心腸不好的，則瞪大了眼睛，準備看一場好戲。

朱夫人大概也沒想到夏衿竟然敢說這樣的話，她詫異地睜大眼睛，望著夏衿，慢慢地眼裡蓄上了怒意，正要生氣，忽聽嚶嚀一聲，旁邊的岑子曼竟然有了動靜。

「啊，快看，醒了醒了。」

人群裡一陣騷動。

宣平侯老夫人握著岑子曼的手，一下子泣不成聲。「曼姐兒、曼姐兒……」

岑子曼緩緩睜開了雙眼，看到四周圍著一大群人，一個個正激動地看著自己，不由得有些莫名其妙，用手一撐便想坐起來。「祖母，我這是怎麼了？」

雪兒忙將她扶了起來。

宣平侯老夫人一聽這話，急得都忘了哭泣，連聲道：「怎麼，妳想不起來了？妳下水去救朱姑娘，後來溺水，還記得嗎？」

岑子曼想了想，又轉頭看到躺在身邊的朱心蘭，猛地一拍腦袋。「哦，我想起來了。」

「我的姑奶奶，妳輕點。」看到孫女這沒輕沒重的舉動，宣平侯老夫人差點嚇出心臟病。「夏姑娘為了救妳，把妳打暈，妳那腦袋還沒恢復呢。」

「祖母，您說救我的是誰？」岑子曼一把抓住宣平侯老夫人的手，眼眸亮亮地問道。

看到孫女這生龍活虎的樣子，宣平侯老夫人那一顆心終於放下來。

她指著夏衿道：「喏，就是這位夏姑娘。她哥哥當初治好了妳姑母的病，今天她又把妳和朱姑娘救了上來，是妳們倆的救命恩人。妳可得好好記住，別做那忘恩負義的小人。」

大家一聽這話，忙偷偷朝朱夫人臉上看去。

誰都聽得出來，宣平侯老夫人這話明著告誡孫女，其實是在敲打朱夫人。

朱夫人是個糊塗的渾人，此時見岑子曼醒了過來，自己女兒還躺在地上，她一下子忘了剛才想要嘲諷夏衿的心思，對她嚷嚷道：「岑姑娘醒來了，怎麼我女兒還昏迷著？妳趕緊給她看看。」

宣平侯老夫人嘆了一口氣，對夏衿道：「夏姑娘，妳就幫她看看吧，她們畢竟是在我府上作客，朱姑娘有個好歹，我也過意不去。」

夏衿本不想理會朱夫人的。朱心蘭雖然喝了幾口水，但昏迷過去前還是清醒的，所以並沒大礙。

可現在宣平侯老夫人開了口，她便不好置之不理了，走過去給朱心蘭把了脈，便轉頭道：「朱姑娘喝了些水，須得用一個法子讓她把水吐出來，吐出水後，她就會醒過來了。」

朱夫人不待宣平侯老夫人說話，便搶先道：「那還等什麼，有什麼辦法趕緊使啊！」那口氣就像使喚自己家下人似的，絲毫不給宣平侯老夫人面子。

在場的世家夫人們，投向朱夫人的目光沒有一個不帶著厭棄之色的。

夏衿只當沒聽見，黑亮的眼眸靜靜地望著宣平侯老夫人，似乎在等她示下。

見她如此，宣平侯老夫人無奈又好笑。她是個老人精，夏衿想的是什麼，她一清二楚。想來要不是她曾在前面廳堂說過要罩著夏家三房一家四口的話，夏衿也不會對朱夫人態度這麼強硬，這個姑娘倒是會借勢。

她只得道：「妳幫朱姑娘治治看吧。妳把她從水裡救上來，如今又給她治病，她父親知道想來也會感激妳的。」

而夏衿的態度，落到羅騫眼裡，倒跟他記憶裡的「夏小郎中」對上了。

想當初，她在羅府裡也是這麼傲氣，絲毫不顧他父親的冷臉和輕視。

他注視著她的臉龐，久久沒將視線移開。

剛剛感覺到羅騫的那道目光，夏衿便已心中生疑，此時再一次感覺到他的視線，她便知道假扮夏祁的事恐怕已經穿幫了。不過此時不是說話的地方，她將注意力轉回來，低低地對宣平侯老夫人應了一聲「是」，便走到朱心蘭面前，問道：「朱姑娘的丫鬟可在這裡？」

「在在，奴婢在。」一個丫鬟從人群裡擠了上來。

朱夫人一見這丫鬟，臉色頓時大變，撲上去就對她又捶又打。「妳這個死丫頭，跑哪兒去了？怎麼讓人把姑娘推下水去？妳等著，回去有妳好看！」

「好了。」宣平侯老夫人猛地一聲高喝，把大家都嚇了一跳。

「妳這還是個誥命夫人的樣子嗎？無知潑婦，簡直給朝廷丟臉！」宣平侯老夫人生起氣來，在場眾人都不禁屏住呼吸，低下頭來不敢有任何動作，唯恐這怒火燒到自己頭上。

「夏姑娘救了妳女兒，妳不知感恩不說，還嫌這嫌那，把別人當成妳家奴僕，呼來喚去，不懂禮數。回去告訴妳家相公，就說我說的，讓他好好管教妳，等管教好了，再出來應酬。」

宣平侯老夫人說完把手一揮。「夏姑娘，趕緊救人。」

「是。」這一回夏衿是心悅誠服。把個知府夫人訓得跟孫子似的，這位侯老夫人實在潑悍。

她朝那呆立著的丫鬟招招手。「妳來，把妳家姑娘匍匐著趴在妳膝蓋上，拍她的背，讓她肚子裡的水都吐出來。」

那小丫鬟看了自家夫人一眼，見朱夫人滿臉脹紅，也不知是氣的還是羞的，低著頭站在那裡只不作聲，她便答應了一聲，走到朱心蘭面前蹲了下來，照著夏衿所說的法子做，不一會兒，朱心蘭嘴裡便流出水來。

「啊。」人群裡又是一陣低低的驚呼，大家看向夏衿的目光已完全不一樣了。這目光裡不光含有驚奇，更有尊重佩服之意。

「咳，咳咳……」一陣咳嗽聲從朱心蘭嘴裡發出，緊接著，她的身體動了一動。

「好了，把她扶起來吧。」見朱心蘭嘴裡再沒什麼水流出來，夏衿便道。

小丫鬟把朱心蘭小心地翻轉過來，可翻到一半，朱心蘭的手腳忽然動了起來，小丫鬟力小，一下沒扶住，朱心蘭便摔到地上。

「妳……」朱夫人尖聲想要叫罵，可抬眼對上宣平侯老夫人那銳利的目光，她生生地將叫罵聲憋了回去。

「啊，她醒了。」忽然有人指著朱心蘭叫道。

大家一看，果不其然。朱心蘭的手已舉了起來，放到喉嚨處，嘴裡則發出「咳咳」的咳嗽聲。

「蘭姐兒、蘭姐兒！」朱夫人大喜，撲過去將女兒抱起。

「娘，我好難受。」

「啊？哪裡難受？告訴娘，哪裡難受？」朱夫人忙問道。

「這裡、這裡。」朱心蘭指指喉嚨，又指指胸口。

朱夫人轉過頭來。「夏姑娘，快給我女兒看看。」

這一回夏衿倒沒計較她的態度，解釋道：「她之前嗆了水，胸口和喉嚨自然難受，過一陣就好了，沒事的。」

此時外面傳來一陣奔跑的腳步聲，緊接著一個婦人的聲音在人群外面響起。「老夫人，奴婢們把軟轎抬來了。」

「大家讓一讓，讓轎子進來。」宣平侯老夫人道。

大家趕緊讓開一條道。

宣平侯老夫人讓人抬著岑子曼回她的院子，又吩咐下人伺候著朱心蘭去了另一處客房，轉頭正要跟夏衿說話，岑子曼卻開口道：「祖母，讓夏姑娘跟我一起過去吧。」

宣平侯爺本身就是寒門出身，宣平侯老夫人倒也沒有門第之見，樂得自家孫女跟夏衿親近，遂點頭道：「行。」

岑子曼轉頭對夏衿一笑。「咱們走吧。」轉身上轎子去了她住的院子。

第四十二章

待進到她住的屋子，岑子曼吩咐下人將衣服都拿來，對夏衿道：「妳看看有什麼喜歡的，挑了換上，別客氣。」

「嗯，好。」夏衿點頭應道。

岑子曼眉毛微挑，笑道：「妳跟那些扭扭捏捏的閨秀倒不一樣。」

夏衿也挑了挑眉。「是不一樣。我是小戶人家的女兒，自然沒那麼多規矩。」

岑子曼搖搖頭。「小戶人家的閨女我也見過，可沒妳這麼大方的。」

夏衿左右看看。「妳確定咱們要穿著濕衣服在這裡聊天？」

岑子曼大笑起來，擺擺手。「妳換衣服，我到那邊去換。」說著，進了旁邊的屋子。

夏衿這兩個月長高了不少，但跟岑子曼那高䠷的身材還是沒法比。她正擔心衣服不合身呢，沒承想婆子拿出來的衣服倒跟她身量正好。

夏衿等婆子拿著衣服在她身上比劃完，指著一件衣服和一條裙子道：「這個就可以了。」

婆子訝然地看了她一眼，笑道：「夏姑娘不用客氣的。這些都是我家姑娘去年做的衣服，本來預備著清明回來祭祖穿的，可還沒上身呢，就短了，留在這裡也沒用，姑娘隨便挑就是了。」

說著，拿起一件蓮青色夾金線繡花長衣，放到夏衿面前比了比。「這件顯得妳膚白，穿著正合適。」

夏衿搖搖頭，堅持道：「就穿那件好了。」

夏衿挑的那一件，是淺淺的梔子色綢緞上衣，同色裙子。雖說料子不錯，但沒有繡花也沒有特別裝飾，是那一堆衣服裡最為素淨的一套。

婆子深深地看了夏衿一眼，沒有再勸，拿了一套蓮青色裡衣，連同那套衣服一起放到夏衿身邊，抬手便要伺候夏衿換衣。

夏衿忙道：「我自己來。」說著又看著那婆子。「還請嬤嬤迴避一下。」

那婆子是伺候過宮中貴人的，倒是見多識廣，知道這世上什麼脾性的人都有，聽得夏衿這話，倒也不生氣，答應一聲，便退了出去，還順手把房門給關上了。

夏衿換了衣服，又將差不多半乾的頭髮絞了一遍，紮了個簡單的馬尾，便開了房門。

「咦，妳怎麼穿這一身？」站在門口的竟然是岑子曼。她仍是一身紅衣，只是式樣不同，比起剛才穿的那一件更為簡潔爽利。

夏衿對岑子曼的印象不錯，她骨子裡也沒有尊卑之分，說話便隨心所欲。「我終於知道妳為什麼要特意為祭祖做衣服了，原來妳的衣服都是紅的，不合適祭祖時穿。」

「哈哈，這都讓妳給看出來了？」岑子曼大笑起來，指著剩下的那些衣服道。「這衣服妳既穿得合，不如都送妳了，反正白放著也是浪費。」

「不用，真不用。」夏衿擺手，態度堅決。

岑子曼定定地看了夏衿一眼，展顏一笑。「好，妳既說不要，那就不要。」

夏衿鬆了一口氣。

她雖然也喜歡漂亮衣服，但那得是自己賺錢買的。現在拿岑子曼這些衣服，不光被那些婦人閨秀妒忌，還落得貪小便宜的名聲，她何苦呢？

那婆子和岑子曼想來也明白這個道理，對夏衿的印象越發好了。小門戶出身的女子，大多眼皮子淺，很難像夏衿這樣，不貪小便宜、不愛慕虛榮。

「走吧，我們出去。」岑子曼上前挽起夏衿的胳膊，一邊往外走，一邊問她道：「妳平時都幹些什麼呢？我在臨江城也沒有朋友，平時咱們約了一起玩啊。」

這話叫夏衿為難了。

她自然希望能跟岑子曼成為朋友。不光有與宣平侯府小姐交好這個利益在，更重要的是岑子曼爽朗大氣，很對她的脾氣。

可她現在是雙面人啊，不定什麼時候就得扮成男裝在外面跑，留在家裡的則是夏祁；要是岑子曼心血來潮跑到家裡找她，她跟夏祁的把戲豈不是就穿幫了？

不過岑子曼這樣說了，她拒絕又不妥當。

她笑道：「平時也沒幹什麼，主要是幫著我爹炮製藥材。妳若想出去玩，提前派人去叫我就是，否則就得等我做完事了才能出來。」

岑子曼驚訝地望著她。「妳還要幫家裡做事？你們家沒有……」

說到這裡，她連忙用手摀住嘴，把餘下的話嚥了回去。

隨即，她不好意思地對夏衿笑了笑。「對不住啊，我不是故意這樣說的，更沒有看不起妳的意思。我祖母說我整日大剌剌的，說話不動腦子。」

夏衿笑了起來。「這有什麼？不知道就問吧，我不覺得妳問這話就是看不起我。」

「是吧？是吧？」這話讓岑子曼十分高興。「我就是這麼想的。但我祖母和我娘總說有時候別人會多想，讓我每說一句話前，都要想想對方的感受，弄得我現在連話都不敢說了。」

夏衿認真地解釋前面的問題。「炮製藥材，不是隨便叫一個下人，教一教就能做的。這其中有一定的技巧，而且這種技巧有時候還是秘密，不是什麼人都能傳授的。」

「原來如此。」岑子曼明顯對這話題不感興趣，胡亂地點點頭，便把話扯到別處。「妳怎麼會游泳？似乎比我還游得好。讓我在水裡帶兩個人游到岸邊，我都做不到呢。」

「小時候調皮，鬧著我爹帶我去游泳，游著游著就會了。」

這話倒也不是瞎扯。臨江城位於南方江邊，夏天時許多老百姓喜歡游泳。夏衿這身體原來的主人小時候曾跟夏正謙在夏府的小池塘裡游過幾回，懂得一些水性。

「你們這裡真好。」岑子曼羨慕道：「我爹、我娘就不許我游泳。為了學游泳，我不知被我娘打過多少回……」

兩人一來一往地聊著天，倒忘了時間，待下人提醒出得院子，那些客人都已走了。

夏衿便開口告辭，岑子曼不捨地問道：「明兒妳有空嗎？我找妳玩呀。」

食肆明日要開業，夏衿哪裡有空，只跟岑子曼說她要幫父親炮製藥材，又許諾說有空定然來找她玩，這才得以脫身。

夏衿本以為夏祁和羅騫不會那麼快出來，她盤算著讓羅叔先送她回家，然後再駕馬車回來接夏祁，沒承想等她到大門口時，夏祁和羅騫竟然已在那裡等著她了。

「咦，你們怎麼這麼快？」夏衿很驚訝。

夏祁笑道：「羅大哥說妳們落水受了寒，恐怕會很快出來，所以我們就在這兒等著，沒想到妳果然出來了。」

夏衿看了羅騫一眼，正對上他炯炯的目光。

在幫岑子曼和朱心蘭診治的時候，夏衿感覺到羅騫的目光在她身上，便知道他對她女扮男裝之事有了懷疑。此時看到他一改避嫌之舉，目光灼灼，便知自己的猜測沒錯了。

她若無其事地將視線移開了去，對夏祁道：「那走吧。」

直到馬車緩緩駛動，宣平侯府被遠遠地甩在車後，夏衿才對夏祁道：「今天在侯府裡發生的事，你一五一十跟我說一下。」

夏祁雖不知她的用意，還是老老實實地將今天的事說了一遍。待聽到羅騫勸夏祁作詩的那段話，夏衿便「唉」地一聲，將身體往後一靠，心裡再沒疑惑。

「怎麼了？」夏祁見她忽然沮喪起來，連忙問道。

「沒事。」夏衿不想讓夏祁知道這件事。沒他摻和，她跟羅騫私下裡談一談，或繼續如常相處，或再不來往，那都是兩人之間的事，簡單明瞭。夏祁一攪和進來，情況就變複雜了。

宣平侯府與羅府的距離，要比跟夏家的距離近些。來的時候，羅騫是特意多走了一段路去接他們的，現在往回走，就不必那麼麻煩了，兩輛馬車先在羅府門前停了下來。

羅騫下了車，過來跟夏家兄妹告辭。他也不看夏衿，只對夏祁道：「今天這麼走一走，我覺得身體疲憊得很，想來尚未康復。今日你也累了，且回去歇息吧，明兒得了空，過來幫我開幾副調劑身體的藥。」

夏祁下意識就想轉頭看夏衿，不過轉到一半，他忽然反應過來，又轉回去，對羅騫笑著點了點頭，答了一聲。「好。」

羅騫對他們拱了拱手，便退到一邊，示意羅叔駕車啟程，自始至終，都沒有看夏衿一眼。

前面目光炯炯，似乎要將她盯出原形；後面視而不見，又好像什麼事都沒有發生。饒是夏衿心智不淺，也摸不透羅騫是怎麼想的。

不過她不是愛糾結的人，很快就把這問題拋在腦後，反正羅騫是什麼態度，明日就會知曉了。

回到夏宅，夏正謙和舒氏拉著兄妹倆問長問短。夏衿既然要跟他們一起過日子，她的本事總要慢慢展現出來；更何況，還有宣平侯老夫人送的那一匣子貴重首飾呢。因此，夏衿也沒藏著掩著，直接把今天在夏府裡發生的事一五一十說了一遍。

「什麼？妳下水救人去了？」饒是看到女兒好端端坐在面前，舒氏仍然嚇了一跳，上下摸索了女兒一遍，又問道：「可有哪裡不適？受了寒沒有？頭疼不疼？」又叫夏正謙。「趕緊來幫女兒把個脈看看。」

舒氏的溫柔體貼，早已把夏衿那顆心焐得又暖又軟了。她扭麻花似地躲開舒氏的手，一面笑一面叫道：「娘，好癢，別摸了，我沒事。」

夏正謙見妻子和女兒那樣子十分溫馨，坐在那裡只是笑，並不動彈。

「喂，我叫你給女兒把脈，你沒聽見嗎？」舒氏瞋他一眼。

「好好好。」夏正謙只好過來，伸手給夏衿把脈。

為了不聽舒氏的嘮叨，夏衿只得乖乖坐著不動，等夏正謙收回手去，說了聲「沒事」，她這才對舒氏道：「我就說了嘛，真沒事。我們上岸後，老夫人便讓人熬了薑湯，每人喝了一碗。而且我現在身體好著呢，不容易生病。」

確實，經過夏衿這段時間的調養鍛鍊，她的個子一下子就竄高了。以前是瘦而弱，現在是瘦而單，臉色也紅潤起來。現在的她，皮膚白皙，明眸皓齒，雖不像岑子曼那樣豔麗動人，卻也是十分耐看的清秀小佳人。

「現在衿姐兒的身體的確比以前好很多。」夏正謙道。

作父母的，從來都是期望兒女身體健康有出息的，所以即使夏衿跟以前全然不同，可看在夏正謙和舒氏眼裡，也只當是女兒長大了，能幹懂事了，並不覺得很怪異。

一家人正說著話，忽聽下人來稟。「姑娘，宣平侯府派了個婆子送東西過來。」

舒氏詫異地看了夏衿一眼，吩咐道：「請她進來。」

不一會兒，外面進了幾個人。當頭的婆子夏衿認得，那日在仁和堂和今天湖岸邊，她曾出來應答宣平侯老夫人問話，應該是個管事的，似乎姓陸。

「陸嬤嬤，妳這是……」夏衿看到她們手裡拿著幾個包袱，疑惑地問道。

「我家姑娘的這些衣服，夏姑娘既然穿得合身，老夫人便派老奴送來給夏姑娘，還望夏姑娘不要嫌棄才好。」陸嬤嬤笑著把幾個包袱打開。

夏衿抬眼看去，看到包袱裡不光有岑子曼叫人拿出來給她挑的五、六套衣服，還有七、八套顏色鮮亮的，一看那各種紅色，就知道是從岑子曼的衣服裡挑選出來的，她不由得感激宣平侯老夫人想得周到。

要知道，岑子曼那些素色衣服都是特意為祭祖而做的，要是直接把它們送到夏宅裡來，就算夏衿不迷信，也終歸覺得不吉利。

現在加了大半豔色衣服進來，那種感覺就沒有了。

舒氏看到這些衣服，無論是料子、繡功，都精美得不行，她話都說不索利了。「這、這……這怎麼好意思？這實在是太貴重了。」

「夏姑娘可是救了我家姑娘。我家老夫人說了，便是送再多東西，也不足以表達感激之情。」陸嬤嬤道。

說著她向另兩個婦人招了招手。那兩個婦人上前，把手裡的包袱打開，是幾疋緞子。

陸嬤嬤又道：「那些衣服雖沒上過身，卻是原來幫我家姑娘做的，終究不成敬意。這幾疋綢緞是御賜之物，夏太太用它們給夏公子、夏姑娘做幾身衣服吧。」

舒氏一聽還是御賜之物，更是惶恐，百般推辭感激。

陸嬤嬤跟舒氏有來有往地客氣了幾句，便示意那些婦人把東西放下，笑道：「東西送到，我還得回府上給老夫人回話去，告辭了。」說著施了一禮，便要離開。

夏正謙看著這些東西，心情複雜，對夏衿道：「拿那些料子，給自己好好做幾身衣服吧。」轉身回杏霖堂去了。

「還真得給你們好好做幾身衣服。」舒氏喜孜孜地把衣料往夏衿身上比劃。

第四十三章

第二天吃過早餐，夏衿便換了男裝，乘馬車出了門，直往羅府而去。到羅府時，羅騫的馬車已在門口等著了。兩人見面打了聲招呼，便一前一後地往城東與城南交界處而去。

當行至目的地，夏衿下車時，羅騫早已下了車，在下面等著了。看到夏衿下來，他轉過身去，眼睛看著裝修好的食肆。「這屋子裝潢得倒是有意思。」

現代裝潢，喜歡復古；現在身在古代，夏衿便反其道而行，採用西式簡單大方的裝修風格，門前寫了三個龍飛鳳舞的大字——知味齋。

夏衿見羅騫並不看她，表情也很平靜，說話行事，就跟不知她女扮男裝這回事一般，她挑了挑眉，道：「進去吧。」說著，率先進了鋪子。

進門右側就是一個櫃檯，做收銀之用。左側及裡面，都做了跟臺階似的一個個木頭貨架，半透明的紗布罩裡罩著許多精美的點心。而靠收銀櫃裡側，則是一個樓梯，上面是半截閣樓，閣樓上擺著三張桌子和幾張椅子，用藍灰相間的細布鋪著。

樓上、樓下的牆上，掛著些漂亮的字畫，看上去十分清新雅致。

這個鋪子，除了燒仙草，還賣一些現代點心，管鋪面的則是當初夏衿在茶館跟蘇慕閑一起救的那個小乞丐的哥哥。

說起這個小乞丐的事，倒也是巧。那日夏衿女扮男裝從醫館回家，正遇上她在路上哭，一問之下才知道她哥哥病重，她那日偷錢就是為了給哥哥治病。舉手之勞，夏衿自不介意救人一命，當即便給她哥哥看病，還出錢抓藥，將她哥哥從死神手裡救了回來。

這小乞丐姓董，名叫董方，哥哥叫董岩，其父原是經商之人，後遭變故，兄妹倆才淪為乞丐。夏衿見那董岩識字知禮，對經商頗有些心得，便將其帶了回來，讓他做了這食肆的掌櫃，董方則暫時留在夏府，做了夏衿的丫鬟。今日出門，夏衿身邊帶的小廝，就是女扮男裝的董方，也算是讓他兄妹倆見個面。

看到董岩將食肆張羅得十分周到，店裡陸續有人進來買東西，夏衿放下心來，跟羅騫一起去了城南小院，讓人將點心擺了上來，一一將它們的味道和特點給羅騫介紹一遍。

羅騫的目光跟著夏衿的介紹，在點心上移動著；可他的注意力，卻放在眼角餘光裡那隻纖細的手上。

看清楚那隻手，他又不著痕跡地往夏衿臉上打量。

夏衿是何等敏銳之人，立刻感覺到羅騫的注視。她心裡暗暗叫了一聲「來了」，不動聲色地將兩杯茶斟好，一杯放到羅騫面前，另一杯則端在自己手上，輕輕地呷了一口，這才抬起眼來，朝羅騫看去。

她等著羅騫說話。

剛剛一見面，她就知道羅騫在打量她，特意帶羅騫到這個地方來，便是想打開天窗說亮話。剛才，她也是有意把手露出來。她知道，從面孔上，羅騫是辨別不出她是夏祁還是夏衿的，只能看她的手。

不想夏衿這邊做好了準備，羅騫卻把視線移開了去，伸手拿起桌上的一塊蛋塔，嚐了起來。

嚐了兩樣點心，感覺到這點心香甜的口感和新穎獨到之處，羅騫開口道：「妳做的這些點心，味美新奇，種類也多，只在這個地方賣，可惜了。我再借一百兩銀子給妳，妳可以在咱們住的那附近再開一個大些的鋪子。」

這一回，輪到夏衿驚訝了。

她沒想到羅騫知道了她女子的身分，不光沒有跟她絕交，竟然還要繼續做生意。

他這是……不準備點破她女子的身分了？

對於如此情況，夏衿自然求之不得。她對羅騫笑著點頭道：「好呀。下一間鋪子，咱們五五分帳。你放心，咱們合夥做生意之事，我不會跟人說的。」

羅騫擺手道：「不用，那銀子，只當是我借給妳的，妳什麼時候有錢了，再還我就是。」

「那也行。」夏衿也不勉強。她知道羅騫不缺錢，而且這時代的讀書人，對行商總有一點排斥。

不過羅騫幫了她許多，現在又不計較她女子的身分，夏衿十分感激，決定投桃報李，也為羅騫出一把力。

她想了想，問道：「羅大哥這次有把握考上舉人嗎？」

羅騫搖搖頭，神色有些悵然。「並無把握。江南的秀才實在太多了，其中不乏素有才名之輩。朝廷科舉，不光要看文章，更看重個人名聲與能力，有才名，會在科舉中占很大的優勢。」

夏衿想了想，道：「如果想要才名的話，我倒有個主意。」

「哦？」羅騫頗感意外地看著她。「妳說。」

「才名這個東西，不光是寫幾篇文章，作兩首詩就能有的吧？被本地讀書人推崇，甚至成為當地讀書人的領袖，這種人才應該是實至名歸的大才子。」

「這個倒是。」羅騫點頭道。他越發看不懂夏衿了。

昨天，他有意跟夏祁深聊過這方面的話題。他發現夏祁就是個埋頭讀書的少年郎，眼睛只盯著手中的那幾本書和身邊的人事物，對於時政並無獨特的見解。

沒承想，跟他一樣年紀應該長在深閨裡的妹妹，竟然能想到這麼一層。

「羅大哥如果能將歷年臨江城考秀才、舉人時寫的文章編撰成一本集子，再請教諭和有名望的大儒作些點評，這對當地童生、秀才會有極大的幫助。如此一來，大家對你自會十分感激，羅大哥再做幾篇好文章，主辦幾場詩會，這才名，自然就有了。」

羅騫皺眉沈思著夏衿所說的可行性，漸漸的，他的眼眸慢慢亮了起來。

「這真是個好主意。」他讚賞地看著夏衿，神色十分興奮。

「除此之外，臨江城考中秀才、舉人的比別處多，想來對令尊的官聲也極有好處。」夏衿繼續道。

羅騫興奮之色慢慢淡了下去。他沈默了一會兒，自嘲地一笑。「多謝祁弟替為兄想著這個。」

羅維韜雖然偏心，卻也是關心他這個兒子的，否則在他生病的時候，也不會四處奔走，為他尋找治病良醫。

所以羅騫對父親，仍然有著深深的孺慕之情。他前些年拚命練武讀書，就是想讓父親對他另眼相看，知道他比庶兄更為優秀。

可羅維韜對羅夫人的冷淡，對章姨娘的寵愛，再加上兩位庶兄能力也很強，讓羅騫十分無力，這就造成了他對父親既愛又恨的複雜情感。

如今有機會能讓羅維韜獲得官聲，哪怕是羅騫對父親已有些心冷，他也是十分願意的。

「不用謝我，我出這主意，也是出於私心。有了羅大哥做的文集，我今年童生試就更有把握了，我反而應該謝謝羅大哥才是。」

夏衿這話，也是進一步試探羅騫，看看他是不是真的要裝著不知道她女扮男裝之事。

羅騫深深看她一眼，笑了笑，沒有再說話。

夏衿心裡鬆了一口氣。

現在兩人的相處方式再好不過，她可不想以女子身分與羅騫相處，想來一定很彆扭。

接下來幾日，夏衿就一直忙著知味齋的事。這食肆的生意，果然跟她想像的一樣好。知味齋開業當天，到了未時，不過區區兩、三個時辰，就把頭一天做的糕點全部賣完，只得提前打烊，讓後面趕來買糕點的人連呼「可惜」。

十種美味而新奇的糕點小吃、吸引人的宣傳手段、極為特別的裝潢風格，在臨江城造成了轟動。住在城東的，都是有錢有勢的；城南住的雖不是權貴，卻也是有錢人，再加上三天內五折酬賓，點心的價錢不貴，在看了一隊隊穿著整齊的孩子大喊之後，這些人都忍不住派下人來買些回去嚐嚐。

這一嚐之下，便欲罷不能了。綿軟的口感、香甜的味道、精美的造型，讓那些深宅裡的夫人、小姐們完全沒有抵抗力，一下就俘獲她們的芳心。

三天之後，知味齋的銷量不降反增，那做點心的兩對夫妻完全忙不過來。夏衿沒辦法，只得又買了幾個下人，兩個院子各添了一些，新店也開了起來。

只是讓她困擾的是，這兩個食肆，時不時地就有人來搗亂。

生意好了，有人來敲詐勒索錢財，也是很常見的事。

只是來的不光是街頭混混，竟然還有衙門裡的捕快。要知道，捕快是消息最靈通之人，街上哪些鋪子能找麻煩、哪些鋪子不能找麻煩，他們可是一清二楚，否則無意中得罪了貴人，他們根本不可能在這一行混下去。知味齋雖然沒有明說背後有羅騫參股，但明面上的老闆是夏祁，夏祁與羅騫的交情人盡皆知，饒是如此，還有人敢來找麻煩，這就不由得她生疑了。

讓她煩惱的除了這事，就是老太太那頭。打從上次裝病之後，她便三天兩頭說不舒服，偏要打發人到杏霖堂，叫夏正謙過去給她看病。

夏家之事，因為夏衿使的手段，在城南夏府那邊倒是人人皆知，如果三房做出什麼舉動，大家還會幫著說句公道話；可城東這些權貴卻完全沒有興趣瞭解一個郎中家雞毛蒜皮的事。如果夏正謙接到下人來報，卻不去給自家老娘看病，絕對會被人詬病。

所以即使明知老太太裝病，當著眾病人的面，夏正謙還是帶了藥箱去夏府給老太太看病。

好在夏衿早知道老太太不會消停，她早早布了後手，要徹底解決老太太這個問題……

這一天，她前往城南小院時，在路上就被人攔了下來。夏衿一看攔車的人是劉三，便吩咐魯良讓他上車。

劉三一上車就稟道：「夏公子，您讓我辦的事，成了。」

「哦？」她眼睛一睇，問道：「你可摸清楚他去青樓的時辰？」

「摸清楚了。」劉三點點頭。「一般都是申正下學的時候過去，在那裡待半個時辰才回家。」

夏衿嘴角泛起一抹冷笑。

她嘴裡的「他」，指的是夏正慎的小兒子、老太太的心頭肉夏禱。

原主被害死的這筆帳，她一直記著呢。只是她自穿越以來，不是忙著鍛鍊身體恢復功力，就是設局把三房給分出來，夏禱自她來了之後也沒太招惹三房，她手上也沒有得用的人，所以這事就放到了一邊，只等她空閒下來再來個秋後算帳。

現在，萬事俱備，她準備折騰老太太和夏正慎了，就乾脆把夏禱一起帶上。拿他當根攪屎棍用，想來會比較好使。

「先盯著。」她吩咐道，又問：「這兩天那些混混又來找事了？」

「找了。」劉三點頭。「昨兒個差不多打烊的時候，他們有兩人過來買了兩塊點心，當場吃完之後，硬說肚子疼，要董掌櫃賠醫藥錢，否則就嚷嚷得滿城都是。董掌櫃好言相勸，又拿了錢賠給他們，才把他們打發走了。」

夏衿點點頭，從懷裡掏出一錠碎銀子，遞給劉三。「這是謝銀，那兩處還得麻煩你繼續幫我盯著。」

劉三卻擺手推辭。「公子前兒個幫了我大忙，要不是公子，我命都沒了；而且那日的欠債也是公子幫我還的，如今幫這點小忙，哪裡還需要付銀子？夏公子莫不是看不起我劉三？」

夏衿卻把銀子硬塞到他手上。「如果拿我當兄弟，這銀子就得拿著，總不能我吃飯，還看著劉大哥你挨餓吧？以後有什麼難處，儘管找我，我家雖不富有，但吃飯的錢總還是有的，莫要再推辭。」

劉三拿著那銀子，嘴裡歙動一下，似乎想要說什麼，但終究什麼也沒說，只深深作了個揖，便轉身下了馬車。

夏衿眼看著劉三的背影消失在街角，這才對魯良道：「走吧。」

魯良甩了一下馬鞭，駕車前行。走了一段路，他終是忍不住，對著車廂內道：「少爺，這樣的人，您還是少來往吧。老爺、太太要是知道，還不知怎樣擔心呢。」

夏衿笑道：「無妨。你放心好了，這種人看似可怕，其實最講義氣，比那邊府裡的人都值得相交。」

魯良見勸不住，只得嘆了一口氣，不說話了。

他雖為夏衿辦事的時間不長，但也看出來了，自家這位大小姐，主意大著呢，見識又廣，為人又精明，手段又厲害，便是自家老爺與她相比都差得老遠。跟著這樣的主子，他們一家算是死心塌地，再無二心。

夏衿則在車內微微合上眼，盤算著劉三所說的事。

這位劉三，是她新收服的一個人。他家原也殷實富裕，家中田產、店鋪無數；可惜因他是三代單傳，父母溺愛得緊，長大了便成了個只知道吃喝嫖賭的敗家子，把家裡折騰一空。他爹娘一死，妻子也跟他和離改嫁了，又沒子女，他一個人便東混一天、西混一天地過日子。

劉三雖然敗家，好吃懶做，但卻有一樣好處，那就是講義氣。手裡沒錢則罷，一旦有錢，要不就給人救急、要不就請人喝酒，非得把那些錢都折騰光了為止，也因此，三教九流裡都有他的朋友。再加上他喜歡出入各種場合，這城裡大大小小的事，他都知道一二，消息靈通得很。

夏衿前世執行任務，最明白這種人的用處，也最知道收服這些人的手段。所以在打聽一番後，她在某個夜晚，「正巧遇上」被人堵在死胡同裡逼債的劉三，替他解圍之後，又掏銀子幫他還債，還姓名都沒留下，直接坐車就走。

劉三一窮二白，哪裡想到會有人如此處心積慮想要認識他。那晚之後便四處打聽，終於尋到施恩又不圖報的「夏公子」，於某天傍晚在城南小院門口攔住她，對她稱謝。

夏衿前世為完成任務，什麼人沒接觸過？即便性子冷淡，見人說人話，見鬼說鬼話這一套本事，她跟吃飯喝水一般嫻熟。

跟劉三喝上兩盅酒，稱兄道弟一番，劉三頓時將她敬為神人，雖沒有納頭就拜，卻也在心裡暗暗打定主意，凡夏衿有吩咐，他必赴湯蹈火，在所不辭。

於是在夏衿訴說關於老太太和大伯的煩惱，以及擔心知味齋被人惦記之後，他不光幫著出主意如何應對，還自告奮勇要打探消息，順帶著幫夏衿盯著知味齋的動靜。

如此才有了今日一番對話。

想了一回事情，夏衿掀起車簾往外面瞧了瞧，命令魯良。「往北街走。」

「少爺！」魯良的聲音無奈又為難。

不過他知道夏衿的脾氣，勸是勸不住的，只得調轉車頭，往北街駛去。

到了北街，再往一條巷子裡駛了一陣，夏衿掀起簾子，透過車窗往外瞧，便見前面不遠處是一棟高樓，樓下燈籠高掛，樓上雕樑畫棟，樓前栽了幾株柳樹和花卉，遠遠看去繁華似錦。那不知情的到了這裡，還以為是到了什麼繁華之處呢。

夏衿遠遠地看了一會兒，便叫魯良。「走吧，去城南小院。」

魯良鬆了一口氣，一甩馬鞭正要啟程，夏衿忽然看到前面掛著「錦雲間」牌子的樓裡走出幾個人，為首的是一個年輕女子，十七、八歲年紀，眼如秋水，眉如黛螺，氣質清雅脫俗，在一群打扮得花枝招展的女子裡，有如幽谷裡獨自開放的百合，令人見之難忘。

「柔兒妹妹，一路走好。」

「柔兒啊，可別忘了我說的那種脂粉……」

其他人大概是為她送行，各自說著囑咐的話。

此時魯良駕著的馬兒已小跑起來，漸漸的，那一群人離夏衿越來越遠。夏衿收回目光，放下車簾，將身子往後一靠，開始閉目養神。

第四十四章

到了城南小院，夏衿意外地發現羅騫竟然坐在院子裡喝茶。

「羅大哥，你怎麼有空過來？」她走過去笑著問道。

說起來，她已有大半個月沒看到羅騫了。

羅騫的身體已完全康復，再也不用吃藥，行動也與常人無異，夏衿不用三天兩頭去羅府給他看診。再加上兩人各忙各的，想來如果沒有知味齋，兩人怕是很少有機會見面。

「打聽到妳今天要來，我是特意在這裡等妳的。」羅騫道。

夏衿一挑眉，走到他對面坐了下來。

羅騫的小廝樂水聽到聲音，連忙從廊下過來，給夏衿斟了一杯茶，又退回到廊下候著。

羅騫將一本書放到她面前。

待看清楚上面的字，夏衿驚喜道：「印好了，這麼快？」

「這是秀才科考集錦，往年科考的文章都在省府教諭手上，託人去說一說，便拿到了，所以比較快。」羅騫道：「不快不行啊，馬上就童生試了，過了這段時間就沒意義了。」

「那倒是。」夏衿拿起這本集子，翻了一翻。

這本書，夏祁在家裡可是望眼欲穿。今天給他帶回去，不知會高興成什麼樣子。

「那是給妳的。」羅騫說著又遞過來另外兩本。「這兩本給妳做人情。」

夏衿疑惑地看了他一眼，接過那兩本一看，發現雖然封面一樣，但明顯比她手頭這本要薄一些。翻到後面，便見她手頭這本後面有好幾篇名儒點評的文章，是薄的那兩本所沒有的；而且那幾篇文章是手抄的，墨跡跟刻印的完全不一樣。

「這是……」她抬頭看向羅騫。

「這是我考童生試時，京中堂伯託名儒點評的幾篇文章。我想著或許對妳有用，便謄錄上來了。」

「謝謝。」夏衿感激地道。

羅騫又遞給她一張紙，上面寫著一個地址和名字。

「這位崔岱遠老先生，是位落第的舉人，教書教得很好，門下出過不少秀才、舉子，不過如今年紀大了，不肯再招學生。我考童生試前，曾請他指點過。妳明日有沒有空？我領妳過去跟他認識一下，這段時間妳可以時常上門請教。」

拿著這張紙，夏衿都不知說什麼好了。

這位崔岱遠老先生，她曾聽夏正謙和夏祁說過，在臨江城乃至整個浙省，都是鼎鼎有名的。原因無他，蓋因這崔老舉人自己雖沒考中進士，教書卻很有一套，門下弟子個個都有出息。很多人想方設法要拜他為師，即便不能拜師，能得他指點也是好的。

只是這位老先生性子古怪得很，收徒或指點學問，都得看眼緣；而他的眼緣，還挺難遇上，想要他收為弟子或指點學問，十分困難。

近年來崔老先生年事又高，更是閉門謝客，不大見人。為此，他的名聲更響，讀書人都以能進得崔老先生的家門為榮。

羅維韜在臨江城雖是個人物，但在崔老先生眼裡，根本不算什麼。當初他不知花費了多少心血，才讓羅騫得到崔老先生的指點，沒承想如今羅騫竟然為夏祁爭取到請教學問的機會！

「感謝的話，我就不多說了。這份情，我先記下。」她看著羅騫，認真地道。

羅騫愣了一下，臉忽然紅了起來。

見到羅騫臉紅，夏衿才發現這話說得不大妥當。現代男女，拍著對方的肩膀說這份情我會記在心裡，對方可能不會往心裡去；可放在古代這麼說，就容易讓對方往別處想。

「那個……」向來口齒伶俐的夏衿也變得口拙起來。「那個……我沒別的意思。我就是想說，你為我的事費心了，我很感激……」

說著說著，她忽然發現越描越黑，怎麼說好像都很曖昧，只得訕訕地閉了嘴。

「沒事，不過是舉手之勞。」羅騫力持鎮定，可那微紅的臉和不自然的神態，還是讓氣氛十分尷尬。

他站起來道：「我還有事，就先走了。明日巳正時分，妳到我府上來，我們一起去崔老先生家。」

「好的。」夏衿忙站起來。

羅騫擺擺手。「妳坐著，不用送。」說著快步往外面去了。

夏衿將手中的文集翻了翻，好一會兒才踱到前面店裡，想看看店裡的經營情況。這幾日董岩都在新店那邊盯著人裝潢，這間店暫時交給兩個夥計管著，雖說如今都上了正軌，但有些事他們也處理不了，比如那些混混鬧出來的事。

果然，夏衿的腳還沒跨進院裡，一個夥計就飛快地跑了出來，差點跟她撞了個滿懷。

「毛毛躁躁的幹什麼？撞著了客人你吃罪得起嗎？」夏衿皺眉斥道。

那小夥計叫朱安，也就十五、六歲，還是個半大孩子，雖然腦子機敏，學什麼都學得很快，卻沒經歷什麼事，遇事容易慌張。

此時一看東家來了，他頓時如蒙大赦一般，連忙道：「公子，您快進去看看吧，兩位差役大哥說咱們的點心有問題，要咱們關門給他們查查呢。」

「哦？」夏衿眸子一冷，抬腳進了店門。

此時店裡沒其他客人，只有兩個衙役打扮的男子坐在店中央。一個三十出頭，一個二十來歲，而店裡的另一夥計張昌，則一臉苦相地站在旁邊，嘴裡正解釋著什麼。

「怎麼回事？」夏衿問道。

「公子您來了？」張昌見到夏衿一喜，忙道：「這兩位是府衙的李大哥和文大哥，說昨日有人去衙門反應，吃了咱們的點心肚子疼，讓咱們把店給關了。」

不待夏衿說話，那兩個差役就打量她一眼，那三十出頭姓李的就出言問道：「這位就是你們東家？」

「正是。」張昌道。

在夏衿看來，這兩人不過是替人辦事的，但仍十分給面子地拱了拱手。「兩位大哥，不知到小店來有何見教？」

「昨日有人到衙門說你家點心有問題。我們今天看了看，發現到你家來買點心的全都是城東各家的下人。這些人家的身分想來你也知道，要是有誰吃了你的點心出問題，那這事就鬧大了。所以想請你先把這店門關了，讓我們查查，如果查了沒問題，你們再開門做生意也不遲。」

「呵。」夏衿一聽這話就笑了，眼睛一瞇問道：「店門一關，城裡想來就會流言四起，說我家點心有毒吧？到頭來你們說查不出問題，一撒手不管了，我這店裡的損失找誰算去？」

「喲，我做衙役也快十來年了，還沒見過哪家犯了事的人膽敢這樣跟我說話！」那李衙役將臉一沈，對夥伴一歪嘴。「文魁，將他鎖了，帶回衙門裡好好審問。」

「是。」文魁拿了枷鎖便要往夏衿脖子上套。

「公子！兩位大哥……」張昌和朱安頓時慌了，不知怎麼辦才好。

「嘿，我還真不怕你鎖。」夏衿卻不慌不忙，那淡淡的笑容頗為意味深長。「不過鎖我容易，待會兒想要把我放回來就難了，你們可得想好嘍。」

兩個差役對視一眼，竟然奇蹟般沈默下來。

張昌和朱安愕然之下，看向夏衿的目光全是崇拜。自家公子簡直是太厲害了！

「那個……」李常志的臉像變魔術般變出個笑臉，對夏衿豎起大拇指。「夏公子這膽識，還真是一般人比不了。厲害，真是厲害。李哥我喜歡，對我胃口。」說著伸手過來故作熟絡地想要拍拍夏衿的肩膀。

夏衿卻肩膀一斜，避開了他的爪子。

李常志的表情一變，不過很快又恢復一臉笑意。

文魁趕緊在旁邊笑道，掩飾李常志的尷尬。「我們李哥最喜歡骨頭硬的人，夏公子算是合了我們李哥的眼緣了。」

李常志點點頭，將笑容斂了斂，對夏衿正色道：「今天這事就算了，我回去跟大人說幾句好話，幫夏老弟擋了這一遭事。不過你們以後還是要注意些，該講究的地方還得講究，畢竟做的是吃食，來的又都是達官貴人。這要是吃壞了人，即便是李哥我，也罩不住你。」

這兩人不停地給臺階下，夏衿也沒打算將他們得罪死，淡淡地點頭應道：「行，以後我們會注意。」

見夏衿一沒起身相送，二沒包些點心讓他們帶走，說話還不冷不熱的，兩人雖然一肚子不舒坦，卻沒敢多說什麼，道了句告辭，便離開了知味齋。

夏衿冷眼看著他們的身影消失在門外，轉頭吩咐朱安。「筆墨伺候。」

「是、是。」朱安和張昌越發殷勤恭敬，一會兒工夫就準備好東西，還將桌子抬到夏衿面前。

夏衿提筆寫了幾個字，將墨跡吹乾，摺好放在懷裡，起身也離開了知味齋。

上了馬車走了一段路，她叫魯良。「停下。」

魯良將馬繩一拉，讓馬車徐徐停了下來。

夏衿跳下馬車，將懷裡那摺好的紙遞給魯良。「你到葫蘆巷口的那家小酒館去找劉三，將這紙條給他。」

「是。」魯良將那紙條小心地放進懷裡，滿腹納悶。

要知道，自家姑娘平時來往的就是家裡、羅府和知味齋三處，而且都是他趕車跟著，並未見她接觸什麼人；可現在她不光認識那街頭混混劉三，還知道劉三此時正在葫蘆巷口的小酒館裡，莫非自家姑娘能掐會算不成？

他抬起頭正想問如果不見劉三怎麼辦，卻見夏衿上了不遠處停著的馬車，往夏宅的方向去了。

到了晚上，看看天已黑下來了，夏衿將菖蒲等人都打發出去，便換了一身深色短衣，往城南方向飛奔去。

不一會兒，她便到了劉三家門口。她也不敲門，直接從牆頭躍了進去。

劉三因知夏衿要來，並未就寢，此時正端著一盞油燈，哼著小曲從茅房往堂房裡去。

「劉大哥好雅興。」

身後忽如其來的聲音，把劉三嚇了一大跳，手中的油燈一下子滑落，眼看就要落到地上摔個粉碎，一雙纖細的手猛地穩穩地將它接住，舉到劉三面前。

看清楚是夏衿，劉三這才拍拍胸口，驚魂未定道：「原來是夏公子啊，你可真是……」

說著，他苦笑了一下，搖了搖頭。

那日他遇上逼債的，雖然是夏衿把人打跑的，他也知道夏衿有武功在身；但夏衿這神出鬼沒的行徑，還是讓他大大吃了一驚，恭敬感激之餘，又平添了一分敬畏。

「來來來，屋裡坐。」劉三道。

夏衿跟著他進了屋裡。這屋子髒亂，還有一股說不出的氣味，但夏衿絲毫不在意，在劉三相讓之後，她坦然地在一張長凳上坐了下來。

劉三冷眼看著，不禁又點了點頭。

他將油燈放到桌上，自己卻不落坐，立在那裡開口道：「你吩咐的事，我幫你查了。昨日混混來鬧事，今天衙役上門，都是羅推官家的大公子所為。」

夏衿的瞳孔微微放大了一下，隨即便恢復平靜。

她還真猜到事實真相。

從今天那兩個衙役的反應來看，他們絕對知道她是什麼人。她治好了羅騫的病，又一同去宣平侯府赴宴，兩人親厚的關係不是秘密；因治病和救人，宣平侯老夫人對夏家的維護也眾所周知；除此之外，她對知府小姐也有恩情。即便不知羅騫是知味齋的另一東家，她的這些身分拿出來也能嚇倒一眾人等。臨江城有誰明明知道她跟羅府、侯府的關係，還敢來招惹她，這麼不長眼呢？只有憎恨羅騫的羅大公子羅宇了。

想來因為宣平侯老夫人到了臨江城後力捧羅夫人，羅維韜不敢再冷落妻子，此消彼長之下，這就對章姨娘造成威脅；而羅騫出了個刻印科考文集的主意，讓羅維韜官聲更顯，讓他的心朝嫡子這邊偏向幾分，這又讓羅宇兄弟倆不舒坦了。

他們不敢對付宣平侯老夫人和羅騫，就想來欺負一下跟羅騫交好的自己，以為自己這個小老百姓即便受了欺負，也不敢聲張，只能吃啞巴虧呢。

這也是今天自己態度稍一強硬，他們就趕緊退縮的原因。

夏衿摸了摸下巴。

羅宇不來招惹她，她還真不會插手羅府的家務事，畢竟這跟她無關；可欺負到她頭上，就不一樣了。

她抬起頭，對劉三道：「你幫我打聽一下錦雲間一個柔兒姑娘的事。」

劉三不明白夏衿這思維怎麼從羅宇這裡一下跳到青樓女子那裡去了，不過還是應聲答應下來。

「來搗亂的那幾個混混住在哪裡？」夏衿站起身來。

「為首的那個，就在離知味齋不遠處……」劉三將那幾個的住處一一說了。

夏衿點點頭，指著她腳下的兩個布袋道：「這裡面裝著一些米麵肉菜，一點小意思，劉大哥莫要嫌棄。」說著，拱手一揖。「告辭。」不待劉三說話，閃身便出了門。

劉三怔怔地望著夏衿的背影，再低頭看向那兩個布袋，重重地嘆了一口氣。

夏衿去了城南，一一拜訪了那幾個混混的家，半個時辰後，在一片哀號聲中，她離開城南，神不知、鬼不覺地回了夏宅。

第二天，夏祁穿戴得整整齊齊，跟著羅騫去了崔老先生府上。因「夏家少爺」不能同一時間分別出現在兩個地方，夏衿便哪兒也沒去，老老實實待在家裡。

到了下午，夏祁一臉興奮地回來了，對特意待在家裡等消息的夏正謙道：「羅公子竟然是崔先生極受寵的弟子！在他的舉薦下，崔先生答應指點我幾次！」

「崔先生沒說也將你收入門下？」夏正謙急急問道。

夏祁搖搖頭。「沒說。」

「你把見面的詳細情況跟我說說。」

夏祁便將今天的情形說了一遍。

原來今天到了崔府，他們並未見到崔老先生。在等待的時候，羅騫就被人叫走了，只留下夏祁在那裡等著，足足一個時辰之後，才有人帶他去見崔先生。崔先生叫他寫了一篇文章，又考校他幾個問題，便點點頭，叫他隔五天來崔府一趟。等他要離開的時候，羅騫才出現，在他跟崔先生的對話裡，夏祁才知道羅騫竟然是崔先生的弟子。

「難怪羅公子能為你爭取到這樣的機會。」夏正謙見兒子沒能拜在崔先生門下，頗為遺憾，安慰他道：「能得老先生指點也是大福氣了，不知有多少人想要他指點而不得呢，你得好好珍惜。」

「是，兒子記住了。」夏祁站起來恭聲應道。

「以後到崔府要注意自己的言行，這位崔老先生怕是在考驗你呢。如果你一舉在童生試中取得好成績，沒準兒還能成為崔先生的門下弟子。」夏衿在一旁道。

「哦？」夏正謙眼睛一亮。「此話怎講？」

夏衿一笑。「不過是我的猜測，反正謹慎些總沒壞處。」

「這話在理。」夏正謙點點頭，很是贊同，他轉向夏祁。「你妹妹的話，可聽見了？」

「聽見了，我會注意的。」夏祁現在對於妹妹，都有些盲目崇拜了。夏衿的話，他自然謹記在心。

待夏正謙往前面醫館去了，夏衿拉著夏祁到一旁，嘰咕起來。

「這不行。」夏祁聽她說了兩句話，就斷然拒絕。

夏衿一聽就急了，指控道：「你以前答應我的。」

「現在情況不一樣了。要是讓崔先生知道這件事，指點學問的事肯定得泡湯。」夏祁嘟著嘴說道。

「嗯，這倒是。」夏衿眉頭皺了起來。

她摸著下巴想了想，抬起頭一把抓住夏祁的胳膊。「我讓爹去，不過你也不能歇著。爹的性子你也知道，寧可少一事也不願多一事，你不在旁邊說話，這事怕是鬧不起來。」

夏祁猶豫了片刻，只得答應下來。

夏衿一拍手掌，站起來就往外走。「那行，我去安排。」

到了申末，醫館的病人都走得差不多了，夏正謙被夏祁拉著走出醫館，一邊走，嘴裡還問道：「你打聽真切了？真有此事？」

「爹，難道我還會騙你不成？」夏祁委屈地道。

夏祁一向老實懂事，夏正謙不知道他早已被夏衿帶壞了，跟著夏祁上了馬車，吩咐魯良道：「去北街。」

魯良應了一聲，駛動車駕，心裡卻十分納悶。那個地方，自家老爺從來不去，今兒個怎麼忽然心血來潮，想去那裡，而且還帶著少爺？

到了北街，夏祁便伸出頭朝外面望，似乎在尋找什麼，待到一處叫水雲閣的樓前，他眼睛猛地一亮，急叫道：「停車。」

魯良將馬車停了下來。

「到了？」夏正謙掀開車簾，朝外面望去。

「爹，趕緊下車。」夏祁拉了夏正謙一把，便搶先下了馬車。

夏正謙的眉頭皺了皺，跟在夏祁後面也下了車。

他這腳下剛一站穩，就聽到兒子的聲音從前面傳來。「五哥！你竟然……你竟然……」

他抬頭望去，卻見夏禱站在一處青樓門口，胳膊還被一個清麗女子摟著。他望著這邊，一臉驚愕。

夏正謙眉頭一皺，問道：「禱哥兒，這是怎麼一回事？」

夏禱慌張地將胳膊從那女子懷裡抽出，說話都變得結結巴巴。「我、我沒有，我不是……」

夏祁似乎嚇傻了，夏禱這一說話，他才從呆掙中清醒過來，目光從夏禱臉上移到水雲閣的匾額上，再從匾額移回夏禱臉上，驚奇地大叫起來。「你嫖妓，你竟然嫖妓！」聲音之大，引人側目。

「哪裡來的土包子，這般沒有見識。」那清麗女子臉一冷，喝道：「文人雅士，飲酒尋歡，這叫風流。怎麼到了你嘴裡，就這麼不堪呢？」

夏祁沒想到竟然被一個青樓女子給罵了，臉脹得通紅。

不過他受夏衿的影響，性子堅毅許多；而且他知道今天自己是有任務在身，關鍵時候不能出錯。

他也不理那女子，只看著夏禱道：「五哥，這事你怎麼說？」

夏禱此時也冷靜下來了，冷冷地看了夏祁一眼，走下臺階給夏正謙行了一禮，叫了聲「三叔」，便想上車走人。

小時候夏祁沒少被夏禱欺負，此時見他目中無人，夏祁大怒，一把揪住夏禱衣領道：「上次你設圈套，害得我為狎妓飲酒的事打板子，你今天就想這麼走了，門兒都沒有！」說著一推夏禱。「走，跟我回去見祖母和大伯去。」

夏禱掙扎了下，想將衣領從夏祁手裡扯出來，偏偏夏祁這兩個月每天早上跟著夏衿練武，力氣變大不少，夏禱哪裡掙扎得脫？

他怒了，抬腿就想給夏祁一腳，嘴裡罵道：「我說你瘋了吧？趕緊放手，別在這拉拉扯扯的！」又叫夏正謙。「三叔，趕緊叫六弟放手。」

夏正謙還沒從姪子逛青樓的震驚中清醒過來，心裡又隱隱覺得兒子今天叫自己往這裡來是別有用心，亂糟糟的還沒想清楚呢，夏祁和夏禱便起了爭執。到底應該如何處理這事，他一時之間也沒個章程。

他不願意看到兒子和姪兒在青樓面前吵吵鬧鬧，指著馬車道：「咱們先上車，上車再說。」

夏正謙性子軟弱，夏祁也是極好欺負的，夏禱一點也不怕他們。他扭頭瞪了夏祁一眼，率先朝馬車走去；夏祁也不鬆手，跟押犯人似的也跟著上了馬車。

「放手，你放手。」夏禱一上車就用力地推了夏祁一把。

他本來就比夏祁大一歲，個子也比夏祁高半個頭，塊頭也大一圈。以前推搡夏祁，他向來無往不利，沒承想這一回跟夏祁交手，卻是一次、兩次都落了空。不僅如此，他的衣領被夏祁揪住，勒得他喘不上氣來。

「三叔！」他只得大喊，聲音裡帶著強烈的惱恨。

「祁哥兒，放開他。」車廂不大，兩個孩子鬧騰起來容易傷著，夏正謙連忙叫道。

夏祁卻沒理父親，只對外吩咐魯良。「魯叔，去那邊府上。」

昨兒個夏衿跑到北街來，結果今天這麼巧，夏祁父子就遇上夏禱，要說這事不是自家姑娘安排的，魯良打死都不信。

此時他也不去問夏正謙的意見，抬手將馬鞭一甩，「駕」地一聲，馬車就緩緩往城南駛去。

「你幹什麼？」夏禱一看慌了，也顧不得衣領還揪在夏祁手上，將身子扭過來就朝他臉上揮上一拳。

夏祁閃身一避，抬腳就回了他一腳。「哎喲」，夏禱立刻捣住屁股大叫起來。

「三叔、三叔，您看六弟，他打我！」打不過夏祁，他只得高聲告狀。

這個三叔的性子，他再清楚不過。三房孩子在一起玩耍，如果夏祁和夏衿被另兩房的孩子欺負了，夏正謙再不高興，也不過是過後跟大哥、二哥委婉地提一提，絕不會喝斥或責罰他們這些姪兒、姪女。

果然不出他所料，他話聲剛落，夏正謙就對夏祁道：「祁哥兒，別鬧了。」語氣比剛才嚴厲多了。

「爹。」夏祁轉過頭來，望向夏正謙的眼神又失望、又傷心。「您總是這樣。我跟妹妹年紀小，但以前家裡有什麼好東西，您卻總叫我們謙讓；被他們欺負了，您也讓我們忍耐。結果呢？誰說您一聲好？他們反而覺得我們好欺負，變本加厲捉弄欺凌，妹妹為此差點死掉，我也被打過好幾次板子。現在您又這樣，您到底是不是我們的親爹？」

夏正謙被說得啞口無言，表情變得極尷尬。

其實大家庭裡相處，做父母的就應該像夏正謙這樣才行，那就是忍讓兩字，否則小孩間的玩鬧變成大人間的矛盾，這日子就沒辦法過下去。

只是夏家有老太太這個偏心到極點的大家長，夏正慎這個二家長又自私愚蠢，才會變得極不正常，夏正謙的謙讓寬容，就成了懦弱無能。

夏正謙不說話，夏禱反倒喝叫起來。「夏祁你還是不是人？竟然說這種話！」又挑撥夏正謙。「三叔，六弟說這種大逆不道的話，您還不耳刮子抽過去？」

這段時間，夏衿一有機會，就在舒氏耳邊嘀咕，說正是夏正謙沒原則的容讓，才讓老太太和大伯得寸進尺，以至於鬧成這樣，但凡他多硬氣一點，夏家就不會有這麼多矛盾。

這話說多了，舒氏就被洗腦了，也時不時在自家丈夫面前絮叨幾句。夏正謙聽多了，也深以為然。

所以聽到夏禱明顯的挑唆，而且做了這麼大的錯事還沒半點心虛，竟然還挑自家孩子的錯，他心裡的火頓時起來了，皺眉質問夏禱。「祁哥兒的事以後再說；倒是禱哥兒，你為何來這個地方？」

「這個地方？什麼地方？」一聽夏正謙開始追究這個問題，夏禱一面裝傻充愣，一面腦袋瓜子轉得飛快，思索著如何將這事糊弄過去。

「什麼地方？青樓！」夏正謙臉色沈了下來。「你少裝傻。我問你，你哪來的錢？誰帶你來的？你不知道咱們夏家的家訓裡，是不允許子弟逛青樓的嗎？」

「是同窗請我的，我只來了這麼一次；而且三叔您也別說不允許，六弟以前不也狎妓飲酒過嗎？」夏禱想用夏祁的事堵夏正謙的嘴。

第四十五章

「呵。」夏祁想起夏禱設計他的事，就氣得牙癢癢。「對，我狎妓飲酒過，所以被打了板子，我那次還只是在酒館裡，沒有上青樓；你情況比我嚴重多了，依夏家家法，你這次不光只打二十板子吧？至少打三十板子！」說到後面，他簡直咬牙切齒。

夏禱本想說「那是你！輪到我，祖母一定捨不得打」，但想想三房跟府裡的矛盾，說這話反而激怒他們，他改口道：「我根本就沒上青樓，是我同窗騙我來的，說帶我去好玩的地方。等到我一看不對，正想離開呢，那女人卻拉著我不放，我正要掙開，你們就來了。」

這話把夏正謙說得半信半疑。

「胡說。」夏祁冷哼一聲。「我明明看見你從裡面走出來，還想騙人，你當我們是傻子呢。」

夏禱沒想到堂弟不過半個月未見，變化竟然這麼大，不光敢跟自己撕打，腦子還變聰明了。他惱恨不已，對夏祁嚷嚷起來。「就算我從裡面出來又怎麼的？你管得著我嗎？你們已經分出去了，不是我們夏家的人了，叫你們吃頓飯都不回來，還有臉管我的事！」

說著他朝外面叫道：「停車！」

趕車的是魯良而不是別人，這傢伙早已被夏衿用各種手段收服了。夏衿花這麼多心思才讓夏正謙和夏祁把夏禱堵在青樓門口，他哪裡肯輕易將夏禱放走，不光不停車，反而將車趕得更快。

「我叫你停車你聽見沒有？」夏禱還以為魯良沒聽見，朝外面大吼一聲。

誰知魯良跟聾子似的，仍然沒有絲毫反應。

見自己連個下人都喊不動，夏禱氣得臉都青了，轉頭對夏正謙道：「停車，放我下去。」

「別想走。」夏正謙還沒說話，夏祁就搶先道：「不去祖母和大伯面前說清楚，你就別想下車。」

夏禱惡狠狠地盯著夏祁，氣得直喘氣。

不過他很快就平靜下來，將身子往車背上一靠，冷笑一聲。「我勸你們還是別費工夫。就算祖母知道我去逛青樓，我也不會挨打。我是祖母的親孫子，她疼我還來不及，絕對捨不得打我；倒是你們，狗拿耗子多管閒事，討人嫌得很，還是不要自討沒趣得好。」

這嫌棄鄙夷的語氣，讓夏正謙臉色大變。

他辛辛苦苦賺錢供一大家子花用，不光沒得到半點尊重感激，如今連個十幾歲的小孩子都看不起他。

「是，我知道你是老太太的親孫子，我們在她眼裡是豬狗不如的雜種。如果那個家不姓夏，我們絕不往前湊，更不會管你們家閒事。但那個府叫夏府，是我親祖父打下的家業；你父親天天到我家嚷嚷說我們是一家人，有事沒事就叫我們幫忙；那日去宣平侯府，你們不是死皮賴臉要跟著去，說一家人不分彼此嗎？怎麼，這會兒又翻臉不認人，說我們是狗拿耗子多管閒事了？」

夏祁連嘲帶諷的話又將夏禱眼中的火氣給點燃了。他剛想還嘴，夏祁伸手一擋。「你不要再說了，說什麼今天我都是要見真章的。如果老太太真說咱們不是一家人，我們狗拿耗子多管閒事，或者那個家規只針對我，不針對你，那我們馬上就走，從此以後大路朝天，各走一邊，咱們就徹底不是一家人了。你也別叫我爹三叔，我也沒你這堂兄，你們一家有事沒事別再來煩我們。」

夏禱胸口一起一伏，顯然被氣得不輕。但他張了張嘴，卻又不知該說什麼，只得轉過頭去，瞅著夏正謙，滿臉委屈道：「三叔，您就這麼瞧著祁哥兒拿話堵我？」

如果一開始夏禱使出撒嬌這招，夏正謙或許還會給姪兒面子，喝斥兒子一聲；可剛才夏禱那鄙夷的表情，把夏正謙刺得不輕，他冷冷地看了夏禱一眼，直接將臉一轉，再不理他。

夏禱沒想到向來寬厚的三叔竟然會給他一個冷臉，不敢置信地愣了好一會兒，才默默地轉過頭去，再不說話了。

夏祁的目的就是把夏禱揪到夏府去，大鬧一場，此時見夏禱不說話，他自然樂得省事，便也不說話。

車廂裡一下子安靜下來。

眼看馬車就要駛到夏府了，夏禱終於忍不住又開口了。他用哀求的語氣對夏正謙道：「三叔，您就饒過我這一次吧，我保證以後再也不去青樓了。」

說實話，今天的事雖然不大，也與三房無關，但對夏正謙打擊卻是不小。

他一直以為即便他不是老太太的親兒子，但仍是那個家的人，他在那個家裡長大，府裡的一草一木都裝在他心裡，他仍然把夏府當成自己的根，夏正慎和夏正浩等人仍是他的親人。

但如今，大房一個孩子都對他鄙夷而嫌棄，話裡話外都說他不是夏家人，夏正謙忽然覺得自己簡直自作多情。

他一下子心灰意冷，真不願意再管那府裡的閒事，更不願意再踏進那裡一步。

他正要叫魯良停車，夏祁卻搶先叫了起來。「你保證？你拿什麼來保證？要是以後你為了逛青樓弄得傾家蕩產，我們不光要養活你們，還要吃埋怨，說我爹明知你逛青樓，也不管你，縱容你敗家，一切錯處都是我爹的。所以今兒這事絕不能饒，定要到老太太面前說清楚，以後你們有什麼，也別埋怨到我爹頭上。」

這話說得再有理不過，夏正謙頓時打消逃避的念頭。他的嘴角露出一抹冷笑，轉頭望著窗外，再不理會夏禱。

夏禱是被大人寵壞的孩子，見夏正謙一直不理他，便賭氣不再哀求，急速思考接下來需要應對的場面。

魯良駕著馬車徐徐停在夏府門前。

「魯良，你怎麼過來了？」守門的下人趙老五看到魯良，吃了一驚，不過隨即便望向車廂，想知道三房是誰來了。

「嗯，我家老爺和少爺來了。」魯良一邊下車，一邊答道。

趙老五心裡一震，忙對同伴張忠道：「你在這兒守著，我去稟告老太太。」說著，不待同伴答話，便飛也似地朝後邊跑去。

「呸，討巧賣乖的傢伙！跑這麼快，以為有賞錢啊？沒準兒賞你兩板子！」張忠對著同伴的身後吐了口唾沫，滿臉不高興。

現在夏府裡誰不知道三房自從分出去後，就攀了高枝，但因為跟老太太的矛盾，一直不願意跟這邊府裡來往。今天他們主動上門，大老爺、二老爺聽了一定十分高興，沒準兒就會打賞報信的人呢。

張忠心裡盤算著，是不是跑到仁和堂去給大老爺報信去，轉過頭就看到夏正謙從車裡下來，他忙上前去跟夏正謙作揖行禮。「三老爺，您來了？」

看到跟在後面的五少爺和六少爺，而且三房的六少爺還親熱地將手攀在五少爺脖子上，張忠更是笑得眼睛都瞇成一條縫。「五少爺、六少爺，你們也回來了？」

夏正謙望著陽光下夏老太爺所寫的「夏府」兩個大字，鼻子有點發酸。

他忙低下頭來，眨了眨眼，對張忠道：「大老爺在不在府裡？」

「回三老爺話，大老爺在醫館呢。要不小的這就去把他給您請回來？」張忠對夏正謙的態度，是前所未有的恭敬。

「嗯，去吧。」夏正謙點頭。

既然到了這裡，不進門是不行的，但他實在不願意單獨面對老太太，有夏正慎在，或許會好些。

「三老爺你們先裡面請，小人一會兒就回來。」張忠顧不得趙老五也不在，門前再沒人守，急著討賞，急匆匆就往仁和堂那邊飛跑而去。

到了此時，紙包不住火，夏禱的心倒也定下來了。見夏正謙站著不動，他不耐煩地道：「走吧，站這兒幹啥？」說著就要往裡走，沒承想他的衣領仍抓在夏祁手上，這一動差點被拽了個踉蹌。

「喂，到了這裡你還怕我逃嗎？快點把手放開！」他怒道。

夏祁理都不理他，手抓得更緊，眼睛只看著夏正謙。

「等你爹過來咱們再進去。」夏正謙真不願意進去，轉過身往門口一站，就打算當一會兒守門人了。

夏禱頓時傻了眼。此時街坊鄰居已有人朝這邊探頭探腦了，而他此時則像是押在夏祁手上的犯人，這要傳出什麼閒話，他以後還怎麼在這一帶混？

「您讓六弟先放開我，這樣子被人看見，像什麼話？」

夏正謙此時倒也不怕這個姪兒跑了，正要開口叫夏祁放手，便聽得門裡傳來呼喊聲。

「三弟，可是你回來了？」

他轉頭一看，正是夏正浩，心裡便有些高興。「二哥，你今兒個在家呀？」

「到了門口，怎麼不進去？」夏正浩走了出來，見夏正謙站在門口，眉頭一皺便嗔怪道：「這是你家，即便你搬出去了，你仍是夏家人，是我親弟弟，是這府裡的三老爺。到了門口不進去，難道你還真把自己當客人不成？我說三弟，你什麼時候變得這麼彆扭了？」

從小夏正慎的性子便自私霸道，雖有老太太搬弄，夏正浩仍跟三弟多親厚些。他這毫不客氣的責怪，倒叫夏正謙心頭一暖，將心裡的酸楚難受也驅趕了幾分。

「不是。我剛叫張忠去叫大哥了，門口沒人守，所以想在此等等大哥。」他忙解釋道。

「叫魯良守著不就行了嗎？你呀！」夏正浩嘆了一口氣。「走吧，咱們進去。」又轉頭看了夏禱和夏祁一眼，招呼道：「祁哥兒也來了，趕緊跟二伯進去。」說著，拉著夏正謙便往門裡去。

夏禱頓時鬱悶得很。自家二叔只管熱情招呼三房父子，看到他則跟沒看見一樣。他睇了夏祁一眼，心裡不忿，有什麼了不起？不就是治好宣平侯府姑奶奶和羅公子的病嗎？再怎地也只是個郎中，待自己考上秀才，定讓他匍匐在腳下給自己磕頭。

三人到了正院廳堂，卻見裡面除了站著個小丫鬟，老太太和大太太、二太太全然不在。

夏正浩眉頭一皺，對丫鬟問道：「主子們呢？」

「老太太頭疼，大太太和二太太在屋裡伺候呢。」小丫鬟道。

她等在這裡，就是為了傳老太太這句話的。

夏正浩頓時很不高興。

這段時間為了緩和跟三房的矛盾，他跟夏正慎沒少想辦法。怕引起夏正謙反感，他們還不敢自己往前湊，只是隔三差五地派下人送些吃食到城東去。開始夏正謙並不收，只是送的次數多了，想是心裡的氣消散了許多，他才收了一次、兩次。

現在好不容易緩和了矛盾，夏正謙帶著兒子回到府上，自家老娘又出么蛾子。

「三弟你先坐著，我去看看。」他對夏正謙笑道，又吩咐夏禱。「禱哥兒好生招呼你三叔和六弟。」說著便去了那邊屋，準備好好勸勸老娘。

進到廳堂，夏祁就已放開了夏禱衣領。這會兒見夏正浩出去，夏禱立刻得意起來，鄙視道：「你揪呀，怎麼不揪了？有本事你別放手！」

這賤痞子就是欠揍！夏祁一伸手又把夏禱的衣領揪了起來，還特意用力一勒，夏禱被勒得差點沒翻白眼。

「操你娘的！」夏禱從來就不是好鳥，喘過氣來張嘴就罵粗話，全然沒想到夏正謙就站在身邊。

夏祁氣得肺都要炸了，抬起膝蓋用力一頂，右手也招呼過去。

夏禱沒想到夏祁在老太太眼皮子底下竟然敢對自己動手，「哎呀」一聲，呼疼的聲音響徹雲霄。

「怎麼了、怎麼了？」老太太在那邊屋裡本還想擺擺架子，要夏正謙親自去慰問她才肯起身，可一聽這慘叫聲似乎是寶貝孫子發出的，她再顧不上別的，忙乎乎地就往廳堂跑。

「祖母，祁哥兒打我。」夏禱看到祖母來，像看到救星，顧不得身上還痛得厲害，忙開口告狀。

夏正謙和夏祁俱都沈著臉，默不作聲。

「怎麼的，看我不死，想要打上門來把我氣死不成？有種你們把我也打死好了！」老太太一開口就蠻不講理。

夏正謙和夏祁仍不說話，眸子裡的寒光更甚。

夏正浩眼看著事情又朝糟糕的方向去了，急得一身汗，拉拉老太太的袖子，示意她消停些，又朝那小丫鬟喝道：「剛剛發生了什麼事？」

那小丫鬟雖是老太太屋裡的三等丫鬟，但能被大太太挑進這屋裡來，也精得跟賊似的。夏禱是家中小霸王，夏正謙和夏祁則是夏家新貴，是大老爺和二老爺都要巴結的對象，兩邊她都招惹不起。

不過她知道不能直接把情形說出來，否則一會兒就要被老太太遷怒。

她膽怯地瞅了瞅老太太，縮頭縮腦不敢說的樣子。

看這情形，夏正浩就知道是夏禱犯了錯，否則老太太屋裡的丫鬟不會是這麼一副表情。不過他對夏禱實在沒有好感，這孩子年紀不大，卻一肚子壞水，天天挑唆自家那傻小子跟三房人對著幹。府裡跟三房的矛盾，一半是這孩子引出來的。

「不怕，妳只管說！」他一揮手道。

小丫鬟得了保證，便將剛才發生的事轉述了一遍。

本來聽到夏禱被夏祁揪衣領，老太太還怒不可遏，立刻就想開口叫人把夏祁捉出去打一頓；但一聽後面夏禱罵人的話，她的叫聲頓時堵在嗓子眼裡。

一個十五歲的孩子，當著人家丈夫、孩子的面罵「操你娘」，而且這女人還是自家長輩，即便蠻不講理如老太太，也說不出什麼話來。

「打得好。」夏正浩聽了對夏禱恨得不行。好不容易眼看著就要緩和矛盾，被夏禱這一罵，兩邊的關係怕是又降回冰點了。

自家不占理，二兒子還在旁邊喝倒彩，老太太沒辦法再胡攪蠻纏下去了，板著一張臉，不耐煩地問夏正謙。「你過來幹啥？」說著用手撫著額頭，裝出病懨懨的樣子，希望夏正謙能上前噓寒問暖，這樣面子有了，還能摸清夏正謙的底，乘機拿捏他。

可下一句夏正謙的話就徹底讓她破了功。「今天我們路過北街，在一家青樓門口看到禱哥兒摟著個女人出來，這不就把他送回來了。」

「這不可能！」老太太想都沒想，一開口就否認。「禱哥兒向來老實，除了學堂哪兒都不去。你莫不是因為祁哥兒狎妓飲酒被打的事，就故意來找禱哥兒的碴不成？」

老太太這態度，儘管在夏正謙的意料之中，但真聽到這話，滿嘴的苦意還是直往心頭湧。

第四十六章

他也不理老太太，轉頭對夏正浩道：「二哥，你也這麼認為？」

「這……」夏正浩猶疑著。

夏正謙和夏禱兩人，他自然相信夏正謙。夏正謙的性子誰都清楚，而夏禱那德行，逛青樓絕不是沒有可能的事。

但如果他幫著夏正謙說話，這個家裡他待著就不舒坦了。老太太肯定責罵他，大哥和大嫂即使嘴裡不說，心裡也定會怪責他；為個不大理會自己的庶弟，這樣做似乎不大划得來。

可問題是，府裡正欲跟夏正謙緩和關係，自己這麼一偏幫不要緊，夏正謙絕對會對他和夏正慎寒心。

思索半晌，他也拿不出個兩全其美的法子，只得轉頭問夏禱道：「禱哥兒，你三叔說的可是事實？」

見夏正浩猶豫，又問夏禱這話，夏正謙本就冰冷的心又寒了一寒。原來在二哥眼裡，自己的為人竟然是不可信的。果然，二哥跟大哥才是一家人。

夏正浩這樣問，誰都想得到夏禱嘴裡會是什麼答案。逛青樓犯家規，那是要打板子的，不矢口否認才怪。

但不知夏禱是怎麼想的，一刻鐘前還哀求夏正謙放過他，這會兒有遞到腳下的梯子，他也沒順著走下來，而是十分乾脆地承認道：「沒錯，我今天是逛了青樓。」

「禱哥兒你……」老太太大吃一驚。

夏祁則是萬分佩服夏衿。

當時他就反對這個計劃。因為以老太太的偏護，夏禱只要咬死不承認他逛青樓，這件事就只能不了了之。

可當時夏衿告訴他，夏禱一定會承認自己逛青樓。

他不信，問原因，夏衿又不說。他爭不過夏衿，只得依了她。

想不到夏禱真的承認自己逛青樓了。

到底是為什麼呢？他的好奇心被挑了起來。

「祖母。」夏禱無比懇切地望著夏老太太。「當初也是同窗帶我去的，我一共只去過兩次。在那裡我結識了一個姑娘，她很可憐，被父親賭輸了賣到青樓，還帶著弟弟在身邊撫養。我想把她買回來做小妾，祖母好不好？」

說到最後，他跑過去膩在老太太身邊，搖著她的胳膊使勁撒嬌，全然沒看到夏正浩聽到「帶著個弟弟在身邊」時，臉色驟然一變。

「胡鬧！」老太太將胳膊一抽，臉色馬上沈了下來。「不許再去逛青樓，更不許提納小妾的事。你再胡鬧，信不信我打你板子？」

夏禱也知道因夏老太爺抱回個孩子的事，老太太對青樓女子是深惡痛絕的。在夏正謙的身世掀開之後，她曾經不止一次咒罵過夏老太爺和青樓女子，還警告他們不許去逛青樓。

但他也深知祖母對自己的疼愛，只要他堅持，撒潑打滾、哭鬧絕食，祖母定然會同意他將臻兒接回來的。

「祖母……」他哭了起來，一邊哭一邊道：「可是我真的很喜歡臻兒，不納作小妾，買回來給我作丫鬟也可以嘛。祖母，求您了，您就答應我吧。買了臻兒回來，我一定好好讀書，再不往青樓跑，我一定給您考個秀才回來……」

「你想納臻兒？簡直是癡心妄想！」夏正浩聽到這裡終於忍不住了，指著夏禱大罵起來。「你知不知道清倌人的贖身銀子要三、四百兩？你知不知道臻兒是清倌人裡都排得上號的，身價比一般清倌人還要高，五、六百兩老鴇子都不讓她贖身？就你這乳臭未乾的黃口小兒，一文錢也未給家裡掙，竟然也敢開口說要給人家贖身，真是不知天高地厚！」

夏禱被夏正浩這怒氣衝衝的樣子嚇了一跳，連哭都忘記了，抬起頭望向夏正浩，神色有些呆愣。

「喂，你幹什麼、幹什麼？」門外衝進來一個人，指著夏正浩的鼻子就開罵。「就許你一個接一個地納小妾，我家禱哥兒為什麼就不可以？禱哥兒沒掙一文錢，你就掙了？看到我們夫妻不在，就欺負我家禱哥兒，老二你可真行啊！」

這人不用說，自然是大太太。

因來的是夏正謙和夏祁兩個男性，屋裡又有夏正浩和夏禱接待，她跟二太太就沒有跟著老太太進來，一直站在門外聽屋裡人說話。這會兒見夏正浩竟然罵她的寶貝兒子，她哪裡忍得住，自然要跑進來對罵。

夏正浩一向自詡斯文人，平日裡說話文謅謅，最看不慣大嫂這潑婦樣兒。剛才夏禱的話也是戳了他的心窩，他才忍不住說幾句。此時見大太太氣勢洶洶而來，對著他破口大罵，他氣得渾身發抖，正要開口說話，二太太也進來了，對大太太反擊道：「大嫂，禱哥兒小小年紀就逛青樓、贖清倌人，我相公不過是教訓教訓他，怎麼到了妳嘴裡就是欺負？還有，我相公怎麼就沒掙一文錢了？因他有功名，家裡每年少納了多少稅，省了多少錢，這難道不是他掙的？」

「逛青樓？逛青樓怎麼了？老二他要是不逛青樓，怎地不光是清倌人的贖身價錢他知道，更是連那叫什麼臻兒的身價他都一清二楚？至於說到掙錢，妳算算他一年納小妾要花多少銀子？你們家上上下下多少人，每個月吃用又要多少銀子？他省下的那點稅錢，還不夠給你家姨娘打首飾、裁新衣。就這些，還有臉說給家裡掙錢，我都替你們臉紅。」

二太太頓時氣得臉色通紅。夏正浩生性風流，整日在外面花天酒地，還不停往屋裡納小妾，這是她心裡的一根刺。大太太如今拿這個來說事，這簡直是往她心上捅刀子。

可輸人不輸陣，即便心如刀絞，她仍奮勇反擊，只是說出來的話就不經思量了。「我相公納幾個小妾怎麼了？那都是家裡老太太賞的，又不是秦樓楚館買回來的，能花幾個錢？妳別以為我不知道，妳每個月往自己口袋裡扒拉的銀子都不知有多少，在外面偷偷買田置地，還私下裡開鋪子，田地、鋪面寫的都是妳娘家哥哥的名字，就妳這樣，還有臉說別人，我呸！」

屋裡所有人聽了這話都猛地一怔，轉頭望向大太太，一臉不敢置信。

「妳胡說什麼？妳滿嘴噴糞，老娘跟妳拚了！」苦心隱瞞的事竟然被二太太知曉，還這麼嚷嚷出來，大太太頓時急了，撲上去就用指甲撓二太太。

「這沒良心的、這沒良心的……」老太太用力地拍著扶手叫著，也不知道她說的是誰。

此時夏正慎從醫館回來了，一進門就看到大太太和二太太扭打成一團，而夏正浩呆愣在一旁不知勸架，老太太則坐在上首一臉氣憤，嘴裡喃喃不知在說些什麼；倒是夏正謙父子倆好整以暇，一副悠閒看熱鬧的姿態。他頓時怒火中燒，大喝一聲。「住手！都給我住手！」

見打架那兩人根本不理他，他氣急敗壞地對立在老太太身後的婆子道：「還不趕緊把大太太和二太太拉開？」

下人連忙上前，將兩人分開。

此時大太太和二太太披頭散髮，臉也被對方用指甲撓出一道道血印，十分狼狽。兩人都喘著粗氣，惡狠狠地瞪著對方。

「這是怎麼回事？」夏正慎喘了一口粗氣，走到老太太旁邊的椅子上坐下。

屋裡卻是一片沈默，沒有人回答他的問題。

「二弟，你說。」夏正慎點名道。

「就是……禱哥兒要贖清倌人，我說了他兩句，大嫂就衝進來罵我，說我欺負禱哥兒，又說我花錢多，沒給家裡掙錢。魏氏說大嫂在外面買田置地、開鋪子，寫的是她娘家哥哥的名字，大嫂就跟她撕打起來了。」

夏正浩言簡意賅，倒把話說得十分清楚。說完，他直直地看著夏正慎。

夏正慎尷尬地咳嗽一聲，一擺手。「你別聽你娘子胡說，沒有的事。那田地、鋪面都是我大舅買的，用的是他自己的錢。」

看到夏正慎這表情，夏正浩的心頓時涼了半截。

他還以為這件事，是大嫂瞞著大哥做下的，沒承想大哥竟然知道；既然知道，那不用說，這件事定然是大哥指使的了，否則依大哥這愛財的脾性，還不跟大嫂鬧得天翻地覆，人人皆知？

他們夫妻兩人管著家，卻在外面置私產……

想一想，夏正浩就禁不住心裡發寒。

夏正浩這裡還想著私下裡再問，別讓三弟看了笑話，可二太太那裡卻不幹了。她臉上被大太太用長長的指甲劃了一道口子，還滲著血，也不知會不會破相，留下疤痕。

她心裡恨極，嘴裡便不管不顧地嚷嚷起來。「大哥，你就別再說瞎話了。你跟大嫂在外面置私產的事，誰不知道？那田地、鋪面寫的是你大舅子的名字，但他卻給你打了欠條，還請前街的李老爺做中人，這事大家都傳開了，就我們夫妻倆還傻子似的，被你瞞在鼓裡。」

她跪到老太太面前，帶著哭腔道：「娘，您可要給我們作主啊！這家裡的財產可是公中的，現在大哥偷偷轉移出去，在外面置辦私產，這是想要侵占家產啊！娘您還活著，大哥就這樣；要是有一天您不在了，他還不得將我們全家趕出去，流落街頭餓死！娘，正浩可是您的親兒子呀，您就眼睜睜看著您兒子、孫子餓死嗎？您可要為我們作主啊！」

說著，她匍匐在地上號哭不已。

「你……你們……」老太太指指夏正慎，又指指二太太，一時氣得說不出話來。大兒子自私貪財可氣，二媳婦還在這時候，當著夏正謙的面暴露家醜也很可氣，這一個個都是不孝子。

大太太見瞞不住了，連作證的中人他們都知道，乾脆撕破臉大鬧一場。她捋袖扠腰，理直氣壯地道：「娘，您也別怪我們置私產，您想想二弟這些年花了家裡多少錢？他納府裡的丫鬟做小妾就且不說了，花費不多，但外面呢？前年他納前街張家閨女為妾，光聘禮就去了五十兩銀子；去年納王老三家的小閨女，私下裡給王老三還了八十兩的賭債。

「這些還不算。他們二房人口最多，每個姨娘配的丫鬟、婆子，每月光月錢都得花上十幾兩銀子，每年還得給姨娘們打首飾、裁新衣呢！就這樣，還不斷地往家裡抬新人。咱們又不是萬貫家財，二弟又不事生產，哪裡扛得住這麼如流水般地往外花錢？

「除了這些，二弟哪個月不出去參加什麼詩會、酒會？這一去，就是十幾、二十兩銀子。這銀子打哪裡來？還不是我家老爺每日在醫館裡辛辛苦苦一文錢、一文錢賺回來的？我家老爺在醫館裡忙，我在家裡辛苦操持家務，絞盡腦汁算計著如何一文錢掰成兩半花；可他們呢？坐享其成，花天酒地！

「二弟這事我們跟您說過多少次，可您偏要護著，他一哀求，什麼您都答應。我們要不置辦些私產，這家裡的錢財就要被二弟敗光了。

「我們辛辛苦苦一輩子，到頭來卻落得一貧如洗，我們能甘心嗎？現在不過是買幾畝田地，就有人鬧得天翻地覆，還嚷嚷不公。我們才覺得不公呢，這日子沒法過了。要不就把二弟那些小妾都遣出門去，以後再不許亂花錢；要不咱們就分家！」

大太太這話說得擲地有聲，尤其是最後那「分家」兩個字，更是鏗鏘有力，清晰無比。

「分家就分家！」夏正浩怒了。「私吞家產還振振有辭，簡直不可理喻。我納小妾怎麼了？才子佳人妳懂不懂？讀書人哪個不是華服美婢，風流倜儻？怎麼到了妳嘴裡就如此俗不可耐？即便有些花費，也是我娘允許的，又不是花妳的錢，妳著什麼急？

「再說……」他喘了一口氣，繼續道：「我花這些錢也不是白花，要不是我交遊廣泛，結識的貴人多，苛捐雜稅又豈會才交那麼點兒？上門找麻煩、敲竹槓的又怎會避開夏家？妳算算一年下來府上能省多少錢？

「倒是你們，一個在外，一個在內，兩人不知往口袋裡扒拉了多少銀子，在外置的那些私產，只是你們私吞的一小部分吧？別以為我讀書讀傻了，不知道你們做的手腳。」

說到這裡，他滿臉不耐，揮著手道：「行了，少廢話，分家吧！早分早好，免得被你們搬空了，最後只剩一個空殼子！」

咯噹一聲，一個茶杯摔到地上，發出一聲脆響。吵得臉紅脖子粗的幾人這才轉過頭來望向老太太。

而老太太此時坐在那裡直喘粗氣，見大家都望將過來，她才捶胸頓足地喊道：「不許分，老娘我還沒死呢！不許分，聽見沒有，不許分……」

「娘！」夏正慎和夏正浩同時開口。

聽到對方叫喚，他們都望了對方一眼，繼而又恨恨地同時轉開。夏正浩鼻子裡還輕哼了一聲。

夏正慎搶先開口。「娘，要是不分家，這日子真過不下去了。我每日早出晚歸，辛辛苦苦賺錢養家，二弟卻花天酒地，我賺的錢還不夠他花呢。他上月去了一趟省府，這個月又在城裡參加兩次詩會，三、四十天的工夫就花了三十多兩銀子，這還不算府裡他那房人的開銷呢。一年下來，您算算他得花多少錢？

「偏仁和堂自三弟離開後，生意就大不如前，扣除給郎中、夥計的月錢，上個月才賺了二十七兩，照這樣下去，坐吃山空，咱們家眼看著就要完了。反正這樣的日子我是不想再過下去了，分開來，眼不見為淨，他便是一夜之間把家裡的錢全花光，那也不關我事。」

夏正慎話還沒說完，夏正浩就怒道：「春天詩會多，所以花銷大些。即便花了三十多兩又怎麼的？大嫂上個月，給衫姐兒打的首飾就不止三十兩銀子，更別說她自己頭上戴的金簪足足三、四兩重，那這錢又怎麼算？」

兩兄弟，你給我算一筆帳，我給你算一筆帳，就這麼一來一往，吵得不可開交。

夏正謙在旁邊則聽得目瞪口呆。

以前夏正慎總說府裡窮，花費大，所以除了每個月固定的月例銀子，舒氏連回娘家買兩盒點心，都得自己掏錢，更不用說一年四季的穿戴花費了。

夏正謙自己一年四季沒一天得空，整日在外面忙碌治病；而舒氏只求個安穩日子，只要老太太不三天兩頭找碴，便是吃糠嚥菜她都願意。所以夫妻倆根本不計較府裡的開銷，只要不餓肚子就行。有時候腦子裡偶爾往那處想一想，也以為夏正慎精打細算，只是為家裡置產，並未多想。

沒承想這兩位哥哥，一個花錢如流水，一個月的開銷抵得上三房一年的花費；另一個則跟老鼠似的，不停地往自己的口袋裡扒拉銀錢。

「別吵了、別吵了，都給我住嘴！」老太太在一邊叫嚷。「你們要是不想看我死，就不許提分家的事！」

第四十七章

沒承想夏正慎和夏正浩積怨已深，對對方都深懷不滿；而大太太和二太太則打從進門那日起，就互看不順眼，兩人照面不拌兩句嘴，就不算完。這矛盾既然鬧開，根本收不住場。兄弟倆在那邊吵、妯娌倆在這邊吵，直吵得天昏地暗，聲音大得快要把屋頂都掀起來。

「咱們走吧。」夏正謙見狀，實在不願意再待下去，低聲對夏祁道。

「別呀。」夏祁拉住父親。「大伯和二伯要是真分家，咱們必須得在場。他們分了財產，沒道理我們一文錢沒有，還倒欠三百兩銀子；欠三百兩銀子倒也罷了，沒準兒以後贍養老太太的錢還叫咱們出，什麼責任都推給咱們，咱們可不能吃這啞巴虧。」

三百兩銀子的事夏正謙還無所謂，但夏祁後面那句話倒叫他心裡一凜。他受盡老太太搓揉，又為夏家賺了恁多家產，別臨了夏家的一文錢家產沒得到，倒叫他把老太太接回家去贍養！

有老太太在，那日子簡直是人間地獄。

他只得耐著性子，坐等兩對夫妻吵完。

「哎喲、哎喲……」老太太忽然捧著心，皺著眉直叫喚，一邊叫還一邊給她身邊的婆子使了個眼色。

那婆子常年跟在老太太身邊，最是瞭解老太太心思，立刻撲到老太太身上，尖聲叫嚷起來。「老太太、老太太，您怎麼了？您怎麼了？」

這聲音傳透力極強，瞬間把那四人的吵架聲蓋住了。只苦了老太太，本來身體沒哪裡不舒服的，此時魔音穿耳，那叫一個難受。

夏正慎和夏正浩轉頭一看老太太皺眉捧心，一臉難受，忙圍到她身邊。「娘、娘，您沒事吧？」

「哎喲，我心口痛。」老太太這招見效了，心裡十分得意，奄奄一息地拉著夏正慎、夏正浩的手，掙扎道：「你們是親兄弟，應該互相扶持才對，何必為點銀子就鬧分家……」

夏正慎和夏正浩同時看了對方一眼，又異口同聲地道：「必須分家！」

老太太一噎，差點背過氣去。

夏正慎平時還算孝順，但這是沒比較的情況下，如今老娘跟銀子一比，他覺得還是銀子更親一些。

他一面撫著老太太的背，一面道：「娘，我跟二弟一家反正過不到一處去，不如讓我們分家算了。如今佑哥兒孩子都有了，禱哥兒眼看著也要娶親，二弟新納進來的姨娘年紀卻比䀙姐兒還小，一大家子幾輩人就這麼混住著，總不是一回事，不如分開過，矛盾還少些。俗話不是說『遠香近臭』，分開了，指不定我們兄弟兩人反比以前更親厚呢。」

這話說得老太太有些心動。

夏正慎所說的情形，她也不是沒擔心過。夏佑是個正人君子，夏禰一心讀書，遇上夏正浩那幾個年輕貌美的小妾，還不會有什麼想法；可夏禱就不一樣了，小小年紀，就把屋裡的丫鬟全收了，這要是跟二叔的小妾鬧出什麼亂子……

「正是這個理！」夏正浩恨恨地道。

他今兒個發作，也不是沒有原因。只因夏禱鬧著要贖身的臻兒，就是他喜歡的女子，但不知是哪裡出了問題，那個臻兒總對他愛理不理。昨天他過去，臻兒身邊的小姊妹才給他漏了一點話風，說是臻兒不喜歡年紀大的男人。

原來竟然是嫌他老了！

當時夏正浩就怒火中燒，但這種事，不好跟任何人說，所以這股火就一直憋在心裡。結果回家後，有下人跟他稟報，說他最喜歡的一個姨娘，跟夏禱在一起說說笑笑，十分開心。

這種捕風捉影的事，他也不好鬧騰，只得找個理由狠狠地發作那小妾一回，但心裡那股火，卻越燒越旺。

直到今天，聽說臻兒跟夏禱很親密，他終於忍不住爆發出來。

老太太見勸不住，嘆了一口氣。「既然你們想分，那就分吧，不過，怎麼分法，都得聽我的。」

「娘，您說。」夏正慎眸子裡閃過一絲精光。

「這宅子，一分兩半，中間壘一道牆，另外開一個門，就分成兩個府。老大住東府，老二住西府。」老太太又看了二太太一眼。「魏氏帶著媳婦每日到我這裡來伺候；老二帶著兒子、孫子，每日早晚過來給我請安。」

這話一說，夏正慎和夏正浩的臉色頓時不好看起來。

老太太要跟著自己過，夏正慎是一萬個不願意。他開著醫館，最清楚人一旦老了，那渾身都是毛病，看病吃藥，那花的錢可多了。更何況老太太沒了夏正謙和舒氏可以折騰，脾氣變得更為古怪，隔三差五地就要打罵人，光她屋裡的茶杯、瓷器損耗都是一筆開銷，更不用說還要給打傷的下人看診吃藥呢。

夏正浩也不樂意，他每日裡跟小妾飲酒胡鬧，總要鬧到深夜才歇息。要他早早起來給老太太請安，那比要他的命還難受。

「娘。」夏正慎在心裡盤算著老太太的體己，率先開了口。「您跟著我過我沒意見，只是您老待在一個地方，不嫌煩悶嗎？依我說，您也別定在哪裡住，時不時地到二弟、三弟家過過，讓他們也伺候伺候您，盡盡孝心，這樣也免得說您只願意跟我住，偏疼大兒子。」

說著，他隱晦地朝老太太眨了一下眼。

老太太一怔，隨即便將目光投到夏正謙身上，又看了夏正浩一眼，嘴角微微翹起，露出一抹詭異的笑容。

她極合心意地點點頭。「老大這話在理。」又轉頭朝夏正浩和夏正謙問道：「你們覺得呢？」

大周朝以孝治天下，母親老了，要到你家養老，不管你是嫡子、庶子，敢說半個「不」字，那就是大不孝，不光鄰里會譴責你，官府也會追究你的罪行。

夏正浩心裡對夏正慎這個親大哥恨極，嘴裡卻不得不應道：「娘要來我這邊住，兒子自是求之不得。」

夏正謙這裡，真是覺得怕什麼來什麼。他很想拒絕，可想著兒子的前程，只得咬著牙應道：「兒子自然也是願意的。」

夏祁眼裡寒光一閃，嘴裡沒說什麼，心裡則對夏衿佩服得五體投地。

當初夏衿就說老太太會到三房養老，夏祁斷然否認。開什麼玩笑，且不說老太太不是夏正謙親生母親，跟三房的人又撕破臉，不會上趕著跑到城東夏宅找不自在，便是她一時腦抽筋，大伯和二伯也不會讓老太太這麼胡鬧。

沒承想，竟然什麼都被夏衿說中了。

夏祁暗自慶幸，幸好妹妹暗授了應對之策，否則他們一家又要回到水深火熱之中。

看到兩個弟弟都答應，夏正慎頓時心花怒放，滿臉歡愉道：「那事情就這麼決定了。」

他又朝老太太使了個眼色，上前扶著她道：「娘，您心口還疼嗎？」

老太太性情偏激，腦子卻一點也不糊塗，否則也不會變著花樣折騰夏正謙和舒氏那麼多年。夏正慎這一使眼色，她就知道是什麼意思了，忙摀著心口呻吟道：「哎喲，你不提還好，這一提，我覺得這心裡跟被人用繩子絞著似的，疼得厲害。哎喲，不行了、不行了，我要躺下。」

「那您趕緊躺下。」夏正慎這會兒又變成了極孝順的兒子，輕手輕腳地扶著老太太躺了下去，又叫人。「趕緊把軟榻抬進裡屋，讓老太太歇著；再把前兒個三老爺開的藥方抓兩副藥來，煎了給老太太服下。」

屋裡屋外的下人連忙行動起來，抬軟榻的抬軟榻，拿東西的拿東西，亂成一團。

夏祁直到老太太躺著的軟榻被抬起，眼看著就要挪進裡屋去了，他才上前對老太太道：「祖母，您回房好生歇著，分家產的事不用擔心，我爹會跟大伯、二伯好好商定的。您放心，這家裡的財產雖說大部分都是我爹掙回來的，但我們只要三分之一就可以了，絕不貪心。」

聽得這話，不光老太太一呆，便是抬軟榻的下人都愣住了。夏正慎和夏正浩則是齊齊變色。

「你說什麼？分家產？」老太太懷疑自己是不是年紀大了，都重聽了。她轉頭對夏正謙道：「你們三房不是早分出去了嗎？這次分家，是大房和二房分，關你們什麼事？」話說到後面，聲音就尖利起來，表情也變得十分可怕。

「嘿，那次可不是分家，而是您怕我爹治不好羅公子的病，連累你們，硬逼著把我們趕出去的。這夏府偌大的財產，大部分是我爹賺回來的，即便他是庶出，分家的時候也沒有淨身出戶，還倒欠三百兩銀子的道理。」夏祁神色自若地笑道。

「祁哥兒，你胡鬧什麼？」夏正慎的表情似乎要吃人。「你爹在一旁都沒說啥，你在這裡胡說八道什麼？趕緊閃開，別擋著路，氣壞了老太太你擔當得起嗎？」

說著，他拉著夏祁的胳膊往旁邊用力一拽，夏祁一個踉蹌，差點撞到柱子上。

「大哥，你這是幹什麼？」夏正謙驟然變色，上前看了看兒子沒事，他將臉一冷。「祁哥兒的話，就是我的話。當初老太爺去世時，夏家只有這座宅子和幾十畝田地、兩個鋪面，除此之外，就還有仁和堂這一個進項。這麼多年，我起早貪黑，賺了多少錢，拿仁和堂的帳本來看一看就知道了，可以說仁和堂八成的利潤都是我賺的。賺來的這些錢除了供你們吃用，還置了家產。我得了老太爺傳授的醫術，賺了錢供你們吃用，我也認了，這些帳且不算；但如今分家，我拿三分之一的財產，不過分吧？」

「老三，當初你可不是這麼說的。」夏正慎的臉黑得跟鍋底似的。「你早已分家出去，還到官府做了登記。這次分家可沒你什麼事，你別出爾反爾，做那小人行徑。」

「我小人行徑？」夏正謙氣笑了。「我不是小人，我是傻子才對。這家產是我賺的錢所置的，到頭來我一文錢沒分到，反倒欠下三百兩銀子，最後贍養老太太的事還攤到我頭上，天底下還有比我更傻的人嗎？」

說到這裡，他不勝唏噓，也無限自責。

要不是他以前傻得可以，夏正慎敢將他欺負到這分上嗎？可笑的是即便鬧成那樣分了家，他對夏正慎還留有一份手足之情，想著有什麼事能幫一把就幫一把，畢竟曾經是一家人！

可笑啊，可笑！

「不管怎麼說，你已另立門戶，就是說破天去這家產也沒你的分，你可別癡心妄想，打這家產的主意。」夏正慎斬釘截鐵地說著，他轉頭看向夏正浩。「老二，你說是吧？」

「這……」夏正浩猶疑了一秒，便點了點頭。「確實如此。」

利益面前，兄弟感情還是免談得好。

夏正謙即便有了心理準備，可聽到夏正浩的話，他的心還是一疼。

這個家，最後一點念想就這麼隨風而散了。

他本意也不是爭家產。他有醫術在身，多少錢賺不來？他只是不忿夏正慎如此過分罷了。

他滿嘴苦澀地正要提出既不分他家產，老太太那裡他就沒義務贍養了，沒承想夏祁搶在他前面開了口。「大伯、二伯，這件事，不是你們想怎樣就怎樣的。我們也不跟你們爭執，明日我會寫一份狀紙送到衙門去，到時候叫羅大人直接判決就好了。既然你們不念手足之情，也別怪我們無孝悌之義，到時候我們要的就不是三分之一了。這些年我爹賺了多少錢，置的多少家產，統統得拿回來，我就不信這世上沒有說理的地方！」

說著，他轉身一拉夏正謙。「爹，我們走。」

「唉，祁哥兒，三弟。三弟你別走，這事咱們慢慢商量。」夏正慎一想這事不對，趕緊衝著夏正謙父子的背影叫道。

夏正浩的腦子轉得沒那麼快，可此時也想明白了。

夏祁救了羅公子一命，三房跟羅府的關係可不一般。而爭家產這種事，正是在推官管轄的範圍內，這事要由羅大人來決斷，那豈不是三房想要多少財產就要多少財產？

更何況，所有到官府爭產的，官府都會先扣除一部分財產充公，說是訟費。官府刮一層，再偏向三房一分，剩到他和夏正慎手上的，還能有多少？

這麼一想，他心裡頓時涼了半截，開始計算即便分給夏正謙三分之一財產，他還能得到多少了。

「哎喲、哎喲，我心口疼，疼，好疼……」老太太一見情形不妙，趕緊裝病，以求先打亂眼前的局勢，待過後再來商量對策。

「大伯、二伯還是先伺候祖母回房養病吧，分家的事不急，羅大人一紙判決下來，咱們照著分就是了，沒必要浪費時間再商議。」夏祁說著，一拉夏正謙。「走吧。」

「祁哥兒，先別走。」夏正慎上前一把拉住夏祁，陪著笑臉道：「這事不用麻煩羅大人，咱們幾個坐下來商量妥當就成了。」

「可祖母的病情……」夏祁遲疑著。

他可看出來了，三房如今主事的，是夏祁而不是他那性情有些軟弱的庶出三弟。

夏正慎不耐煩地對下人一擺手。「趕緊抬老太太進去，再把藥煎了給老太太服下。」

下人連忙抬著軟榻往屋裡走。

「我不去、我不去！」老太太卻拉著門框大喊道：「我這會兒不疼了，我要留在這裡看你們分家。」說著又道：「正院是我的，誰也不許分。」

夏祁聽得這話，也不說什麼，只似笑非笑地看著夏正慎。

夏正慎一臉無奈，只得對老太太道：「娘，您還是回房歇息吧，分家的事，我們會商量妥當的。」又對老太太使了使眼色。

沒辦法，形勢比人強。以前老太太仗著身分，對這些晚輩不是打就是罵，大家都怕她。現在三房有羅推官撐腰，與宣平侯府也扯上關係，得罪了他，他就拿這些權勢來壓自己的兩個親兒子，給他們少分財產，這等於捉住了她的軟肋，老太太此時也不得不低頭。

她只得道：「那好吧。你們商議妥當後，要先來稟報我，待我點頭才能算數。」

夏正慎先看了夏祁一眼，見他沒有異議，這才對老太太點頭道：「好，沒問題。」

老太太看得心酸。以前三房在府裡，就是軟弱可欺如螻蟻般的存在，連下人們都不把他們放在眼裡；不過是短短幾日，夏家的一家之主倒要看他們的眼色行事了，這天理何在！

「行了，抬我進去吧。」老太太一揮手，來了個眼不見為淨。

老太太進房了，廳裡幾人才又重新坐下來。這一坐，夏祁看到夏禱也在一旁，一拍腦袋。「唉，五哥這事，我倒是忘了。」

他看向夏正慎。「當初我狎妓飲酒，祖母和大伯說我犯了家規，打了我二十板子。現如今五哥比我還要厲害呢，逛了兩次青樓，還鬧著要給青樓女子贖身，祖母和大伯卻沒有表示。分家之前，我倒想先問問大伯，這家規只針對我一人呢，還是針對夏家全部的子孫？」

第四十八章

夏正慎正準備坐下，聽得這話，屁股頓時懸在半空中。他望著夏禱，心裡大罵，這兒子就是個傻子，那事既然蒙混過去了，還不趕緊開溜，留在這裡是要提醒誰？

「這、這個……」他心念急轉也沒想出好法子，只得對夏祁討好笑道：「你五哥昨兒個才染了風寒，這病還沒好，打板子恐怕要傷身。祁哥兒你看能不能讓大伯緩兩天再教訓他？」

「染了風寒還去逛青樓？」夏祁一臉驚訝，繼而正色道：「大伯，不是姪兒說您，像五哥這樣，還是狠狠教訓他一通才好。染了病還要去逛青樓，這是陷得太深了呀，我聽說那青樓就是個銷金窟，多少銀子都不夠使。五哥陷這麼深，您不好好教訓他，往後絕對會把家給敗掉。我看二十板子都不夠，起碼得三十板子才成。」

「夏祁你不要太過分！」夏禱一聽，指著夏祁的鼻子就要大罵。

「禱哥兒！」夏正慎一聲大喝，及時攔住夏禱的話。這要讓他罵出什麼來，惹惱夏祁，夏家的財產怕都得跑到三房手裡去了。利益在前，打兒子幾板子算什麼？再說逛青樓，將那麼多錢花到婊子身上去，夏正慎想想都心疼，打上幾板子，讓他頭腦清醒清醒，也是好的。

「來人，將五少爺押到院子裡去，打三十板子。」夏正慎這一發狠，卻是不得了，還真要打兒子三十板子。

「老爺，你瘋了！」大太太大驚。因涉及到分家大事，她怕自己那張嘴壞事，一直沒敢吭聲；可眼下要打她的寶貝兒子了，她顧不得別的，攔在夏禱面前，又指著夏正慎和夏祁大罵起來。

夏祁見狀，也不回嘴，直接站起來就要往外走。

「唉，祁哥兒。」夏正慎忙拉住他，又喝止大太太。「妳給我閉嘴。慈母多敗兒，禱哥兒都是被妳寵壞的。」又令下人。「把大太太拉回房去關起來，沒我的命令不許出來。」

下人不敢多言，拉著大太太出去了。

聽著大太太的號哭聲越來越遠，夏正慎對下人猛喝一聲。「還愣著幹什麼？還不把五少爺拉出去打？」

「是、是。」下人連忙將夏禱拉到院子裡。

夏禱是個傲性子，見父親一心要打自己討好夏祁，一咬牙，賭氣地甩開下人的手，自己主動趴到長凳上。

聽到外面噼噼啪啪的打板子聲，夏正慎忍著心疼，對夏祁僵笑道：「行了，外面的事咱們就不管了，還是來算算家產如何分吧。」

夏祁這一回倒沒自作主張，而是轉頭看了夏正謙一眼。

「你作主吧。」夏正謙帶著些欣慰，又帶著些無奈地道。

他發現，自己就是個無用的人；倒是自己這雙兒女，小小年紀就比他強得太多。

夏祁從懷裡掏出一張紙，打開來照著唸道：「夏家現有房產兩處、鋪面六處、田產兩百五十畝、山地五十畝。我們三房，就要城外東邊那一百畝良田和五十畝山地，以及城南江灣巷兩個鋪面。至於那三百兩欠銀，本就不合理，大伯將欠條拿出來撕毀了吧。」

他放下手中的紙，看著夏正慎和夏正浩。「餘下的兩處宅子、一百五十畝田地和四個鋪面，則由大伯和二伯分了。再有，正院老太太說不許分，那麼誰要這邊院子，就由誰贍養老太太。這樣分，合理吧？」

夏家兄弟三人望著夏祁手裡的那張紙，齊齊無語。

夏正浩轉頭看了夏正慎一眼，見他白著一張臉不說話，心裡十分舒暢，對夏祁笑道：「合理，我覺得十分合理。」

夏正慎則腦子一片空白，耳裡嗡嗡作響。待他感覺到大家都在望他，竭力冷靜下來，才發現後背汗涔涔的，已被冷汗浸透了。

夏家名下的財產，可沒有夏祁說的那麼多。其中五十畝良田和五十畝山地，以及兩個鋪面，都是夏正慎這兩年陸續買的，落在他大舅子和夏家幾個遠房親戚名下，有一些便是連大太太都不清楚。可夏祁怎麼知道的？他既知道這個，那自己還有什麼秘密能瞞住他？

他對夏祁露出僵硬的笑容。「合理、合理。」聲音聽在他耳裡就像飄在天外。

「那你們看看你們兩房的財產，是現在分呢，還是以後再分？」夏祁又問。

夏正慎和夏正浩對視一眼。

夏正浩想都不想就道：「現在分吧。」

他心裡很清楚，大哥不占便宜就渾身不舒服；而老太太本就偏心大房，現在要靠大房養老，必定會更加偏袒。過後再分家，他肯定要吃大虧，不如趁三房父子在，夏正慎對他們有所忌憚，把家給分徹底了。

「那你們商議吧。」夏祁端起桌上的茶碗品起茶來。

夏正慎和夏正浩就在旁邊討論起來，說了幾句，兩人就開始爭執，直吵得臉紅脖子粗。

夏正謙此時對這兩位兄長也完全失望了，也跟夏祁在旁邊悠然品茶，並不上前勸解。

果然如夏正浩所料，當著夏祁的面，夏正慎並不敢太過分，只稍稍占了一點便宜便不再進逼。夏正浩也知道如果不讓些利益出來，待三房父子不耐煩要走，他連現在的利益都不能保證，最後只得忍著氣答應分家方案。

末了，他不放心，再三聲明。「不過我們要說清楚，這正院和老太太的體己以後歸你，老宅也歸你，那麼贍養老人就是你的事了。平時吃飯穿衣、看病吃藥，都歸你管，別到時候又拿老太太當藉口，時不時找我跟三弟要錢。至於我跟三弟逢年過節是否孝敬老太太，那是另一回事，跟責任無關。」

「以後老太太過世，喪葬費用你們總得負擔吧？」夏正慎據理力爭。

「這個沒問題。」夏正浩還沒說話，夏正謙就開口了。人死了，一了百了。夏正謙不介意出這一回錢。

夏正謙既同意，夏正浩便也點頭答應下來。

「我執筆，咱們擬個文書按上手印，趁三弟父子在這裡，等下咱們就到衙門登記備案。」夏正浩怕夜長夢多，立刻捋袖子準備就要磨墨。

夏正慎攔住他。「娘說要先稟告她才能作準。」

夏正浩不高興地放下袖子。「那我跟你一起去。」

夏正慎又望望夏正謙父子。

「你們去吧，我們在這裡等著就是了。」夏正謙卻不耐煩看老太太那副嘴臉。

夏祁則深深地看了夏正慎一眼，沒有說話。

夏正慎心裡一悸，趕緊陪笑道：「只是稟告一聲，老太太不會有異議的。」

夏祁點點頭。「那大伯你們快些，時辰已不早，要是去遲了，衙門恐怕關門了。」

夏正慎看了看天色，也不敢再耽擱，跟夏正浩匆匆進了裡屋。

三房父子坐在那裡喝著茶，聽裡屋傳來老太太的喝罵聲和夏正慎低低的勸解聲，過了好一會兒，夏正慎和夏正浩才出來，抹著額頭上的汗對夏正謙道：「娘沒意見了。」

既沒意見，便由夏正浩執筆，將分家文書寫了下來。接著幾人又坐馬車，去衙門登記備案。

因夏祁出門了，夏衿只好在家裡待著，看看書、做做繡活。

「姑娘，宣平侯府岑姑娘派婆子來問，您今天有沒有空。」菖蒲掀簾進來問。

夏衿無奈地放下書。

這幾日，岑子曼派了兩次婆子來邀。她因為忙著沒空，就回拒了，這一次再拒絕可就不近情理了。

「妳跟她說，有空。」她回道。

岑子曼大概是無聊透了，夏衿剛吃過午飯不久，她就來了，又帶了一堆禮物。

「這……岑姑娘，妳們這樣客氣，倒叫我們不安。」舒氏看著廳堂裡擺放的精美瓷器，還有小匣子裡裝著的幾件玉雕飾品，心裡大感不安。

岑子曼笑道：「上門作客，總要帶些禮物。這些都是別人送的東西，不是我特意買的，平時堆在庫房裡落灰，倒不如拿來給你們擺擺。」

看舒氏還要再說，她一擺手。「夏太太不用多說了，不是什麼貴重東西，妳用不著不安，收著吧。」

見岑子曼一副不在意的樣子，舒氏也不好再推辭，再推辭就顯得小家子氣了，只得連聲道謝。

「走吧，去我屋裡說話。」夏衿對岑子曼道。

「咱們出去玩吧，這臨江城好多地方我還沒去過呢。」岑子曼道。

「也好。」夏衿道。

兩人跟舒氏打了聲招呼，便一起出了門。

「岑姑娘想去哪裡逛？」夏衿一起上了岑子曼的馬車。

「這裡我不熟啊，聽妳的。」

夏衿想了想，笑道：「城外五里路遠，有一片桃樹林，此時正是桃花盛開的時候，不如我們去看桃花？」

「行啊！」岑子曼眼睛頓時亮了起來。「看來我叫妳陪我出來玩，倒是叫對了，妳還真知道地方。」

說著，她好奇地望著夏衿。「不過我一直想不通，為什麼妳跟我在一起這麼自在，不像其他人，要不就諂媚巴結，說出來的話能讓人掉一地雞皮疙瘩；要不就緊張害怕，生怕說錯了話為家人招致禍端，妳似乎一點都不怕我。」

夏衿白她一眼。「妳又不是老虎，我為什麼要怕妳？」

岑子曼格格笑了起來。

「無欲則剛，這句話妳沒聽說過嗎？無論諂媚巴結妳的，還是緊張害怕的，都是心裡有鬼，總想著從妳身上得好處。我既不想升官，也不想當官，有什麼好諂媚緊張的？」

岑子曼似乎覺得夏衿剛才的表情很好玩，也學著白了她一眼。「妳是女的，自然不想當官；不過妳不是有哥哥準備參加科舉嗎？怎麼，妳也不想讓妳哥當官？」

夏衿一挑眉，驚訝地問：「怎麼？巴結諂媚妳能讓我哥當官？」說著，她跟變臉似的，立刻換了副諂媚的笑容，連聲音都變得甜膩起來，眨著眼睛問：「那麼請問天下最美麗的岑姑娘，現在巴結您還來得及嗎？」

「哈哈哈……」岑子曼放聲大笑，驚得路上行人都往這輛馬車看過來。

夏衿無奈地聳了聳肩。岑子曼這姑娘一定很寂寞，這麼不好笑的話竟然也能笑得如此歡暢。

無意之間，她朝開了一小條縫隙的竹簾瞥了一眼，正好看到一輛馬車駛過。這輛馬車她很熟悉，正是羅騫去宣平侯府赴宴時乘坐過的馬車。

車裡坐的是羅騫？他要去哪兒？

平日裡，他乘坐的都是一輛青布桐油車，雖說做工用料比夏正謙新置的馬車要好一些，但行駛在城東街上，極其平常普通，跟剛才駛過的豪華馬車差了好大一截。

現在羅騫乘坐在豪華馬車裡，這是要到哪裡赴宴嗎？

臨江城有四個城門，她們要去的是西門。馬車在城東行駛了一段後，便駛入城西。城西的道路不如城東那麼寬敞乾淨，來來往往的人也多，馬車的行駛速度明顯慢了下來。

岑子曼絲毫不顧忌名門閨秀的身分，將車簾掀得高高的，只管朝外面張望，欣賞市井百態，而更多時候，她的目光都停留在那些攤販的小吃上。看到喜歡或沒吃過的，她就叫馬車停下來，派小丫鬟雪兒下車去將小吃買回來，與夏衿分享。

「唔，可惜妳還沒看到禮物就被我拉出來了。我跟妳說，我今天去妳家，還帶了知味齋的點心，那家的點心可好吃了，我最喜歡缽仔糕，半透明，咬下去微微彈牙，還有一股水果清香，妳回去記得趕緊嚐嚐。」

岑子曼一邊吃著美食，還不忘跟夏衿介紹好吃的。

「啊？」夏衿沒想到岑子曼竟然會送她知味齋的點心，好笑之下，又有些感動。

猶豫了一下，她放下手中咬了一口的豆粉糕，認真道：「其實，那家知味齋是我哥哥跟別人一起開的。」

「是妳家開的？」岑子曼驚訝得差點把竹串紮著的豆粉糕給甩掉了。她趕緊用另一隻手接住，轉過頭來嗔怪夏衿。「妳怎麼不早說？」

夏衿苦笑。「店一開業，我就派人送了點心到妳府上了。怎麼，妳沒吃到？」

「怎麼沒吃到？不過妳可沒說妳哥哥是東家。」

「我哥是讀書人，經商畢竟不是值得炫耀的事。」夏衿隨口道。

「那倒是。」岑子曼贊同地點點頭。「不過我覺得經商很好玩啊，看妳哥哥開的店多好，又有好吃的，又能賺錢，可惜……」她露出惆悵的表情。「我也想做點生意的，但不知做什麼好。」

夏衿微微沈吟，抬眸道：「不如咱們一起開間藥膳酒樓啊。」

岑子曼眼睛一亮。「真的？」

夏衿正要說話，忽然聽到外面車伕的聲音。「姑娘，是表公子，表公子在那邊。」

「哦？」岑子曼伸出頭朝外面望去。「在哪裡？」

「那邊、那邊。」車伕道，說著乾脆扯起嗓子叫了起來。「表公子、表公子。」

不一會兒，就有腳步聲朝這邊過來，緊接著一個乾淨悅耳的男聲在外面響起。「表妹，妳怎麼在這裡？」

聽到這聲音，夏衿一怔。這不是蘇慕閑嗎？他怎麼在這兒，還成了岑子曼的表親？

「我跟朋友去城外看桃花。」岑子曼道，說完將頭從窗戶外縮回來，然後指著夏衿道：「這是夏姑娘，是我在這裡新結識的朋友。」

蘇慕閑與夏衿的目光直直地在空中相遇。

「是妳？」蘇慕閑驚訝而狂喜道。

「你好。」夏衿只得朝蘇慕閑笑笑。

「你們認識？」岑子曼看看蘇慕閑，又轉頭看看夏衿，滿臉疑惑。

「有一次一個小乞丐被人打暈，是夏姑娘救醒他，我當時正好在場。」蘇慕閑解釋道。

夏衿鬆了一口氣。

她可不希望自己會武功，並且在半夜救了蘇慕閑的事被人知道。蘇慕閑被人追殺，麻煩不小，她還是別牽扯進去比較好。

「你要找的人找到了嗎？」岑子曼又問。

蘇慕閑用那極乾淨澄明的眼眸看了夏衿一眼，微笑道：「找到了，所以我現在沒事。請問，我能跟妳們一起去看桃花嗎？」

「行啊。」岑子曼一口答應。

蘇慕閑大喜，轉頭朝旁邊招了招手，一輛極普通的馬車駛了過來。蘇慕閑上了車後，一個小廝也跟在他身後上了車。

夏衿看到那個小廝，怔了一怔，沒想到這個叫阿墨的小廝，竟然躲過追殺，又回到主人身邊。

第四十九章

岑子曼和蘇慕閑的馬車，是由駿馬拉的車，出了城後，就飛快地跑了起來，不一會兒就到了桃樹林。

這片桃樹林是城裡不知哪家權貴的，方圓足有十來畝，種的全是桃樹和李樹。此時桃花、李花盛開，遠遠望過來，就像天邊的雲朵紅霞，十分好看。岑子曼一下車就被迷住了，提著裙子跑進樹林，望著枝頭的花朵大呼小叫。

看著這片樹林，夏衿的心情也極好。

「皇天不負苦心人，終於找到妳了。」她身後傳來蘇慕閑的聲音。

夏衿頭也不回，眼睛望著樹林裡的岑子曼，開口道：「找我幹什麼？」

「求親。」

簡單的兩個字，把向來淡然自若的夏衿嚇了一跳。

她終於轉過頭來，看了蘇慕閑一眼。蘇慕閑也不躲不避，正正地跟她對視。「我是認真的。」

夏衿將臉一沈，眸子微冷。「不好意思，我沒興趣做人小妾。」說著，轉身就邁步朝岑子曼方向走去。

「不是小妾，是正妻。」蘇慕閑急了，追上來兩步，再次強調。「是正妻，我不可能拿小妾來侮辱妳。」

聽到最後一句，夏衿停住腳步，轉過頭來，再一次仔仔細細地打量了蘇慕閑一眼。然後，她眉頭微蹙。「你確定你是認真的？」

蘇慕閑用力地點點頭。「確定。」

「沒興趣。」夏衿丟下三個字，轉身又繼續往桃林走。

這話太簡潔，轉折也太大，導致蘇慕閑停在原地愣了好一會兒，這才反應過來夏衿拒絕了他。待他想要追問為什麼時，夏衿已經走到岑子曼身邊，跟她在一起說說笑笑了。

「公子，她知道您的身分不？」阿墨走了過來，滿臉不忿，顯然是聽到了蘇慕閑和夏衿的談話。

蘇慕閑點點頭，眼望著夏衿，靜靜地也不知在想些什麼。

一路上，阿墨勸了蘇慕閑不知多少次，要他換一種方式報恩。那晚的夏衿他雖沒見過，但救小乞丐時的夏衿他是看到過的。那姑娘也不見得如何國色天香，小戶人家出身也當不起武安侯府主母這個位置，完全沒必要為了報恩，娶一個只有一面之緣的姑娘。所以夏衿拒絕蘇慕閑，阿墨應該高興才是。但此時，他卻比誰都憤怒——他家公子哪點不好，這姑娘竟然一口拒絕！

「妳剛才跟我表哥說什麼？」岑子曼看到夏衿過來，笑著問道。

「他問我是哪家的姑娘。」

「哦。」岑子曼點點頭。「我表哥一出生就有道士說他命不好，被送到寺廟裡撫養，前些日子才被接了回來。」
她定睛看著夏衿。「所以他對於世俗的規矩不是很懂，如果他有冒犯夏姑娘之處，還請妳原諒，不要跟他計較。」
要不是夏衿確定岑子曼並無內力，而且剛才距離較遠，聽不到她跟蘇慕閑的談話，她都要懷疑岑子曼是在敲打她了。
她笑了笑。「不會。」
岑子曼望著夏衿，心裡充滿著奇異的感受。
夏衿，跟她接觸過的姑娘完全不一樣。
比如說剛才這話，換了別的姑娘，絕對不會用這麼簡潔的兩個字打發她，必定囉囉嗦嗦解釋一長串，外加羞澀好奇甚至惱怒，但夏衿卻毫無情緒地就說了兩個字。
「我們去那邊瞧瞧吧，那邊有一條溪流，清澈見底。岸邊的桃花開得更豔，顏色也更深。」夏衿道。
「好。」岑子曼挽住夏衿的胳膊，語調歡快地對後面道：「表哥，走了，咱們去那邊。」
蘇慕閑應了一聲，跟在她們後面。
一行人沿著桃林原有的小路，一直向前。一盞茶工夫後，他們繞過半邊桃林，來到小溪旁。
前面的小溪，蜿蜒曲折得像一條白練，在桃樹林邊飄逸而過，被小溪纏繞著的是一處綠油油的草坪，像一張綠色的大地毯，讓人忍不住想打個滾。除此之外，草坪旁的桃樹，也正如夏衿所說，不是一般桃花淺淺的粉紅，而是更為豔麗的桃紅，在陽光的照射下，格外耀眼。

風景確實很美，可美中不足的，是草坪上此時擺著幾個几案，十幾個年輕男子，正或坐或站端著酒杯，對著美景吟詩。

夏衿眼尖，一眼就看到羅騫也正在其中。除他之外，他的大哥羅宇則站在離他很遠的地方，正跟三、四人聊得興起。

「岑姑娘！」一個大約十七、八歲的少年發現他們，叫聲裡滿是驚喜。緊接著，他朝這邊跑了過來，來到岑子曼面前，臉上不知是因羞澀還是跑動的緣故，微微泛紅。

岑子曼認得這是同知家的大公子林雲。她指指桃樹和小溪，笑問道：「你們在幹什麼？開桃花詩會嗎？」

「是的。」林雲有些不好意思地撓撓頭。「今日天氣好，我便想在府裡開個詩會。結果他們說在府裡沒意思，不如到桃林來，所以就跑到這裡來了。」

說著，他有些緊張地看著岑子曼。「我們不會擾了岑姑娘的雅興吧？要不……我們換個地方？」

岑子曼豪邁地一揮手。「沒事。這桃林又不是我的，你們先來，要換地方也是我換，哪有叫你們換地方的道理？」

說著，她就要拉夏衿離開。

林雲猶疑著。「要不岑姑娘也一起留下來吧？我們買了知味齋的點心，還拿了我家特製的桃花蜜釀，妳吃塊點心歇歇腳，再看美景也不遲。」

京城遠比臨江城開放，勛貴家的少爺、小姐，男男女女一起出去打獵踏青也是常有的事，所以岑子曼並不覺得她跟夏衿留下來有什麼不對。

不過這次她倒沒自作主張，而是問夏衿。「妳覺得呢？」

夏衿向來不喜歡跟陌生人在一起，沒話找話十分尷尬，但她看出岑子曼想留下，蘇慕閑東張西望的更是滿臉好奇，她無所謂地微一聳肩。「聽妳的。」

「那行，我們就坐坐。」岑子曼道。

林雲臉上頓時笑成了一朵花。

「不過我們只吃點心飲酒，可不會作詩。」岑子曼又道。

「要不你們當裁判吧。」林雲說著，沒等岑子曼拒絕，便做了個「請」的姿勢。「那邊坐。」

岑子曼拉著夏衿，過了小橋，便到了那塊綠油油的草坪，踩著軟綿綿仍沒過鞋面的草地，她驚奇地叫了起來。「這是什麼草？感覺好舒服啊。」

「這是我爹叫人從南邊帶來的種子種的，我也不知道是什麼草。」林雲不好意思地摸摸鼻子。

「這桃樹林是你家的？」岑子曼又驚奇地問。

林雲點點頭。「我爹喜歡桃花，便挑了幾畝山地，種了這麼一片林子。」

「令尊倒是個雅人。」岑子曼笑道。

林雲謙遜一笑，便看向夏衿和蘇慕閑。「這兩位是……」

「這是夏姑娘，那日在我們府上，救了我和朱姑娘一命。」岑子曼介紹道，又指指蘇慕閑。「這是我表哥，姓蘇，從京城來的。」

蘇慕閑今天出來是為了在街上巷子裡找人，所以並未作貴公子打扮，只穿了一件深青色綢緞長袍，全身上下沒有一件飾品。不過他相貌英俊又長身玉立，即便穿著普通衣服，也有一種天生的氣質，站在那裡即便不動、不說話，也不容忽視。

而夏衿穿的也不過是新做的蓮青色衣裙，料子並不華貴，樣式也簡單，頭上只插了一根玉簪，別了一朵珠花，但她那淡然的神色，卻給人一種高冷的感覺。

「夏姑娘、蘇公子。」林雲趕緊拱手見禮。

看到岑子曼他們過來，其他少年都已紛紛站起來朝這邊張望。

這些少年裡，有不少人的母親從宣平侯府回去後，都或明或暗地提點過自家兒子——岑子曼家世顯貴，如果能娶到她，一家子都能雞犬升天；再加上她容貌豔麗，一顰一笑都落落大方。看到她來，這些少年俱都激動起來，摩拳擦掌地準備一會兒作出一首好詩，以博取美人歡心。

羅騫和羅宇也注意到這邊。看到夏衿，還有站在她前面的岑子曼，以及不遠處的蘇慕閑，兩人都怔了一怔。

感覺到這麼多異性的目光，有些目光還帶著一股火熱，饒是大剌剌的岑子曼也不自在了，對林雲道：「你們作詩，我們就不打擾了。而且我持刀弄棒可以，可對詩卻是一竅不通，做裁判萬不敢當。」

說著，她轉頭對夏衿和蘇慕閑道：「走吧，我們到別處去。」然後對林雲禮貌地點點頭就準備離開。

林雲「唉」了一聲，道：「要是家父、家母知道妳到這兒來，我卻沒好好招待，回去是要吃板子的。」

岑子曼噗哧一笑。「沒事，我跟我祖母說我已受到熱情招待就是。」

林雲沒法，只得叫人裝了兩匣子點心和一瓶桃花釀，連碗筷和杯子都一股腦兒地裝了幾套，叫下人送到岑子曼的落腳處。

這還沒走呢，便有一個膽大的少年跑過來，當著岑子曼等人的面，龍飛鳳舞地寫了首詩。蘇慕閑從寺廟中出來，沒被世俗繁雜染污了雙眼，完全沒有心機。他見了，好奇地湊上去看那少年寫詩。

岑子曼則轉過頭來，跟夏衿對視一眼，還無奈地眨了眨眼睛。

夏衿嘴角微翹。她明白岑子曼的意思，大概是想讓她出聲，找個藉口離開這裡。不過她雖不畏權貴，但小鬼難纏的道理卻是再明白不過了。一個羅宇，就給她惹了兩次麻煩。她要是此時要求離開，壞了這寫詩少年的好事，不管他家是多小的官，都能找一找夏家的麻煩。

其實岑子曼真要這樣離開，誰又能奈她何？

她裝作看不懂，也對岑子曼眨了眨眼，然後不動也不說話。

岑子曼無奈，正要叫蘇慕閑走了，沒承想那少年已寫好詩，正遞給蘇慕閑呢。「在下胡謅了一首詩，雖然自知不好，卻不知不好在哪裡。這位兄台一看就是飽讀詩書，不如您幫我看看，指點指點？」

蘇慕閑在寺廟裡也是讀過書的，而且給他授課的還是大儒；再加上他不問世事，心思單一，他的學識比這些被世俗煩擾的少年好上許多，即便是作詩，他都可以做這些人的老師。那少年如此說，其實只是客氣自謙，想要給岑子曼留下好印象，可不真認為自己的詩寫得很差——寫得很差就不會跑到岑子曼面前賣弄了。沒承想蘇慕閑拿起他寫的詩，只點點頭，就開始講解哪裡寫得不好，讓他的臉頓時脹得通紅。

岑子曼嘴角的笑意，怎麼都遮掩不住。待蘇慕閑的話告一段落，她忙道：「表哥，走了，咱們到那邊去。」說著跟林雲告辭一聲，拉起夏衿就往外走。

蘇慕閑忙大叫一聲。「等等我。」說著將手中的紙遞還給少年，小跑著追了上去。

而遠處的羅宇看著漸行漸遠的岑子曼和夏衿，目光微閃。他對弟弟羅宸和另一同伴敷衍了兩句，便找了個藉口，從樹林的另一邊鑽了出去。

岑子曼拉著夏衿直到走出老遠，那些少年聽不到她的聲音了，她才放開嗓子大笑起來，指著蘇慕閑道：「表哥，你真有意思。這麼打臉，真是太厲害了。」

蘇慕閑一臉莫名其妙。「什麼打臉？我沒打誰的臉啊？」

「怎麼沒打臉？那人拿詩過來，想是覺得自己寫的詩一流，你卻二話不說就開始挑毛病，我看他臉色都變了。」

蘇慕閑不是個笨人，自然聽懂了她的意思。他皺眉道：「可他寫的詩確實不好啊。難道他自己覺得一流，咱們就要迎合他嗎？」

「呃……」蘇慕閑的話，把岑子曼問住了，不過她隨即展顏一笑。「表哥這話說的也是。咱們是誰啊，幹啥要迎合他？憑他也配！」

說著她就把這事丟到一邊，擺擺手道：「行了，不說這些沒意思的人，咱們去看風景吧。」說著又指了指下人手裡的點心。「找個地方，咱們吃點心。」

岑子曼大概是想離那些少年遠一些，免得再被打擾，沿著那條路，一直朝前走。

走了沒多遠，夏衿就停了下來，兩耳尖微微動了動。

「怎麼了？累了？」岑子曼看她落下幾步，忙轉過頭來問道。

「沒有。」夏衿搖搖頭，繼續往前走。

走了大概一盞茶工夫，岑子曼看到一片草地，雖不像剛才那片草地的廣袤平整，但卻也在小溪旁。而且溪邊怪石嶙峋，還增加了那裡所沒有的野趣。

她歡呼一聲，停下來道：「就在這裡了。」

下人們連忙將東西鋪好擺上。

岑子曼坐到墊子上，朝夏衿招招手。「過來吃點心。」

夏衿走過來也坐下，對菖蒲道：「將那桃花釀拿出來嚐嚐。」

菖蒲揀了個瓷杯，倒了一杯桃花釀遞給夏衿。

夏衿拿到鼻子前聞了聞，又用舌頭舔了一點點。

岑子曼笑了起來。「這是幹麼？莫非妳還覺得這酒裡有人下毒不成？」

嚐得這酒沒問題，夏衿這才飲了一口，不過隨即又放下酒杯，皺眉道：「不好喝。」

這時代的釀酒技術差得很，這酒微酸味淡，還有一點點苦澀味。雖然有一股桃花的清香，但在夏衿看來，卻是難喝得很。

蘇慕閑卻拿杯子斟了一杯，眼睛一亮。「這酒不錯呀。」

「不錯？」夏衿詫異地挑了挑眉，對岑子曼道：「妳也嚐嚐，看看是不是不錯？」

菖蒲忙倒了一杯遞給岑子曼。

「嗯。」岑子曼喝了一口點點頭。「好酒。」

夏衿剛要露出笑意，忽然就神色一緊，抬頭朝溪邊看去。

蘇慕閑也感覺到了什麼，目光也投向那邊。

「怎麼了？」岑子曼剛要說話，就聽到一陣悠揚的琴聲從溪邊傳來，但被桃樹林擋住視線，彈琴的人卻是看不見。

「這裡怎麼會有琴聲？」她納悶道，站起來，欲朝那邊走去。

「先坐下，聽一聽再說。」夏衿拉了她一把。

岑子曼只得回到原處坐了下來，凝神聽著那悠揚的琴聲。

不過她對於這些詩啊琴啊的雅物，真是一竅不通，只覺得這琴聲映著那潺潺溪水，十分悅耳。一邊吃著點心，看著美景，聽著音樂，倒十分愜意。

一曲終了，岑子曼瞅了夏衿一眼。「要不要過去看看？」

「雞蛋好吃，但不一定要認識那隻下蛋的母雞。」夏衿道。

岑子曼一愣，笑了起來。

這時候，那邊卻有了動靜，一個穿寶藍色錦袍的身影，出現在小溪對岸，身後是一個抱著古琴的童子。前面那人一邊走，一邊吟詠著詩句。這人長身玉立，相貌英俊，在這桃花林裡，小溪邊，琴聲悠揚之下，十分詩情畫意。

第五十章

夏衿看了，心裡嘖嘖稱奇。

這羅宇，為了引誘岑子曼小姑娘，竟然出賣色相，表演一場真人走秀，他就不怕腳下打滑反出洋相嗎？

她轉頭看了岑子曼一眼。

雖然交往不久，瞭解不深，但從那天在宣平侯府的宴會上來看，這女孩子似乎不喜歡這種矯揉造作的東西。但少女情懷總是詩，誰能說得清羅宇這歪招會不會打動她呢？

看來，她得回敬羅宇一個禮物才行。這麼想著，夏衿瞥了蘇慕閑一眼。

岑子曼雖喜歡持刀弄棒，但那都是古代戰場上的拚搏術，她沒有內力，夏衿即使做手腳，她也看不出來。現在要顧忌的，是蘇慕閑這小子。這小子是有武功的，人又單純，別嚷嚷出來壞她的事才好。

蘇慕閑感覺到她的目光，轉頭看了過來。

夏衿並沒避開，而是定定地看了他一眼，眼裡警告的意味很深。

蘇慕閑茫然地眨眨眼，不明白她是什麼意思。

夏衿沒再理他，微微彎下身子，在地上揀了一塊石子，藏進手心裡。

蘇慕閑看到她這動作，頓時瞪大眼睛，轉過頭看了看羅宇，又看了看夏衿。

夏衿用力瞪他一眼，然後手腕一揚……

撲通一聲，遠處故作風流倜儻的羅宇似乎腳下沒踩穩，直接朝前摔去，跌了個狗吃屎。

「公子、公子！」後面跟著的童子再也顧不上擺姿態，扔下手裡的琴便上前攙扶自家公子。

羅宇這一下摔得狠。因那溪岸上小石頭多，他這一摔，膝蓋上的衣衫破掉了，露出兩個大洞；雙手撐在地上，被小石子一刮，鮮血淋漓；最好笑的是他的嘴正好跟地面來個了親吻，此時腫得跟豬八戒一般，鼻孔裡還流出血來，樣子十分狼狽。

別人摔了一跤，嘲笑別人是不道德的，所以家教嚴格的岑子曼想忍著；但羅宇這模樣太好笑了，她一下沒忍住，噗哧一聲笑出聲來。

「看，我就說嘛，那生蛋的母雞最好不要看，這不破壞形象嗎？」夏衿還在一旁落井下石。

夏衿這一說，岑子曼像是找到了洩洪口似的，哈哈大笑起來。旁邊的野雞被她這笑聲驚起，從草叢裡飛上了天。

那頭的羅宇聽到岑子曼的笑聲，羞憤欲死，來不及處理傷口，用袖子捂著臉就落荒而逃。

這下子岑子曼笑得更加厲害了，捂著肚子，直叫「哎喲」。

蘇慕閑看著這一幕，目瞪口呆。好一會兒，他又轉過頭望著夏衿，滿眼詫異，也不知是詫異於夏衿的心黑，還是詫異於她的手準。

夏衿朝他無辜地眨了眨眼，將手從袖子裡伸出來，只見纖細手掌上，一塊小石頭正靜靜地躺著。她手指一翻，那塊小石子又不見了蹤影。

蘇慕閑這下眼睛瞪得更大了，轉過頭去瞅了瞅羅宇摔跤的地方，再看了看夏衿，然後他抬起手來，做了個扔石子的姿勢，隨後搖搖頭，俊朗的眉頭皺了起來。

岑子曼坐在他們前面，而且此時正在大笑，雪兒則忙著給她揉肚子，並沒看到他倆的小動作。

夏衿忽然站了起來，快步朝右邊的樹林而去。她的腳步輕而快，眨眼間就進了樹林不見蹤影。

「妳去哪兒？」蘇慕閑見狀，不放心地叫了一聲，忙站起來跟了上去。待他進入桃樹林時，她正站在一棵樹下，朝上面張望。

「怎麼了？」蘇慕閑也趕緊走到樹下，學著夏衿朝上張望。

然而，那棵較高大的桃樹除了盛開的花，連一片綠葉都沒有，更不要說別的東西了。

「咦。」蘇慕閑正要說話，卻看到樹上的枝椏有被踩踏的痕跡。他低頭一看，樹下的落花明顯要比其他樹多一些，有些還是完整的花朵。

「剛才這裡有人？」蘇慕閑說的是問句，但語氣卻十分肯定。

「剛才那一跤，不是我弄的。」夏衿道，她舉起手來，手掌一翻，一塊小石頭就從她手裡落到地上。「我剛準備把石頭扔出去，那人就摔跤了。」

「啊？」蘇慕閑很意外。

夏衿轉頭看他。

「怎麼了？」蘇慕閑莫名地跟她對視。「剛才可不是我，我坐在那裡都沒動彈。」

「你的事情處理好了？這一回沒人追殺你了？」

蘇慕閑神色一黯，正要說話，就聽見岑子曼在外面喊。「夏姑娘、表哥，你們在哪裡？」

「走吧，出去。」夏衿趕緊往外走，見蘇慕閑要跟著一起走，她忙轉頭警告。「你一會兒再出去。」

蘇慕閑剛要問為什麼，就聽到一陣樹枝搖動的聲音，轉頭一看，岑子曼已經進來了。

「你們倆……」岑子曼看到夏衿和蘇慕閑站在一起，離得還挺近，頓時一愣。

「我剛才感覺到樹林裡有動靜，就過來看看，結果妳表哥也跟來了。」夏衿解釋道，說完就直接往外走，完全沒理會岑子曼和蘇慕閑有什麼反應。

「哦。」岑子曼點了點頭，抬頭深深看了蘇慕閑一眼，然後跟著走了出去。

蘇慕閑沒有說什麼，等夏衿和岑子曼走出那片樹林，他才慢慢跟了出去。

剛才的事，不光沒有影響岑子曼的心情，反而使她的興致更為高漲了。她坐下來，興高采烈地吃著點心，對夏衿道：「妳剛才說要開藥膳酒樓，怎麼開？每人要出多少銀子？」

「妳們要開藥膳酒樓？」蘇慕閑訝異地問，接著便興致頗高地道：「帶上我，我也湊一份吧。」

知味齋走上軌道，又賺了些錢，夏衿就一直在考慮開藥膳酒樓的事。

只是她不願意跟羅騫合作太多，合作太多，牽扯太深，她就會淪為羅騫的私人大掌櫃，到時候想脫離他的掌控，怕是很難。把雞蛋分裝在幾個籃子裡，讓幾方勢力互相牽制，保持平衡，才是她這個小老百姓的自保之策。

所以岑子曼說想做生意，那簡直是瞌睡遇著枕頭，正合夏衿心意。蘇慕閑既是岑家親戚，侯府世子，參上一股也挺不錯。

「行啊，你也湊一份吧。」她無所謂地答道。

「那妳說說。」岑子曼東西都不吃了，眼眸發亮地專心看著夏衿。

「其實也沒有什麼可說的，無非是找個大些的鋪面，最好兩層樓，然後訓練廚子、設計特色菜餚、招些夥計，掛牌開業就是了。」

夏衿說著，估算了一下開銷。「我用菜譜入股，並進行管理，再加上一百兩銀子，占酒樓的六成股份；你倆各拿一百兩銀子入股，每人各占兩成股份。這樣分，你們沒意見吧？」

「沒意見、沒意見。」岑子曼將頭搖得跟撥浪鼓似的。

蘇慕閑卻猶豫了一下。「我沒那麼多銀子。」

夏衿驚訝地看著他。

羅維韜官不大，家裡又有受寵的庶子，羅騫拿一百五十兩銀子出來，眼睛都不眨一下。蘇慕閑堂堂一個侯府世子，不會連一百兩銀子都拿不出來吧？

「我表哥寄人籬下，來回都要打點花銷，手頭沒那麼多現銀。他的那份，我幫他出了。」岑子曼豪邁地一揮手，說完又俏皮地朝蘇慕閑眨一下眼睛。「表哥你回京後記得還我喲。」

蘇慕閑耳根微紅，滿臉窘意。「妳借我五十兩就行了，回京後我一定還。」

「行。」岑子曼答應得十分乾脆。

說完這事，岑子曼又問了一下夏衿的計劃，以及有什麼菜譜。三人聊了一會兒，便打道回府。

回到家裡，夏衿剛去舒氏那裡報了平安，正要回自己院裡去，就聽菖蒲的娘魯嬸稟道：「姑娘，菖蒲她爹接到羅府口信，說讓您回來之後，去一趟城南小院。」

夏衿停住腳步，問道：「是誰來傳的口信，去問清楚。」

約她去城南小院的，唯有羅騫，但此時羅騫在桃樹林裡。

魯嬸顯然是早就問過了，不慌不忙地道：「是于管家。」

「于管家親自來的，還是他派人來的？」

「他親自來的。」

夏衿點點頭，對魯嬸道：「我知道了，一會兒就去。」又吩咐菖蒲。「去叫董方準備，跟我出門。」

「是。」菖蒲轉身朝下人所住的院子跑去。

待夏衿換了男裝出來，董方已著小廝打扮，在二門處等著了。魯良也備好馬車，停在大門口。

一炷香工夫後，馬車便在城南小院門口停了下來。
「夏公子。」
夏衿一下車，于管家就迎了出來。
夏衿看他一眼，直接往裡走，問道：「你家公子從桃溪那邊回來了？」
「是。」于管家進了大門，便伸手將董方攔了下來，自己也停了腳步，對夏衿恭聲道：「我家公子在院中棗樹下等著公子。」
「嗯。」夏衿頭也不回地繼續往裡走。
沿著迴廊走了一會兒，她便看到羅騫坐在院中那棵棗樹下，眉頭緊鎖，手裡端著茶杯，但茶杯裡卻沒有熱氣，似乎保持著這個姿勢已很久了。
而他身上穿的衣衫顏色、質地，跟夏衿追進桃林裡看到的那片衣角一模一樣。
夏衿心裡瞭然——扔石子讓羅宇摔一跤的，定然是羅騫無疑了。
她喚了一聲「羅大哥」，走過去坐到他對面，給自己斟了一杯茶。
羅騫手裡一抖，杯中茶水差點濺了出來。
「想什麼這麼入神？」夏衿含笑道。
羅騫為人一向機警，很少有人可以走到他身邊卻沒察覺的情況。
羅騫沒有說話，只是將手中的茶杯緩緩放到桌上。
他抬起眼眸，靜靜地注視著夏衿，眼裡似乎蘊含著某種情愫。
夏衿被他的目光看得頗不自在，不過臉上絲毫不顯，只是伸手摸了摸臉，問道：「怎麼這樣看我？我臉上有花嗎？」

「我大哥對妳做的事情，為何不對我說？」羅鶱的聲音比平時低沈。他的聲音本來就很好聽，此時雄渾低沈的聲音在空氣中流轉，倒比往常更打動人，加上他那直勾勾的目光，倒叫夏衿的心頭猛地一跳。

這位大哥，你是在勾引奴家嗎？

她在心裡調侃了一句，自自然然地將目光收回，端起茶杯輕啜一口。待將茶水徐徐嚥下，再將杯子放回桌上之後，她才抬起漆黑如墨的眸子，問道：「你都知道了？」

羅鶱點點頭，將目光挪了開去。「這件事，妳不用管了，交給我，我保證他再也不敢來惹妳。」

「你想怎麼處理？」夏衿不動聲色地問道。

「他有幾處私產，還有幾個臂膀。讓他後院起火，再斷其臂膀，他就不敢再輕舉妄動。」羅鶱的眉宇間閃過一抹淩厲。

夏衿搖了搖頭。

「怎麼？妳不贊成？」羅鶱的目光再次定定地落在她的臉上。

「你父親，不許你們兄弟鬩牆吧？」

羅鶱的目光一黯，點了點頭。「要不是如此，我也不會讓他猖狂至此。」

他抬起眼眸。「可如今，虎無傷人意，人有害虎心。上次我的病，這次他又派人找鋪子的麻煩，都容不得我再有手足之情，即便父親責怪，我也有話可說。」

夏衿再次搖了搖頭。「恕我直言，你這樣做只能治其標，不能治其本。你還擊過去，他再攻擊過來，到頭來只會兩敗俱傷。末了章姨娘使些手段，責任就全在你身上，你父親對你，唯有失望。」

羅騫眼裡的亮光漸漸暗了下去，他看著面前的茶杯沈默了好一會兒，才苦笑一下。「那又如何？總不能打不還手，任由他欺凌吧？」

「唯一的辦法，就是斷其根基。」夏衿的聲音清脆而有力。

羅騫倏地抬眼望向她。

夏衿的目光不避不閃，與他對視著，聲音變得輕柔，除羅騫外不曾有第二個人聽見。「北街裡有一個叫柔兒的清倌人，清麗脫俗，讓人見之難忘。只是近日她被朱家公子多番騷擾，要買她的初夜，老鴇迫於無奈，眼看就要鬆口。」

她嫣然一笑。

「我聽說，文人有贈妾之雅舉；而且我還聽說，後天官衙休沐之日，柔兒姑娘會應好友之邀，去桃溪踏青……」

說到這裡，她收回目光，端起茶來輕飲一口，悠然眺望院中風景，不再說話了。

羅騫沈默了一會兒，眉頭微微皺起。「這能行嗎？我聽我娘的陪房說，章姨娘進門後，我娘也曾弄過幾個女子進門，結果我爹連看都不看她們一眼，反過來責怪我娘。我娘跟他吵過以後，他就待我娘更冷了。」

「時機不對。」夏衿淡淡道：「情正濃時，自然眼裡沒有別人；但時日久了，一張臉再美豔，總有看厭的時候。喜新厭舊，男人的通病。」

羅騫看著夏衿，怔怔地半晌都說不出話來。

夏衿眉毛一挑，詢問地望向他。

「我不會。」羅騫忽然低聲道。

「什麼？」他這話讓夏衿摸不著頭緒。

「我說，我不會。」羅騫低沈的聲音在兩人之間的空氣裡迴旋。

他收回目光，緊抿了一下嘴，右手握拳，放到嘴邊輕咳一聲，然後鼓起勇氣，目光又投射到夏衿臉上。

「我、我對妳，永遠不會生厭。」

夏衿的心停跳了半拍。

她望著羅騫，不動也不說話，臉上也沒有表情，直把羅騫看得神色慌亂，臉色通紅起來，才收回目光，淡淡道：「我沒有斷袖之癖。」說著，站起來便要往外走。

「夏衿。」羅騫一把抓住她的袖子。

夏衿看了自己的袖子一眼，喝道：「放手。」

羅騫卻把那片布料抓得更緊。「我知道妳是夏衿，不是夏祁。救我的，也是夏衿，不是夏祁。」

他眼神裡已沒有了剛才的慌亂，眸色沈穩，臉上的紅暈也慢慢消褪。「這些話，我本來不想這樣說的，唯有派人去妳家求娶，才是對妳的尊重，可……」

說到這裡，他停住了，頓了頓，轉了個彎。「我母親這段時間一直在為我張羅親事。我試探過她的態度，她……她堅持要門當戶對，妳能不能……能不能等我一段時間？等說服她，我再去妳家提親。」

第五十一章

聽到這番話，夏衿眼裡的冷意消散了一些。

剛才羅騫表白的時候，她以為他是想納她為妾的。畢竟親事都講究門當戶對，即便是地位低下如夏老太太，幫夏佑、夏袗等人挑親事時，也還會講究個門戶高低。在所有人眼裡，她夏衿，是絕對配不上羅騫的。想進羅家門，唯有作妾。

她剛才生氣，是以為羅騫也作如此想。他看上了她，所以就使些小手段來挑逗她，等她動了心，就心甘情願委身為妾。

此時她雖然不生氣了，但並不想跟羅騫有感情瓜葛。

她冷著臉道：「不好意思，我沒往那處想，所以你最好也別多想，好好地照著你母親的要求娶妻。我為生活所迫女扮男裝，實屬無奈，如果你胡思亂想，我們以後就不要再見面。」

說著，她用力地將袖子抽回，轉身快步朝門外走去。

羅騫呆呆地望著她的背影，久久沒有動彈。等夏衿快要拐彎時，他忽然大聲問道：「妳不答應，是不是因為今天那個男子，岑姑娘的表哥？」

夏衿的腳步一停，倏地轉過身來，冷冷地看著他。「你將我夏衿當成什麼人？」轉身拂袖而去。

回到家裡，夏衿狠狠灌了兩杯茶，暗自啐了一聲。「去了一次桃花林，惹了一身爛桃花！」放下茶杯，這才吁了一口氣。

古代沒有什麼娛樂節目，夏衿一貫睡得早。吃過晚飯後，寫了一會兒醫術教材，便熄燈上床。閉上眼剛要入睡，她忽然睜開眼，朝屋頂上看去。緊接著她快速爬了起來，穿上夜行服，推開窗一躍而出。

不過她沒有直接從窗外跳上屋頂，而是翻牆到隔壁院裡，這才上了屋頂，再從那邊屋頂繞回夏宅屋頂來。

這是謹慎起見，以防別人知道夏家有一個武功高手。

憑著前世出生入死練出來的本事，她繞了一圈回來，那個從前門躍上來的夜行人才剛剛在屋頂上站穩，夏衿二話不說，從他身後直接就是一拳。

「是我。」那人趕緊出聲。

夏衿拳頭隔著衣服，堪堪停在他的後背上。

她冷哼一聲，變打為抓，揪起對方的衣領，跟提麻袋似地提著那人就朝外面奔去，直到離夏宅老遠，她才躍下屋頂，跳到無人的街道上，將手裡的人用力扔到地上。

那人猝不及防，被她這一扔，頓時悶哼一聲。

「你半夜不睡覺，跑來我家幹什麼？」夏衿雙手抱胸，冷聲道。

「我……我有話跟妳說。」蘇慕閑揉著摔痛的手臂，齜牙咧嘴。

「你有什麼話，大白天不說，非得半夜三更鬼鬼祟祟跑過來說？」夏衿的臉色越發不好。

「白天我老找妳說話，別人會說妳閒話的。」

夏衿無奈，只得道：「好吧，你趕緊說，我還要回去睡覺呢。」

「就今天說的那件事。」蘇慕閑站直身子。「我明日派人去妳家提親。」

聽得他還揪著這個問題沒完沒了，夏衿不耐煩了。「我說了不嫁，你聽不懂人話嗎？」

「不嫁我妳還能嫁誰？」蘇慕閑的話接得很快，而且一副理所當然的樣子。

夏衿再次啞然。

她知道蘇慕閑指的是什麼意思。在古代，一個女子被男人看了身子，除了嫁給這個男人，就沒有第二條路可走。

換句話說，他這樣鍥而不捨追來跟她商量婚事，一來是有擔當；二來既沒開口納她為小妾，也沒自作主張直接上門提親，已是很尊重她了。

她放緩了語氣。「我知道你覺得對不住我，但江湖兒女不拘小節，當時只是事急從權，反正又沒第三個人知道，咱們就當什麼都沒發生，用不著把兩個人的一輩子都綁上。」

她揮了一下手。「好了，就這樣，你別再說了。我雖是女人，卻也是說話算話，我自己都沒在意了，你在意什麼？」說著，轉身便要離開。

「等等。」蘇慕閑一把抓住她的袖子。

夏衿輕吐一口氣。「你還有什麼事？」

「我沒辦法當什麼事都沒有發生。」蘇慕閑看著夏衿，表情十分嚴肅認真。「我要是不娶妳，我一輩子良心不安。」

夏衿真的想冒火了，聲調提高兩分。「你怎麼就說不明白呢？我跟你說，我不介意，是因為我不想嫁，明白了吧？你不會因為我救了你，反而要我把一輩子也搭給你吧？這世上有這樣的道理嗎？我救人難道還救錯了？」

蘇慕閑並不是笨人，夏衿這一說，他倒是明白了夏衿的意思，可是卻更困惑了。「妳為什麼不願意嫁給我呢？我回到京城，天天有人上門說親；一出門，就有姑娘跟在車後，想方設法要認識我。他們說我既有地位，人又長得好，是姑娘們最喜歡嫁的金龜婿。」

夏衿淡淡道：「沒錯，有些姑娘既希望自己嫁給有地位、有錢的夫婿，同時也希望對方長得俊，這幾樣你都占全了；可不是所有姑娘都看重這些，我要嫁的是重情義、對我好、而我又看他順眼的人，對於地位、金錢、長相這些，我無所謂。」

蘇慕閑皺著眉，細細消化夏衿所說的話，良久，抬起眼，注視著她，鄭重而認真地道：「我很重情義的，而且，我會對妳好的。」

夏衿終於暴躁了。「可我看你不順眼。」說著，腳下一點，躍上旁邊的屋頂，片刻就消失在蘇慕閑的視線裡。

蘇慕閑並沒有追上去，他望著夏衿消失的方向發了好一會兒呆，才轉過身，回了宣平侯府。

夏衿回到家裡，才發現自己忘了問蘇慕閑被人追殺的事。原以為萍水相逢，再不會見面，所以她不問；可現在既成了朋友，以後還要一起做生意，她不問清楚，總是不放心。

「算了，下次再問吧。」她自言自語，脫了夜行衣，換上自己做的睡衣，躺到床上。

此時她的心情，又跟下午被羅騫表白時全然不同。

她穿越到古代來，雖說下定決心要找個順眼的人嫁了，舒氏也提過議親之事，但她一直覺得這些東西還很遙遠。現在當務之急，是要多多掙錢，過上想要的生活，而不是靠男人；其次，她還得幫助夏祁考上秀才，甚至舉人，如此夏家三房才不會處於誰想來咬一口就咬一口的被動狀態；而且她年紀還小，身體都還沒發育成熟，這麼早就嫁人生子，在她看來根本找死。

所以在完全不想被感情事纏身時，一連遇上兩個男人說要娶她，她才會那麼煩躁，尤其羅騫還說他母親不同意，因為她家地位太低。

拜託，在現代，從來是她挑人的好嗎？她雖然是殺手，但人長得太耀眼，走到哪裡都有男人哭著喊著要她下嫁，從沒有人問及她的身分地位；偏偏到了這裡，她竟然如敝屣一般被嫌棄！

可現在，嗆了蘇慕閑兩句，再次拒絕他之後，夏衿的心情竟然愉悅起來。不管怎麼說，被人表白總是一件愉快的事，這好歹說明自己還是有人要的。蘇慕閑這邊且不說，羅騫表白，還不顧母親的意願執意想娶她，總是因為喜歡她吧？

帶著美美的心情，夏衿閉上眼，沈沈睡去。

數日後中午，夏祁從崔先生那裡回來了。

醫館中午是不休息的，夏正謙和邢慶生會輪流在旁邊的小屋吃飯休息，所以後院裡吃飯的只有舒氏和夏家兄妹。

「得了崔先生指點，感覺如何？」舒氏將湯碗遞給兒子，順便關心一下兒子的學業。

一說起這個，夏祁就抑制不住興奮。「娘，您不知道，崔先生太厲害了！我以前寫文章，腦子裡雖然有東西，但總不知如何下筆。如今被崔先生一指點，我竟有種茅塞頓開的感覺，下起筆來再不艱澀。今天崔先生還說我的文章不錯呢！」

「那就好、那就好。」舒氏笑得合不攏嘴，同時感慨道：「這事還得感謝人家羅公子呢，要不是有他介紹，你也認識不了崔先生。咱們做人不能忘本，你要是順利過了童生試，可得好好感謝他。」

「我會的，娘。」夏祁答應著，卻抬起頭來對夏衿眨了一下眼。

夏衿白了他一眼，舀了一勺湯慢慢喝著。

吃罷飯，夏衿休息了一會兒，估摸著已是下午未正時分，過了人們歇午的時間，她才穿了男裝，帶了董方出門。

董方看到門前並沒有馬車，不由得奇怪，問道：「姑娘，您沒叫人備馬車嗎？要不要奴婢去喚魯叔？」

「不用。」夏衿頭也不回，直直往東走。

一盞茶工夫後，兩人到了羅騫的外院書房。

「羅大哥。」她抬手拱了拱，自自然地跟羅騫打了個招呼。

羅騫臉上也看不出別的情緒，微笑道：「祁弟怎麼今天有空過來？妳上午不是去崔先生那裡了嗎？怎麼樣？得了指點，感覺如何？」說著，一面做了個「請」的手勢。

「崔先生不愧是大儒，有化腐朽為神奇的本事。我這麼笨的人，被他一指點，便有茅塞頓開之感，以前寫文章筆端艱澀，現在就好多了。」夏衿將夏祁中午說的話照搬了出來。

「我娘還說，讓我好好謝謝你呢。要不是你，我也沒有向崔先生請教學問的機會。」夏衿說著，站起來給羅騫作了個揖。

羅騫連忙站起來回禮。「不敢當、不敢當。要不是祁弟學問人品不錯，崔先生也不會讓你進門。說到底，還是祁弟你自已的本事。」

兩人重新落坐，此時樂山將點心、茶水都端了上來，羅騫一揮手。「你們都下去吧。」樂山、樂水答應一聲，退了出去。

「董方，妳也下去。」夏衿見董方還立在那裡，連忙道。

待董方也退了出去，屋子裡只剩下羅騫和夏衿兩個人，剛才還高談闊論，說得無比熱乎的兩人，忽然間都沈默下來。

夏衿沈吟一會兒，開口道：「我今天來，是來跟羅大哥道歉的。」

羅騫心裡一動，望向夏衿。

夏衿卻不看他，繼續道：「那日在桃溪，岑姑娘聽說知味齋是我們一起開的，便嚷嚷著要跟我合夥開酒樓。你也知道，我那日是著女裝，身分是夏衿而不是夏祁，岑姑娘又是那樣的身分，她說合夥開酒樓，我不好拒絕，所以就答應了。」

「沒關係。」羅騫低聲道：「沒有規定妳不能跟別人合夥。」

「不管怎麼說，總有背叛之嫌。我本來想跟你解釋一下的，但這兩日都沒找到機會。」夏衿誠摯地道。

若只聽到夏衿撇開他，跟岑子曼合開酒樓，羅騫難免不舒服，這件事任誰看來，都像是夏衿攀了高枝就一腳踹開羅騫，不由得他不多想。

但是夏衿特意解釋，羅騫的感受又有不同。夏衿如此坦蕩蕩，他倒是以小人之心度君子之腹了。

他抬起眼來望著夏衿，強壓下去的感情又湧了上來，在他心頭激盪。

夏衿在他眼裡還是夏祁的時候，他就覺得這人非池中之物，小小年紀就醫術高明，有膽有謀，言行舉止也極為出色，令他十分欣賞。待知道她是女扮男裝時，心裡受到的衝擊更大。

他沒有姊妹，但臨江城每年大大小小的宴會都有參加。即便男女有別，宴會上總難免會跟女孩子們碰面，一來二去，大家脾性如何，人品怎樣，總能瞭解一二。

那些女子除了知道什麼樣的衣服、首飾漂亮，其餘什麼都不懂，能識得幾個字、彈彈琴、畫兩筆，就算是才女了。可那些東西在他看來，除了取悅他人，全無用處。

可夏衿的出現，完全顛覆了他對女子的印象。

她有一身出神入化的高明醫術，為了不被當作沖喜的工具，她女扮男裝進入羅府，將他從閻王手裡救了回來，這份膽識比男人都強上幾分；她聰慧過人，一個計謀就將三房從夏家分了出來，沒讓父兄的名聲受到一點影響；她出了刻印科考文集的主意，不光提升他在父親心中的分量，更讓他父親得到上官的讚賞；她會做美味的點心，知道各種奇特的推銷手段，隨隨便便就能開出一間月入百兩銀子的點心鋪……

她身上的一切，不光比他認識的所有女子都出色，便是臨江城權貴家的公子，都沒有幾人比她更優秀的。

她身上那種泰然自若的氣質和坦蕩蕩的行事風格，也讓他深深喜歡。

不知不覺，他就心動了。

「妳……為何不願意成為我的妻子？」這句話，他終於問出了口。

他要不問個明白，寢食難安。

夏衿此次前來，也想到羅騫會問這個問題。她也覺得兩人把話說開了，比不明不白悶在心裡好。羅騫這個朋友，她並不想失去。

「你母親只有你一個兒子，她希望你能娶一個門當戶對的女子。結親向來不是兩個人之間的事，與其把事情鬧得沸沸揚揚，彼此傷害，不好收場，還不如一開始就別發生。」

「妳一口拒絕，不是因為我，僅僅是因為我母親？」羅騫的眼眸熠熠生輝。

「我也沒想過那麼早嫁人。」夏衿垂下眼，聲音也低了下去。

「我不急。」羅騫的聲音卻不知不覺大了起來，夏衿這話，給了他希望。「我會說服我母親的，妳、妳能不能……」

他的話還沒說完，夏衿就搖了搖頭。「我不想讓人罵我不知羞恥，攀龍附鳳。」

羅騫的眼眸漸漸黯淡下去。不過他終究不死心，低聲問道：「我就問妳一句，如果我母親同意，妳願不願意嫁給我？」

夏衿搖了搖頭。「對不起，我沒想過這個問題。」

夏衿說的是真話，可聽在羅騫耳裡，卻是委婉的拒絕。

他的眼眸完全暗了下去。「我明白了。」

夏衿從袖子裡掏出幾錠銀子，放在桌子上。「這是知味齋的分紅，一百五十兩。」

看到銀子的那一刻，羅騫的心像是被什麼扯了一下，他完全沒聽清楚夏衿的話，半晌，嘴角才露出一抹苦笑，聲音低沈而沙啞。「以後……祝妳的買賣越來越好。」

第五十二章

夏衿愣了一愣，好一會兒才反應過來，羅騫誤以為這一百五十兩銀子是她還給他的。當初開第一家知味齋時，他給了她五十兩銀子，說是借給她的；在看到第一家知味齋生意興旺後，他又拿出一百兩銀子給她，勸她開第二家，仍然說是借給她的。

如今，她拿出一百五十兩銀子給他，大概在他看來，這是歸還了他兩次借出的錢，要跟他劃清界線了。

「那兩家店，是咱們一起開的，咱倆五五分帳。」她解釋道：「這一百五十兩銀子是分紅，只要繼續開下去，以後這樣的分紅還會有。」她頓了頓，又道：「明日我叫董岩將開業以來的帳本拿給你看。」

聽明白夏衿話裡的意思，羅騫的心情複雜得難以言喻。

他一再說這銀子是借給她的，即便如今知味齋生意好，她不分他股份只還他本金，他也不會有什麼想法。畢竟這兩間店他除了讓于管家幫忙找了兩個鋪面外，並沒有操過什麼心。

可夏衿明知這是隻下金蛋的母雞，還是硬塞給了他一隻。

這樣好的女子，為什麼就不願意嫁給他呢？

「如果沒什麼事，我就先告辭了。」夏衿站了起來。

羅騫也站了起來，正要送夏衿出去，他忽然想起一件事了。

「妳等等。」他道，轉身進了裡屋。

出來時，他手裡拿著一張請柬，遞到夏衿面前。「明日我娘要辦宴會，你們兄妹倆曾出席過宣平侯府宴，在外人眼裡我跟夏祁交情又好，所以明日的宴會也邀請了你們兩人。來不來在妳，不必勉強。」

夏衿接過請柬，道了一聲。「謝謝。」便拱了拱手，告辭而去，並沒有說「來」或是「不來」。

羅騫將夏衿送到院門外，待得她的身影消失在轉角處，仍呆呆地站在那裡，久久沒有動彈。

夏衿回到家裡，就把請柬給了夏祁。「明天羅府宴，去不去隨你。」

作為一個十四、五歲的少年，夏祁還是很渴望跟同齡人交往的。尤其上次在宣平侯府，林雲等人對他不錯，彼此相處很是愉快，因此拿到這請柬，他很是高興。「去，怎麼不去？羅大哥請客，哪有不去的道理。」

不過他隨即就感覺不對勁。「妳想不想去？」

夏衿沈默了好一會兒，才道：「看看再說吧。」

在她看來，拒絕表白這種事，實在不是大事，她把話說清楚了，心裡坦坦蕩蕩，跟羅騫該怎麼相處就怎麼相處，畢竟做不成夫妻，也還是朋友。可她擔心羅騫並不這麼看，既然人家對妳有情，妳又拒絕了他，那還是不要再見面得好，免得讓人覺得妳欲拒還迎。

明天，還是不去吧。她心裡做出決定。

第二日因不是休沐，羅府的宴會設在下午，夏衿並不打算赴宴，所以吃過早飯後，她便換了男裝，帶著董方出了門。

她答應岑子曼半個月內要讓酒樓開張，這半個月不僅要找齊廚子，還要加以訓練，讓廚子能把她腦子裡的菜做出來，時間相當緊迫。

更何況，要找四、五個願意賣身為奴的廚子，比買幾個巧手的下人難度不知大了多少。廚子畢竟有一技之長在身，混得再不濟，到小飯館裡炒個菜或是大酒樓裡做個幫廚，溫飽是不成問題的。既不愁溫飽，誰願意賣身為奴呢？

可她必須把廚子的賣身契握在手裡才能放心，否則你這邊剛教會他幾道菜譜，那邊他就被人高價挖了牆角，或者乾脆自己去開飯館，她豈不是為人做嫁衣嗎？

所以如何找到願意賣身、廚藝基本功紮實的廚子，就成了大問題。

當然，如果夏衿願意求助於羅騫或岑子曼，這些問題都好解決；但這次既撇開羅騫，跟岑子曼合作，自然不能再去求他。

至於岑子曼，夏衿相信，只要她提起這件事，岑子曼很有可能會把她家廚子拎出來，讓他們到酒樓服務。可岑家的廚子，夏衿敢提讓他們改簽賣身契的話嗎？這話要是不提，她等於是把自身的絕活都送給岑家，待岑子曼回到京城，又找到別種好玩的東西，把酒樓和廚子一收回，夏衿就白忙活一場。

所以，哪怕辛苦一點，她也要自己找廚子，既要自己找廚子，夏衿認識的人不多，也沒別的門路，只能求助於包打聽劉三。

到了劉三那裡，董方上去拍了好久的門，劉三才衣冠不整地繫著腰帶，打著哈欠來開門，歉意道：「昨晚跟那些人去喝酒，一覺睡到這時候，夏公子且慢坐，我收拾了再來。」將夏衿迎到屋裡坐了，自己先去洗漱。

待他收拾妥當進來，夏衿笑道：「劉大哥辛苦了。昨晚喝酒，定然是為小弟的事。小弟託大哥辦事，沒道理倒讓大哥花錢，這二兩銀子算是酒錢，大哥萬莫推辭。」她從袖子裡掏出一小錠碎銀，放到桌上。

劉三卻將銀子往夏衿這邊一推，搖頭嘆氣道：「這銀子你收回去，事情我沒幫你辦好。」

「怎麼，找不到廚子？」饒是有了心理準備，夏衿還是挺失望。

劉三點點頭。「現在太平盛世，沒災沒難的，懂廚活的人不愁找飯吃。昨兒一天我都在到處奔走打聽，都沒找到一個肯賣身為奴的好廚子。」

「找不到也沒關係，劉大哥慢慢替我打聽著。」夏衿將銀子又推了過去。「不管找沒找到，劉大哥該辛苦、該打點的地方一樣沒少，這銀子你且拿著，要是再推辭，往後有事我就不好意思麻煩你了。」

「行，我拿著。」劉三手裡缺錢得很，昨天為了這事確實辛苦了一天，因此也不推辭，很乾脆地將銀子收到袖子裡。

劉三這裡沒轍，即便夏衿再不情願，也得去找岑子曼了，否則大話說出去了，半個月後開不了業，也是白搭。

她站了起來。「既如此，那我再去別處想想辦法。劉大哥，不管如何，這事還請你幫我留意，有好的下人或廚子，你直接通知魯良。」

劉三也站了起來，將夏衿送到門口。看到夏衿要走，他猶豫了一下，道：「其實，人倒是有那麼一個……」

夏衿見他吞吞吐吐，奇怪道：「什麼人？」這人定然是十分不堪或是十分麻煩，才讓他如此遲疑。

果然，劉三苦笑道：「城北倒有一個人，以前家裡就是做酒樓的，祖傳一身好手藝，說起錢家菜，臨江老一輩的人都還有印象。只可惜傳到錢不缺這一輩，他比我還混呢，吃喝嫖賭樣樣來，把老娘都給氣死，祖產也全賣光，前陣子又把妻女都給賣了，還倒欠了一屁股債。這不，昨晚因為還不出錢，被人打斷了腿。這人做的菜我吃過，味道倒真不錯，就是這性子……」

他說著，嘆息著搖搖頭。

夏衿無語了。

劉三自己就是個敗家子，如今提起錢不缺竟然是這麼一副表情，可想而知錢不缺到底混到何種地步！

「他願意賣身為奴？」夏衿問道。

「嘿，他連他老婆、孩子都肯賣，賣自身算什麼？再說還不出債，沒幾天他也要被人打死，你買他算是救了他的命，他如何不肯？」

見夏衿沈吟，似乎有些意動，劉三趕緊勸道：「要不這人還是算了。你買他，不光要給賣身錢，還要幫他還賭債。聽說他欠了十兩銀子呢，有十兩銀子，多少好廚子買不過來？再說那錢不缺就是一灘爛泥，絕不會好好幹活的。好了傷疤沒過幾日，他定然又會偷偷去賭，到時候再欠了債，你不幫他還都不成，誰叫你是他主子呢。夏公子，你也別急，廚子的事我再替你張羅。錢不缺這玩意兒，你還是別碰吧。」

說著他輕輕拍了嘴巴一下。「也是我嘴賤，要把這人拿出來說，夏公子就當沒聽見。」

夏衿卻笑道：「沒事，你只管把他住在何處告訴我，至於用不用他，我再斟酌。」

劉三又勸了兩次，見夏衿堅決，只得將錢不缺的住址告知。

一頓飯工夫後，馬車在夏家門口停了下來。

夏衿下了車，正要抬腳進大門，守門的婆子便笑著稟道：「少爺，羅府于管家來了，等您好一會兒了。」

夏衿一陣詫異，他來幹什麼？

于管家正由羅叔陪著在前院的偏廳裡喝茶聊天，見夏衿進來，忙站起來拱手行禮。「夏公子，您回來了？」

「于管家怎麼有空過來？」夏衿笑著坐到主位上。

羅叔知道他們有事要談，給夏衿倒了一杯茶，便退了出去。

「我家公子叫我過來幫夏姑娘買廚子。」

夏衿出去轉了一圈，早已渴了，端起茶杯正要喝茶，聽到這句話，手一頓，差點把茶潑出來。

「你家公子，叫你過來幫我妹妹買廚子？」她重複一遍，生怕自己聽錯了。

「正是。」于管家笑道：「我家公子聽夏姑娘要跟岑姑娘合夥開酒樓，擔心一下找不到合適的廚子，正巧有兩戶人家獲罪抄家，他們府上的下人要遣散，便讓小人來問一問，有沒有興趣將他們的廚子買下來。」

夏衿怔怔地望著于管家，久久說不出話來。

她撇開羅騫跟岑子曼開酒樓，又拒絕他的感情，本以為羅騫即便不恨她，也不會再跟她來往。他家世不錯，還是個秀才，品行端正，長相英俊，城裡有多少閨秀芳心暗許，朱心蘭和李玉媛更是為他打破了頭。在世俗的目光中，她與他就是雲泥之別。

如今她絕然拒絕他的求娶，絕對是十分傷自尊的事情。他即便不勃然大怒，也應該拂袖而去，再不看她一眼才對；沒承想，他竟然仍將她的事放在心上，在她遇到難處時，主動幫她！

于管家見夏衿不說話，還以為她誤會自家公子，忙又解釋道：「我家公子說了，他早上聽到有人被抄家，想到夏姑娘正需要廚子，便叫我過來提上一提，讓夏公子不要多想，這事並不牽扯別的。如果已經找好廚子，那就再好不過了，我家公子也替你們高興，絕不會有別的想法。」

開。

說著他站了起來。「如果夏公子沒有別的吩咐，那小人就先告辭了。」拱拱手便要離

「于管家，且等等。」夏衿連忙道：「我妹妹正需要買廚子，你家公子告訴我這消息，可算是幫了大忙。剛才我出去轉了一圈，才知道根本就沒有廚子願意賣身，正為這事頭疼呢，你就雪中送炭來了。」說著，她親自為于管家斟了一杯茶。

雖然不知兩位公子鬧的什麼彆扭，但夏衿能領羅騫的情，于管家還是十分高興的。見她要給自己倒茶，他忙連聲道：「不用不用，我自己來就好。」接過茶杯又一個勁地稱謝。

兩人重新落坐，夏衿向于管家討教。「那兩家的廚子何時發賣？我們應該怎樣做才能將他們買下來？」

「這事夏公子不用操心，只須給董岩十幾兩銀子，讓他明日跟我去一趟省城就是。」

夏衿知道于管家在羅府裡的地位，他是羅夫人和羅騫面前第一得用之人，平時要忙的事很多，于管家是根本離不開的。現在他說出這樣的話來，顯然是羅騫的特意吩咐。

不過這事缺了于管家的指點，還真辦不了。

「如此就煩勞于管家了。」她感激道：「不過這事不急，你且忙著，等哪日有空再去也不遲。」

于管家搖搖頭。「這事還真得明日就辦。去得遲了，那些人不是自己回鄉，就是找了下家。這也是我家公子急著讓小人來告訴您的原因。」

夏衿感激更甚。她從袖子裡掏出一錠銀子，遞給于管家。「感謝的話我就不說了。明日

一應費用打點，我會讓董岩負責的，勞你辛苦跑一趟，這點心意，你且拿著。」

于管家連連擺手。「夏公子，您要是為小人好，就趕緊把銀子收回去。我家公子說了，要是我敢拿您一文錢謝禮，就不必回羅府去了。公子仁善，不會看著小人被趕出來吧？」

夏衿無奈，只得把銀子收了回去。兩人把明日的相關事宜商定，于管家便告辭離開。

望著于管家的背影，夏衿的心久久不能平靜。

上輩子父母過世後，她獨自漂泊在異鄉，操著並不熟練的英文，處理父母後事後，進入魔鬼訓練營，再到殺死仇人為父母報仇，躲避員警的追捕四處逃竄，她永遠孤獨一人。她心裡裝著深仇大恨，肩上扛著復仇重任，每天面對生死，她很累很累，可沒有人能為她分擔，沒有臂膀可以給她依靠。

這輩子重生為十四歲的古代女孩，她依然沒能像其他女子一樣，在父母的羽翼下，享受現成的幸福。她得殫精竭慮謀劃分家，她得想方設法拚命賺錢，她得為父親的醫館操心，她得替哥哥謀劃前程……

她也是女人，也希望能有一個堅實的臂膀為她遮風擋雨，有一個溫暖的港灣讓她停歇。

所以，當初羅騫讓她把羅宇的事交給他，讓她不用操心，現在又派于管家過來，幫她度過難關，她感激之餘，是真真切切感動了。

她的心，從來沒有像現在這般不平靜。一種陌生的、暖暖的感覺，從心底升起，慢慢瀰漫開來。

「公子，咱們回院子去嗎？」董方見夏衿久久沒有動彈，忍不住問道。

夏衿收回目光，搖了搖頭。「不，咱們還要出去。」說著，抬腳往外走去。

董方見狀，只得再次跟上。

不久之後，夏衿和董方出現在知味齋裡，夏衿跟董岩交談了好一陣，拿了些銀兩給他，這才帶著董方回了家。

第五十三章

下午，夏衿仍然跟夏祁去了羅府。

跟上次宣平侯府宴會不同，羅府這次宴會的規模小很多，只請了宣平侯府岑家、知府朱家、同知林家、通判白家、鎮撫使李家這五家。

夏衿則因為岑子曼的關係，跟著她在後院廳堂裡，跟幾家的老夫人、夫人寒暄了好一陣才去花園。她們到時，其他人幾乎都到了。看清楚今天請的客人，夏衿就有些想笑，因為朱心蘭和李玉媛赫然在座。

「岑姑娘妳來了？」沈玉芳看到岑子曼和夏衿進來，忙迎了上來，對岑子曼噓寒問暖。

她母親是羅夫人的遠房表妹，因其父要上京任職，路過此地，羅府便設宴招待；又因羅家沒有女兒，沈家姊妹便成了半個主人，在此接待各位閨閣小姐。

夏衿隨岑子曼跟沈玉芳客氣了幾句，便隱隱聽見男孩子們在不遠處涼亭裡說笑的聲音。

聽到那邊說笑聲裡隱隱有羅騫的聲音，到了多時的朱心蘭按捺不住了，跟岑子曼寒暄幾句後，便向沈玉芳開口道：「我記得羅府園子可好看了，我們能不能去看看？」

沈玉芳含笑道：「自然沒問題，我表姨母說了，今天請大家來，就要讓大家玩得開心。羅家花園雖然沒宣平侯府那麼大，卻也有幾分可看之處。不過大家都剛到，不如吃些點心、喝杯茶再逛吧？我表姨母特地叫人從知味齋買了點心。」

聽她這樣說，朱心蘭也不好堅持，跟著大家一起回到廊下。

「喂，妳幹什麼？」李玉媛突然怒喝一聲，看向朱心蘭。「妳那腳往哪裡踩呢？朱心蘭妳不要太過分！」

大家一怔，紛紛朝李玉媛的腳下看去，卻見她湖藍色的裙襬上，印著一個極清晰的腳印。而剛才，正是朱心蘭從她身邊擠過。

「不就是踩了妳一下嗎？又不疼，用得著這樣急赤白臉嗎？」朱心蘭卻絲毫歉意都沒有，眼裡還帶著不屑。「妳推我下湖我都沒說什麼呢，踩妳一下又怎地？」

朱心蘭不提這話還好，一提這話，李玉媛就火冒三丈。上次出了那事，她回家就被父親搧了兩個耳光，跪了一個時辰，禁足十天。這還不算啥，最要命的是父親強令她上門給朱心蘭賠不是，偏朱心蘭得理不饒人，當著雙方父母的面直接給她甩臉子。

她正要還嘴，站在她身邊的庶出姊姊李玉娟出聲勸道：「妹妹算了吧，要是爹爹知道妳又跟朱姑娘爭吵，回家還得再罰妳。」

想起父親的怒火，李玉媛有些膽顫，可對朱心蘭認輸她又不願意，正為難間，李玉娟又在她耳邊說了幾句話，李玉媛的怒氣一下消散了。她抬起頭看了朱心蘭一眼，忽地展顏一笑。「上次的事是我不好，一會兒我給朱姑娘再賠個不是。」

她這態度的轉變，不光讓朱心蘭一愣，便是其他姑娘都有些不敢置信。

李玉媛的父親是武將，脾氣既粗且急，處理事情的方式甚為粗暴。李玉媛的性子跟她爹一模一樣，否則也不會做出推人下湖的舉動。所以此時她忽然轉了性子，在劍拔弩張的時候偃旗息鼓，在大家看來很不正常。

大家都將佩服的目光投向李玉娟，以為是因為她的規勸，才讓李玉媛有所轉變。

「來，岑姑娘，這邊坐吧。」沈玉芳見岑子曼似乎要往夏衿那邊去，趕緊拉她往裡面那桌的尊位上去。岑子曼只得歉意地看了夏衿一眼，照著沈玉芳的安排坐了下來。

今天羅府宴與上一次宣平侯府宴不同，只要家中孩子適齡，不分嫡庶，都在受邀之列。而且這次宴會是要吃晚飯的，所以即便現在只坐下來喝茶、吃點心，也不能隨意亂坐了，得照著身分尊卑來。

於是，岑子曼、朱心蘭、李玉媛、白通判家的兩個女兒白露、白霜，以及沈家姊妹坐了一桌，庶出的幾個姑娘和夏衿坐了一桌。

林家的家教很好，林雲家庶出的小妹林妤正好坐在夏衿身邊，她擔心夏衿受到冷落，還時不時地轉過頭來跟她說幾句話。

夏衿在說話的時候，無意中發現坐在她斜對面的李玉娟面帶微笑，似乎正專心傾聽旁邊的林婉說話，但她握著茶杯的指節泛白，背脊也挺得筆直。

這看似不起眼的小動作，最能揭示她隱藏的真實情緒。腰背挺直，握東西太過用力而導致指節泛白，這是緊張之故。

可是，她在緊張什麼呢？

夏衿順著李玉娟的目光朝隔壁桌看去，便看那邊幾人也跟這邊一樣，互相說話談笑，氣氛很是和諧；即便是原來爭吵不休的朱心蘭和李玉媛，都緊挨著坐在一起有說有笑。李玉媛還主動將羅府丫鬟托盤上的茶水端下一杯來，放到朱心蘭面前……

夏衿的瞳孔猛地緊縮了一下。

她看到李玉媛的小指在朱心蘭的茶杯邊沿輕輕頓了一下。

夏衿的視線倏地轉向李玉娟。

李玉娟此時正緊張地望著李玉媛，連林婉的問話都沒有聽見。待李玉媛將茶杯放好時，她才鬆懈下來，轉過頭去敷衍林婉。

夏衿無語了。

這個李玉媛，上次把朱心蘭推進湖裡，這次乾脆直接下藥。難道這世上只剩她們，把朱心蘭幹掉後，她就可以嫁給羅騫了？

不過李玉媛不至於那麼笨，當眾下毒藥，那藥無非是想讓朱心蘭出醜罷了。不管怎麼樣，夏衿都不準備插手這件事。上次她救了朱心蘭，朱夫人那頤指氣使的樣子，實在讓夏衿受不了。這一次，她決定袖手旁觀看熱鬧。

「呀！」一聲尖叫從旁邊傳來，接著砰地一聲，一個丫鬟不小心把托盤裡的茶壺摔下來了，裡面冒著熱氣的茶水濺了一地。

這時候，夏衿看到在大家轉頭朝那邊望的一瞬間，一隻手忽然從岑子曼和朱心蘭中間伸了出來，飛快地將朱心蘭面前那杯加了料的茶杯，與岑子曼面前的調換過來。

看清楚那調換茶杯的是羅府的丫鬟，夏衿的眼猛地瞇了一下。

這是什麼情況？

完事之後，那丫鬟悄悄地後退兩步，立到角落裡。大家的注意力全都集中在那壺茶和被茶水濺到的人身上，根本沒人看到她這番舉動。

離落地茶壺最近的是岑子曼和朱心蘭。大家擔心她們被燙著，紛紛出聲詢問。「岑姑娘、朱姑娘，妳們沒事吧？」

沈玉芳還跑到岑子曼身邊，幫她提了提裙子。

「沒事，沒關係。」岑子曼抖著裙子上的茶水道。

那丫鬟離她和朱心蘭還有些距離，茶壺掉下來，只濺了些茶水到她們兩人的裙子上，並沒有人被燙到。

朱心蘭張嘴想要喝斥責罵那丫鬟，但一想這是羅府，太潑辣容易給羅騫留下不好的印象，只得閉了嘴，學著岑子曼，輕描淡寫道：「沒事，就是濺了點茶水。」

「剛才真是嚇我一大跳。」李玉媛道。

大家紛紛附和。剛才那一下，確實把她們嚇得不輕。

「來，岑姑娘、朱姑娘，喝一杯茶壓壓驚再去換裙子。」李玉媛端起桌上自己那杯茶，對岑子曼和朱心蘭道。

茶是剛剛才上上來的，大家說了話，又吃了些點心，也有些口渴，再加上被嚇了一跳，還真需要喝上一杯熱騰騰的茶才能緩過神來；李玉媛這樣說，岑子曼和朱心蘭也得給面子。兩人便沒多想，拿起茶杯喝了大半杯，這才起身去換裙子。

夏衿是有心提醒岑子曼的，但無奈下藥到喝茶間隔時間很短，大家都圍在岑子曼身邊獻殷勤，她坐的地方又離岑子曼較遠，想要走過去阻止她，完全來不及。

而且阻止提醒的事還得悄悄做，夏衿可不願意為了幫別人而給自己惹一身麻煩。還有十幾二十天岑子曼就要離開臨江城了，李玉媛一家卻還在這裡。夏家沒有任何背景，李家想要捏死夏衿，甚至在科舉上動手腳，阻止夏祁拿到功名，也不是難事。

夏衿現在能做的，只能準備些藥物，等岑子曼不舒服的時候出手相助，其他的，她就沒辦法了。

沈玉芳見岑子曼要換衣服，趕緊也站起來道：「岑姑娘、朱姑娘，我陪妳們。」她是主家，岑子曼和朱心蘭要找地方換衣服，她自然要陪著。

岑子曼點點頭，不過並沒有馬上走，而是轉過身向夏衿招了招手。「夏姑娘，妳陪我去換衣服吧。」

如果岑子曼沒叫夏衿，夏衿打算叫住岑子曼的丫鬟雪兒，將剛才的事跟她說一下，並將懷裡的小瓷瓶交給她，以備不時之須。

但岑子曼既然沒忘記她這個朋友，那她便當義不容辭地跟在岑子曼身邊，為她處理這些麻煩了。

「哦，好的。」她站了起來，在大家羨慕的目光中走到岑子曼身邊。

「玉婷，妳帶大家出去逛逛吧。」沈玉芳交代了妹妹沈玉婷一聲，這才帶著岑子曼三人出了門。

四人帶著丫鬟從廊下走了出去，迎面就看到一群男孩子在一座涼亭下，或坐或站，不知在聊著什麼。夏衿眼尖地發現，在那裡招待大家的只有羅府二公子羅宸，羅宇、羅騫都不見蹤影。

想起剛才換茶杯的那個羅府丫鬟，再想想那日在桃樹林裡彈琴吟詩的羅宇，夏衿心裡生出一種荒唐的感覺——事情不會是她想的那樣吧？

朱心蘭在那群男孩中沒有發現羅騫的身影，滿臉失望，而沈玉芳看到作貴公子打扮、被大家眾星捧月一般擁在中間的蘇慕閑，眼裡不由閃過一抹亮光。

剛才出來時，沈玉芳和朱心蘭一人一邊走在岑子曼旁邊，此時趁她們愣怔的當口，夏衿走到岑子曼身後，拉了拉她的衣袖，再給她丟了一個眼色。

岑子曼雖不知什麼意思，但還是退後兩步，跟著夏衿走到一邊。

「妳有沒有哪裡不舒服？」夏衿低聲問道。

岑子曼一怔，臉色忽然一變。「我肚子有點疼。」

夏衿點頭。「一會兒妳別跟沈姑娘走，我懷疑這裡有陰謀。」

岑子曼訝然，正要再問，就聽到沈玉芳道：「岑姑娘，妳跟夏姑娘說什麼呢？」

岑子曼轉過頭去，對她一笑。「我發現我沒帶衣服過來，妳比我矮一些，妳的衣服我穿不了；倒是夏家離這兒不遠，我有衣服放在那裡，我看我還是去夏家換衣服好了。」

說著不等沈玉芳表態，拉著夏衿轉身就走。

「岑姑娘……」沈玉芳還想再說，卻見岑子曼走得飛快，不一會兒就走得老遠，根本就沒給她說話的機會。

「這、這……她這是怎麼了？」沈玉芳轉過頭，不解地問朱心蘭。

要知道，閨秀們參加宴會，總有不小心將衣裙弄髒或濺上茶水的事情發生，所以來的時候，都會讓丫鬟、婆子帶一身衣服備著。剛才沈玉芳都還看到宣平侯府的一個婆子抱著包袱跟在後面呢。

朱心蘭一心牽掛著羅騫，想著要到羅府的後宅去，沒準兒還能遇上他，正興奮著呢，對於岑子曼和夏衿的離開並不在意，敷衍道：「可能有自己的考慮吧。走吧，妳帶我去換衣服。」

沈玉芳無法，只得帶著朱心蘭往後宅走去。

岑子曼跟著夏衿往外走，直到確定已遠離沈玉芳，四周除了雪兒、菖蒲和那個抱衣服的婆子，再沒別人，她才輕聲問道：「剛才怎麼回事？」

夏衿將她觀察到的情況說了一遍。

岑子曼嚇了一跳。「羅家這是想算計我？」想想一陣後怕，一股怒意明顯地浮現臉上。

羅家的三個兒子，一個舉人、兩個秀才，而且品行端正，從不出入煙花之地，也沒有鬧出納小妾、寵婢女的荒唐事來，所以在臨江城裡，即便是庶出的羅宇和羅宸，也是官宦人家結親的理想對象。

但這樣的條件，跟京城的勛貴子弟比，卻是完全不夠看的。不說別的，光是羅維韜庶出的身分，在勛貴們看來就上不了檯面，肯跟他們結親的，唯有京城裡那些根基較淺的小官家庭。

所以即便羅夫人將羅騫當成稀世珍寶一般，而且跟宣平侯老夫人素有淵源，仍不敢在她面前提半句求娶的話。

岑子曼本身雖沒有門第之見，但她對羅家三子都沒有感覺，所以對羅府竟然敢暗算自己異常憤怒，拉著夏衿就快步往外走。「走，去找我祖母去。敢暗算我，真是吃了豹子膽了他們！」

夏衿卻拽住她。「妳覺得肚子怎麼樣？是不是很疼？」

岑子曼眨了眨眼，對夏衿搖搖頭。「還是剛才那種隱隱的疼，不是很痛。」

「既然不是很痛，這藥又是李玉媛下的，此時去找妳祖母大鬧羅府，真的好嗎？」

岑子曼一怔，想了想。「也是。」她轉問夏衿。「妳說怎麼辦？」

夏衿的目光落到抱著衣服跟在後面的婆子身上，嘴裡卻是絲毫口風都不吐。「我不知道。要不妳先到我家換衣服，想想再說？」

岑子曼順著夏衿的目光看去，看到那個婆子，眼眸頓時一亮。

宣平侯府的婆子向來都不是簡單的角色，有些是宣平侯老夫人從娘家帶過來的陪嫁，有的則是跟宣平侯出征打仗老兵的妻子，一個個手裡都有點功夫，處理事情也毫不含糊。

「等等。」她對夏衿道，走到那婆子身邊，對她嘰嘰咕咕說了好一陣。那婆子點點頭，將包袱放到雪兒懷裡，便轉身去了。

「咱們找個地方待著。」岑子曼走到夏衿身邊，神色明顯鬆懈下來。

夏衿也放鬆下來。

羅維韜、羅夫人和羅騫她都接觸過，在她看來，即便羅維韜夫婦有心想讓羅騫娶岑子曼，也不會冒這麼大的風險，做出如此下作的算計；更何況，這不是結親，這明顯是結仇。最有可能做這件事的，就是章姨娘或者羅宇本人。他們藉由暗算得到岑子曼的身子，岑家即便再不願意，也只能讓岑子曼嫁給羅宇了。娶了侯府千金，羅宇想要什麼樣的前程沒有？而章姨娘那頭，新進的小妾再受寵，也威脅不了她的地位，她甚至可以跟羅夫人平起平坐。

在這一件事情上，以夏衿的身分她是不方便出手的。她既不能在羅府亂走，關鍵時刻也不能幫羅騫出頭；而就此袖手走了，她又怕羅騫著了章姨娘和羅宇的道。要知道，此時羅府裡還有朱心蘭和李玉媛呢。

如今由宣平侯府的婆子去處理此事，她也就放心了。

第五十四章

「往這邊走吧，這裡出去是羅府的角門，守門的人少。」夏衿指著旁邊的小路，對岑子曼道。

「啊？太好了。」岑子曼很高興。她本打算不出羅府的，一出門就會有人稟報羅府的人，一旦打草驚蛇，剛才過去的唐嬤嬤就找不到證據了。

但對於她的清譽來說，去夏家換衣服總比留在羅府強。如今從角門出去，打量看門的人，神不知、鬼不覺的，倒是兩全其美。

兩人往小路走，正好一路都沒遇上人。到了角門處，沒等夏衿反應過來，岑子曼就手起拳落將看守的中年男子打暈過去。

「走吧，咱們快去快回，一會兒羅府肯定要鬧起來了。」岑子曼此時完全沒有了驚慌憤怒，臉上全是看熱鬧不嫌事大的滿滿興奮。

雖然夏宅離羅府並沒有多遠，為了快去快回，兩人還是決定坐馬車。岑子曼的馬車太顯眼，叫人駕車過來鐵定會被羅府發現，於是乾脆攔了一輛載客的馬車，直奔夏家而去。

舒氏見女兒剛去羅府沒多久，就帶了岑子曼回來，甚是詫異，夏衿也沒多作解釋，只說岑子曼裙子髒了，過來換衣服。

夏衿為了遮掩自己隨身帶著各種成藥的行徑，進了夏府後，就將岑子曼送給她的那堆衣服翻出來，給她換上，自己則進了裡屋，找出一個小瓷瓶，出來遞到岑子曼面前。「李玉媛下的就是普通瀉藥，而且她當時過於緊張，只用指甲挑了一點下在茶裡。妳又沒把那杯茶喝完，即便不吃藥，最多肚子疼一會兒就沒事了，妳自己決定吃不吃藥吧。」

「吃！我可不願意肚子疼。」岑子曼一把將瓷瓶搶過來，將裡面的小藥丸倒出來。「吃幾粒？」

「一粒即可。」

岑子曼就著菖蒲遞過來的水，將一粒藥服下。

吃完藥，她扯了扯剛換上的衣服，問夏衿。「給妳的衣服怎麼不改來穿？」

她雖跟夏衿差不多大，但比夏衿高䠷豐滿一些。夏衿要穿她給的衣服，就得改尺寸；可夏衿翻出來的這堆衣服，全都沒動過，顯然是沒打算穿。

「料子太好了，我沒有場合要穿這樣的衣服。」夏衿道：「再說，我現在個子長得很快，半年後沒準兒就能穿得合身了，根本不用改。」

岑子曼一揚手。「回去我叫人再給妳拿幾塊料子過來，叫妳娘給妳做了穿。好衣服就要趁早穿，哪能壓在櫃子底下讓它發霉。」

夏衿知道要是推辭，岑子曼準不高興，只得道了謝。

果然，見夏衿性子爽快，岑子曼十分高興。兩人喝了一杯茶，這才又乘馬車回了羅府。

進羅府角門時，那守門人還暈在地上不醒人事。

「我說，妳的手到底下得多重啊，打得人這時候都沒醒。」夏衿真是無語了。

岑子曼嘿嘿一笑。「不好意思，手勁稍過了一點。」說著又張眸看向夏衿。「妳有辦法讓他醒來吧？總躺在這裡，不是個事。」

妳也知道不是個事啊？夏衿暗地裡翻了個白眼，從袖子裡掏出一個小布包，打開布包，裡面是十幾枚長短不一的銀針。

夏衿挑出一根銀針，一針下去，那人呻吟一聲，緩緩睜開眼。

岑子曼上前一把揪住他的領子，沈著臉，半瞇著眼睛低聲問道：「你認得我是誰嗎？」

「妳、妳是宣平侯府的岑姑娘。」沒想到那人倒是知道。

「你既認識我，這話就好說了。」岑子曼道：「剛才我們出去，並且打暈你這事，半個時辰之內不許說出去，知道了吧？你要做不到，我回去的時候就向羅夫人討要你，至於討要過後怎麼處置，就不好說了。」

「不說不說，小人一字都不往外說。」那人被岑子曼這一嚇，連連保證。

「半個時辰內不許說！」岑子曼眼睛一瞪。

「是是，小人半個時辰內絕對不說，半個時辰之後，小人再悄悄將這事告訴我家夫人。」那人也是個機靈之人，一聽就明白了岑子曼的言外之意。

岑子曼這才滿意地將他放開，拍了拍手，施施然往羅府裡走去。

夏衿搖了搖頭，跟了上去。

兩人穿過一條巷子，剛剛踏進花園，就看到宣平侯府那個姓唐的婆子站在那裡。

「唐嬤嬤，妳這是在等我嗎？」岑子曼一看到她就歡快地跑了過去。

唐嬤嬤其實年紀也不大，也就四十多歲。往時一說話都笑咪咪的，為人很是和善；但這次，她的表情卻極嚴肅。看到岑子曼朝她跑過去，並沒有理岑子曼，而是走到夏衿面前，深深行了一禮。「老夫人讓奴婢給姑娘道謝，謝謝您救了我家姑娘。老夫人說，姑娘對岑家的恩情她會記在心裡的。」

「唐嬤嬤，出了什麼事？」岑子曼被她這架式嚇了一跳，斂了笑容急問道。

夏衿心裡也肅然。羅府剛才定然發生了大事，否則宣平侯老夫人不會說出這樣的話。

唐嬤嬤露出為難的神色，似乎不知如何開口。

岑子曼是個急性子，一刻等不得，搖著唐嬤嬤的手臂急道：「發生了什麼事，倒是快說呀。」

「好吧。」唐嬤嬤道：「即便奴婢不說，兩位姑娘總會知道的。」她清了一下嗓子。「剛才大家逛園子的時候，在一間屋子裡發現羅大公子和李二姑娘衣冠不整。羅大人和李大人都氣得不輕，決定給他們馬上訂親，擇日完婚。」

岑子曼和夏衿俱是一驚。

「李二姑娘，是李玉媛？」夏衿問道。

唐嬤嬤點點頭。「正是。」

「可是……可是怎麼會發生這種事呢？」岑子曼猶覺得不可思議。

「據說，他們都中了春藥。」唐嬤嬤道。

「春藥？」岑子曼聲音都提高了幾分。「天哪，誰這麼下作！」

唐嬤嬤的眼睛半眯起來。「除了他們，還有一個人中了春藥，不過被人發現了，及時解了藥效。」她看著岑子曼，一字一句。「那人是朱姑娘。」

「她怎麼……」岑子曼正要感慨，可話說到一半，忽然就失了聲，眼睛瞪得老大。

她轉頭看看夏衿，再看看唐嬤嬤，結結巴巴道：「妳是說，她是喝了我那杯茶才、才……」她驚駭得話都說不下去。

唐嬤嬤重重地點了點頭。

岑子曼瞪著眼睛，半晌說不出話來。

夏衿倒不意外。章姨娘和羅宇算計岑子曼，是她已猜到的事，想來端給岑子曼的那杯茶裡，就已被人下了春藥；只不知怎麼回事，又被人換給了朱心蘭，岑子曼反而喝了李玉媛下的瀉藥。

那給岑子曼和朱心蘭換茶杯的幕後指使人是誰？給朱心蘭下瀉藥的李玉媛，為什麼又中了春藥？

「查出是誰換茶杯的嗎？李玉媛的藥，又是誰下的？」她問唐嬤嬤。

唐嬤嬤搖搖頭。「發生了這樣的醜事，哪還有人顧得上查這個？現在羅家和李家只顧著收拾爛攤子，其他人都帶著兒女回家去了。蘇公子也被老夫人趕回去了，只有老夫人還在羅府裡等著妳們回來。」

她望著兩人。「老夫人說，妳們回來也別進去了，直接到車上等著，待奴婢去稟了她之後出來一起走。」

「哦，好。」岑子曼仍是有些呆呆的，顯然被這事嚇得不輕。

唐嬷嬷不放心，將岑子曼和夏衿送了出去，直到看見她們在車上坐定，這才轉身進了羅府。

「妳說，這事會是誰做的？」上了車，岑子曼仍是驚魂未定。

夏衿搖搖頭。「這種事，沒有證據不好猜測。」

其實在她看來，事情再明白不過了。定然是羅夫人或羅騫出手，否則羅宇總不可能給自己下藥，去跟李玉媛鬼混吧？

「太可怕了。」岑子曼感慨道。

看她這樣，夏衿不由得奇怪。「豪門大戶裡，這種事很常見吧？」

「或許吧。」岑子曼的聲音悶悶的。「以前也聽人說過，不過我從沒想過這種事情會發生在我身上。在京城裡，我很少跟那些名門閨秀來往的，總是跟我哥他們往軍營裡跑。」

「那妳以後總要嫁人吧？」夏衿都不知說什麼好了。宣平侯老夫人是個挺睿智的人啊，她這樣教育孫女，岑子曼以後怎麼在夫家生活呀？

「我才不要嫁人。」岑子曼將頭靠在夏衿肩上，聲音變得更悶了。

夏衿安撫似地摸摸她的髮鬢。

「謝謝妳，要不是妳，我今天肯定被人暗算了。」岑子曼又道。

「發現這種事，誰都會出手相助的。」

岑子曼搖搖頭，沈默著沒有再說話。

沒過多久，一道腳步聲從羅府方向傳來，緊接著唐嬤嬤的聲音在車外響起。「姑娘，老夫人出來了。」

岑子曼坐直身子，打開車窗，便看到宣平侯老夫人正從一頂軟轎裡下來。

老夫人走到車窗前，看了岑子曼一眼，見她好好的，遂放下心來。「走吧，一起送夏姑娘回去，咱們再回家。」

「老夫人，不用這麼麻煩，我雇輛馬車回去就是了。」夏衿推辭道。

她在跟著宣平侯老夫人出來的岑府下人裡找了找，沒找到夏祁的身影，忙問道：「老夫人，我哥呢？」

宣平侯老夫人張著嘴還沒說話，夏衿就看到夏祁的身影出現在羅府的大門口，跟在他身後一起出來的，是羅騫。

宣平侯老夫人指著夏祁笑道：「那不是妳哥哥？」

夏衿跟岑子曼告辭。「我跟我哥回去就好了，妳們不用送了。」

夏祁顯然也知道羅府裡出的事，見妹妹活蹦亂跳的，滿臉笑容，一副不知愁的樣子，他一直提著的心終於放了下來，迎著夏衿走過來，又向宣平侯老夫人道謝。

宣平侯老夫人揮揮手。「行了，你們既然不讓送，我也不嘮叨了。」轉頭吩咐下人駕車離去。

羅騫靜靜地看著夏衿，臉上並沒有表情，直到夏衿跟著夏祁上車，他都沒有說一句話。

「妳沒事吧？」夏祁在車裡低聲問夏衿。

「沒事。」夏衿搖搖頭。

夏祁凝眸看著她，許久沒說話。

夏衿剛剛還感慨這一世有父母，還有哥哥的疼愛，可見夏祁這樣看她，她渾身不自在起來，摸著臉笑問道：「怎麼這樣看我？我臉上有花嗎？」

夏祁沒有說話，只把臉轉了過去，面對車前；過了一會兒，又將臉轉了過來，輕聲道：「羅三公子託我給妳帶了一句話。」

夏衿心裡一跳。「什麼話？」倒不是她不淡定，實在是夏祁這個樣子讓她心裡毛毛的。

夏祁凝望著夏衿的眼睛，緩緩道：「他讓我說，他說過的，一切都交給他。」

夏衿一愣，半晌沒反應過來羅騫話裡是什麼意思。

他是對她說過，讓她不用操心，羅宇的事，交給他處理。但他特意託夏祁將這話帶給她，她覺得指的不光是羅宇，還有她的事。這話外音，她還是能聽懂的——一切風雨交給我，我替妳遮擋。

可今天的事，跟她有什麼關係嗎？

「你們剛才在府裡，到底發生了什麼事？」她問道。

夏祁正要張口，夏衿忽然記起馬車前面坐著的不是魯良，趕緊止住夏祁道：「這不是說話的地方，一會兒回家再說。」

夏祁看看很快就到家了，便閉了嘴。

舒氏見夏衿剛剛才跟岑子曼出去，轉眼就又回家來了，很是詫異。「怎地又回來了？」

「那邊宴會散了。」夏衿道。

舒氏一愣。「就散了？不是說要吃晚飯嗎？」

「我猜錯了，人家這種宴會不吃晚飯的。」夏衿不願意讓舒氏知道這些事情。她擔心舒氏知道了，覺得官宦人家太亂，不讓她跟岑子曼、羅騫等人來往了。

舒氏聽夏衿這麼說，便信以為真。「我叫廚房多備些菜。」說著起身去了廚房。

夏衿將下人們都打發出去，這才對夏祁道：「你可以說了。」

夏祁仔細回憶了一下，道：「原本大家都在的，羅家三兄弟表現得還挺和睦的，林公子讓羅騫喝酒，羅宇還說三弟身體不好，代他喝了一小杯，羅宸也笑著低聲跟羅騫說了幾句話。

「等我們玩投壺的時候，羅宇就不知道去了哪兒；羅騫跟我們玩了一輪，也毫無聲息地不見了蹤影；三兄弟裡羅宸的性子最內向，他都不大跟人說話，總跟朱知府家的大公子朱友成在一起。我們投壺時他們就在旁邊喝酒，後來我回頭看時，發現他和朱友成也不見了。」

夏衿眉頭一皺。「朱友成……朱心蘭的哥哥，那個曾在大街上調戲女人的紈袴？」

夏祁點點頭。「對，就是他。」

朱大公子朱友成，色心極重又不知遮掩。兩年前曾在街上調戲一個已婚的美貌婦人，害得人家差點撞牆而死。對方丈夫上衙門向朱知府狀告他兒子，在臨江城裡引起很大的轟動。

夏衿的眼眸變冷，再想到方才羅騫的話，隱隱猜到了羅宇的打算。

羅宇這是要藉羅府宴，再算計她一次了。朱友成，一個好色之徒，用他來調戲她這平民女子，再合適不過。到時候朱友成裝作喝醉，再承擔起納她為妾的責任，就沒人指責他了；但她除了做朱友成的小妾，別無第二條路可走。

而她成了朱府小妾，即便以後夏祁在科舉路上走得再遠，當再大的官，夏家都抬不起頭來。

羅宇，好歹毒的心思！只讓他娶個李玉媛，真是太便宜他了。

她面無表情地道：「後來怎樣，你接著說。」

夏祁敏銳地感覺到妹妹身上氣壓忽然變低，不明白她為什麼忽然生氣了。

這時的夏衿是不能惹的，他一句話都不敢問，凝了凝神，繼續道：「他們離開一頓飯工夫後，就有白通判家的下人過來，說白大人身體不適要回家，讓白公子伺候著一塊兒回去；緊接著林雲家也派人來叫他了。林雲本想叫我一起走的，宣平侯老夫人卻派了人來，讓我去見她。待我進了前廳，廳堂裡就只有宣平侯老夫人在那裡。我問她妳去哪裡了，她說妳跟岑姑娘回家換衣服了，讓我不要擔心，又吩咐我在一旁坐著，哪兒都不要去。

「後來羅夫人進來了，跟宣平侯老夫人到偏廳裡說了好一會兒的話，出來時宣平侯老夫人一臉盛怒，羅夫人則連連致歉。半盞茶後羅騫也來了，說妳們已回來，在外面馬車上等著，於是我就跟著他們一起到門口見妳們。」

第五十五章

知道了事情的經過，夏衿站起來叮嚀道：「這件事你別跟爹娘說，免得他們擔心。」

夏祁點了點頭。

夏衿不是肯吃啞巴虧的個性，即便羅宇沒有算計到她，這番舉動還是徹底惹惱了她。但這一切畢竟是她的猜測，報復羅宇之前，她還得好好調查一番。

這天吃過晚飯，等到天完全黑下來，夏衿便換了夜行服，躍上牆頭……

「喝！」看到一個人坐在她家前廳的屋頂上，她差點嚇了一跳。定睛一看，才發現那人正是蘇慕閑。

她頓時氣不打一處來，走過去用腳踢了他一下。

蘇慕閑不知在想些什麼，正想得出神呢，被她這一踢，差點喊出聲來。

夏衿連忙摀住他的嘴，低聲咬牙地道：「你敢喊出聲，我就把你扔下去。」

「唔唔……」蘇慕閑拚命搖頭。

夏衿這才將他放開，也不搭理他，逕自轉身朝遠處跑去，直到跑到上次說話的地方，才停了下來，轉過身問蘇慕閑。「我說，你整天待在我家屋頂幹什麼？你是偷窺狂嗎？」

「不是，我沒有。」蘇慕閑的臉脹得通紅。「我就上次和今晚來了，以前都沒來過。而且我都是特意到前廳屋頂等妳的，後院從沒去過。」

夏衿也知道蘇慕閑說的是實話，他要是到了後院屋頂，她絕不可能沒察覺。不過她仍沒給蘇慕閑好臉色，皺眉問道：「你又來找我幹什麼？」

「我……」蘇慕閑說了一個字，就頓住了，紅著臉半天說不出話來。

「你不說，我可走了。」夏衿看不得他這模樣。

「別走，我說、我說。」蘇慕閑一把拉住夏衿。

夏衿看向他的手。「放手。」

蘇慕閑這一次卻沒有放手，反而把她的胳膊抓得更緊了。「我要娶妳。」

「我說你沒病吧？這問題我說了多少次，你怎麼就說不通呢？下次來，你能不能換句臺詞？」夏衿不耐道。

「今天羅大公子只是摟了李姑娘一下，大家就逼著兩人成親。」蘇慕閑的臉雖然很紅，但話卻說得順溜起來。「咱們、咱們都那樣了，妳不嫁給我，還能嫁誰？」

夏衿倒是冷靜下來，忽略他後面的那幾句話，問道：「你知道今天的事？」

蘇慕閑點點頭。「我耳尖，他們說的話我都聽見了。」

這叫得來全不費工夫，夏衿出來正是去打聽這件事的，既然蘇慕閑知道，她就不用費事了。

她拍拍蘇慕閑的肩膀。「你把手放開，咱們找個地方坐下來，你把今天的事好好跟我說說。」

見夏衿沒有逃跑的意思，蘇慕閑聽話地放了手，跟著夏衿到路邊坐下來。

「說吧，把你知道的都說一遍。」

蘇慕閑跟夏衿雖出身不同，各自懷有秘密，一個單純、一個心思重，但兩人卻是最相似的一類人，那就是完全不受世俗禮教的束縛，想幹什麼就幹什麼。

所以兩人相處，完全沒有繁文縟節，說話直截了當，極為坦誠。

蘇慕閑都沒把夏衿當女子，沒考慮過哪些話該說給她聽，哪些話不該說，一五一十地把知道的事情說了一遍。

不過聽蘇慕閑說了一遍，夏衿就失望了，蘇慕閑知道的並不比夏祁多多少。

末了，蘇慕閑還將話題繞了回來。「妳看，大家都認為羅大公子得娶了李姑娘，才能保全李姑娘的名聲。咱們……反正我得娶妳。」

夏衿以前覺得這小子單純得可愛，可現在卻令人頭痛。

不過她這次沒有敷衍蘇慕閑，而是問道：「你應該知道，娶妻不是自己想娶就娶的，必須是父母之命、媒妁之言吧？你要娶我，你父母同意？」

蘇慕閑點了點頭。「我上次回京城，跟我爹說了這件事，他同意了。」他從懷裡掏出一只金絲楠木木盒。「這是我爹給我的，說是聘禮。」

他將木盒打開，遞到夏衿面前。夏衿定睛一看，裡面躺著一支金鑲玉的步搖，十分貴重精美。

夏衿無語了。她以為蘇慕閑不諳世事，是從小在寺廟裡長大的緣故，現在才知道，原來這根本就是遺傳。那位武安侯爺，做起事情來比蘇慕閑還要隨心所欲。

這條路走不通，她只得從另一方面入手。「上次你被追殺是怎麼回事，你查清楚了嗎？」

蘇慕閑神情有些黯然。「我問過我爹了，是我弟弟派人做的。他派人追殺我的事被我爹發現了，才不得不將那些人召回，讓我逃過一劫。」

「你弟弟？」夏衿大吃一驚。「親弟弟？」

蘇慕閑點點頭。

夏衿半晌說不出話來。

前世這種兄弟鬩牆的事，她見過很多；本以為在這以孝治天下的時代，這種事會少一點，卻沒想到今天就聽到了兩起手足相殘的事情。

「他是想要你的爵位？」她又問道。

蘇慕閑驚奇地看了夏衿一眼。「妳怎麼知道？」

夏衿翻了個白眼。「這種事用腳趾頭都想得到，若不是為了爵位，無冤無仇的他殺你做什麼？」

蘇慕閑默然。

「他現在怎麼樣了？」夏衿又問。

「被我爹打了幾十板子，我娘求情才饒了他，現在正關在家裡呢。」

「你們就兩兄弟，沒有別的兄弟姊妹？」

「是。」

「你爹身體很不好？」

蘇慕閑望向夏衿的目光越發驚奇。「妳怎麼知道？正是因為我爹身體不好，他才叫人將我從寺廟裡接回來的。」

「明白了。」夏衿嘆了口氣，同情地拍了拍蘇慕閑的肩膀。「可憐的娃，你這樣很危險啊，你弟弟定然不會放過你的。反正你死了，你爹娘總不能把你弟弟給殺了吧？到時候他們再氣，剩下一個兒子，也不得不讓他襲爵。你死了也只能是白死，你那狼心狗肺的弟弟正是想通了這一點，才對你下死手的。」

蘇慕閑臉色發白，不過嘴裡仍不肯承認。「不會的，我弟弟當著我爹娘的面發過誓，絕不會再傷害我。」

夏衿嗤地一笑。「這種話你也信！」

她站了起來，居高臨下地對蘇慕閑道：「我現在活得好好的，可不想陪你被人追殺，時時擔心掉腦袋，所以呀，娶我的話你千萬別再說了。咱們無冤無仇的，我還救過你，你總不能恩將仇報，害我也掉腦袋吧？」

蘇慕閑站起來，認真地看著夏衿。「給我半年，我會把這事處理好的。解決這件事後我再上門求親，總沒問題了吧？反正妳才十四歲，咱們不急著成親。」

夏衿都無力吐槽了，她要怎樣才能說服這個一根筋的傢伙呀！

誠然，提親是他的事，拒絕是她的事。她完全有信心說服夏正謙、舒氏不答應這門親事；但武安侯世子上門求親，還被人拒絕，這在臨江城該是多麼轟動的大事啊？到時候她不管去哪裡，都要被人指指點點。拒絕這門親事，恐怕不會有人再敢上門提親！

所以，她真不敢放任這傢伙不管，讓他做出難以收拾的事情。

「你跟我來。」夏衿丟下一句話，便朝城北奔去。

蘇慕閑的功力也不比夏衿差多少，在夏衿的有意放慢速度下，他始終跟在夏衿身後十幾步。兩人一前一後，一頓飯工夫後，夏衿在一片破舊的房屋頂上停下腳步。

「妳到這裡來幹啥？」蘇慕閑喘著氣，忍不住問道。

夏衿卻沒回答。跳下屋頂站在狹窄的街道上看了看左前方那棵大榕樹的方位，然後一躍而起，跳上牆頭，進了一個小院子。站在窗戶前傾耳聽了聽，她一腳踹開旁邊的木門。

蘇慕閑好奇地跟了進去，卻從屋裡迎面飄出一股難聞的味道。

「誰？是誰？」聽到踹門聲，黑漆漆的屋裡響起驚慌的聲音。

嚓地一聲，屋裡亮起微暗的光。緊接著，燈光漸漸亮了起來，蘇慕閑才發現夏衿手裡不知何時拿了一盞油燈。

「你、你們是誰？」那個男人的聲音再次響起。

蘇慕閑這才看清楚，這個房間除了一張由一塊木板、兩張條凳組成的床鋪，空空蕩蕩的什麼都沒有。床上的那床破棉絮，比當初他受傷時蓋的還要破，油膩膩的早已看不出原色。棉絮下，是一個四十來歲的男人，他正驚慌地看著夏衿。

「錢不缺？」夏衿冷冷的聲音在屋裡響起。

錢不缺看清楚夏衿和蘇慕閑雖然蒙著面，身上穿著夜行衣，但明顯不是那些追債的混混，不由得鬆了一口氣，應聲道：「是，我是錢不缺。」繼而又疑惑道：「你們是……」

夏衿卻沒回答他的問題，目光往他身上瞥了一眼。「你這腿，是討賭債的人打的？」

說起這事，錢不缺就一臉憤然。「可不是他們打的！待老子翻了本，定要叫人把他們打一頓。他們打斷我一條腿，我要他們兩條腿償還……」

他話還沒說完，忽然尖叫起來，聲音淒厲得嚇了蘇慕閑一跳，卻是夏衿不知何時將兩根銀針扎在他露在外面的兩隻腳趾上。

「啊！疼、疼……」錢不缺的五官皺成一團，聲音刺耳得快要把屋頂掀開。

夏衿皺了皺眉，似乎是嫌錢不缺太吵，抬起腿來在他身上敲了一下，錢不缺頓時啞了聲音，但那發抖扭動的身體和變形的五官，顯示著他正忍受著難言的痛苦。

「妳這是……」蘇慕閑看得目瞪口呆，不知這人到底是怎麼得罪了夏衿，夏衿要這樣把他往死裡折騰。

夏衿卻不理他，看到錢不缺疼得快暈過去了，將銀針拔了出來。

錢不缺大口大口地喘著粗氣，渾身是汗，像是從水裡撈出來一般。

「還想去賭不？」夏衿問道，用腳踢了他一下。

「不、不賭了……」錢不缺的嘴裡終於發出聲音，只是沙啞得讓人辨識不清他在說什麼。

「我現在帶你去一個地方，等你腿養好了，就給我老老實實做菜。只要敢打歪主意或想逃跑，你就會嚐到這種疼痛。等你賺夠十兩銀子還了賭債，咱們再說別的。」

想起剛才那種痛不欲生的感覺，錢不缺猛地打了個寒顫，連聲道：「不逃、不逃！」

他腳斷了，又沒人照顧，躺在這裡也是渴死、餓死。跟了夏衿，好歹有人給他做口飯吃，即便夏衿不威脅他，他也願意的。至於腿好之後怎麼樣，到時再說。

夏衿似乎早有準備，她從懷裡掏出一雙手套來，將錢不缺用破棉絮一裹，伸手一提，就像拎包裹似地將他提在手上，轉身走出門。

蘇慕閑早已被夏衿這土匪般的手段嚇傻了。直到夏衿的身影消失在門口，他才清醒過來，連忙拔腿追了出去。

夏衿手裡拎著人，速度卻跟來時一樣快，一頓飯工夫後，她跟蘇慕閑又重新出現在城東，進了岑子曼交給她的那座酒樓的院子裡。

夏衿將錢不缺扔在小院後面的一處房間裡，戴著手套在他斷腿上摸索一陣，忽然咯地一聲，伴隨著錢不缺的一聲尖叫，將他的斷腿骨正好，再從袖子裡掏出一包藥來，敷在上面，用兩塊木板上下固定住，再用布條綁好。

做完這些，她才從懷裡掏出兩個布包著的饅頭，扔在疼得滿頭是汗的錢不缺面前。「幸虧遇上的是我，否則你這腿就廢了。」

錢不缺此時不知該恨眼前這個人還是該感激了，他顫抖著手撿起饅頭，啞著嗓子道了聲「多謝」。

夏衿瞥了他一眼，轉身出了房間。

蘇慕閑正目光複雜地看著這一幕，見夏衿離開，忙跟了出去。可走到門口，他就頓住了。

月光下，夏衿正麻利地搖著井上的軲轆，提了一桶水上來。她將桶子從鈎子上取下，提進房間，放到錢不缺的床邊。

正狼吞虎嚥啃饅頭的錢不缺看到面前的水桶，不由得一怔，抬起眼來呆呆地望著夏衿……

今晚是初十，天邊掛著一輪彎月，配著幾點星光。蘇慕閑跟在夏衿十幾步遠處，看著前面如鴻雁一般飄逸灑脫的背影，心緒複雜得難以言喻。

過了一陣，前面的身影停了下來，蘇慕閑這才訝然發現，他們腳下踩著的是羅府的屋頂。

「喂，妳到這裡來幹什麼？」蘇慕閑的心提了起來。

不怪他多想，剛才見錢不缺被折磨得生不如死，夏衿卻始終漠然冷靜，這讓他感到不寒而慄。如今夏衿跑到羅府，不知道又要幹出什麼事情來。

夏衿卻沒有理他，而是伏下身子，輕輕將腳下的瓦片抽掉，屋子裡的亮光頓時從洞裡照射出來。

然後，夏衿低下身子，朝屋裡看去。

蘇慕閑被她這動作激起十二分的好奇。

他轉頭四處看了看，發現這裡正是羅家三兄弟帶他們參觀過的地方，即羅大公子羅宇的起居之所。

夏衿到這裡來，想要看什麼？

他終於抑制不住好奇，也學著夏衿，輕輕將腳下的瓦片抽掉，矮下身朝下面望去。

只見屋子裡燈光下，羅宇正來回轉著圈，嘴裡嚷道：「……肯定是羅騫，一定是羅騫，這府裡還有誰會這樣害我？還有誰有這樣的心計？竟然把我打暈，扔到那屋子去，又給李玉媛下了春藥……還帶人去觀看，好歹毒！把他千刀萬剮都不為過！娘，我要他死、我要他死……」

在他旁邊，站著一個美貌婦人，便是羅宇的親娘章姨娘，她不住地安慰他。「宇哥兒，冷靜，你要冷靜……」

「冷靜？我怎麼冷靜得下來？明日爹就要上門去議親，一個月後就要完婚，妳叫我怎麼冷靜?!」羅宇咆哮道：「那女人又醜陋、又粗鄙，還愚蠢之極，父親還是個武將不能給我一點助力，娶這樣的女人，妳叫我怎麼能冷靜？」

章姨娘嘆了口氣，揉揉眉心，臉上滿是疲憊之色。「可事情已這樣了，咱們還能有什麼辦法？還是想想怎麼平息宣平侯府和你爹的怒火吧。至於女人，娶進來又有什麼打緊？不滿意你再納幾個美貌小妾就是。」

這話不說還好，一說羅宇更是暴跳如雷，頭上青筋都出來了。「那些人的藥又不是我下的，要怪也怪不到我頭上，憑什麼宣平侯府就把屎盆子往我頭上扣？難道就因為我是小妾生的，活該受這樣的氣？我不服！」

聽他說「小妾」兩個字，章姨娘的臉色變得很不好看。

自家事自己最清楚，下沒下藥，母子倆都是瞎子吃餃子——心裡有數。羅宇現在說這些話，一個是裝傻，希望這些話能傳到羅維韜耳裡，就盼親事能有轉圜的餘地；另一個就是埋怨自己的娘親事情沒辦好，不但沒害到羅騫，反而讓羅騫把他給害了。

第五十六章

章姨娘的聲音也變冷了，神色也淡淡的。「有宣平侯府的人插手，你爹已把煙蘿提走了，聽說還找了李家的大姑娘……有些事，怕是瞞不住。」

煙蘿，便是在宴席上下藥的丫鬟。

羅宇的臉色變得一片灰敗。他頹然坐到凳子上，眼裡失去了神采。

「你先把婚事答應下來，成了李家的女婿，宣平侯老夫人和你爹對你也不會處置太過……」章姨娘仍在苦口婆心地勸著。

蘇慕閑還待再聽，卻見夏衿已直起身來，朝另一邊躍去，他以為夏衿要走，顧不得把瓦片放回去，連忙也跟上，然而剛走了幾步，便看到夏衿停下來，躲在屋簷邊不知幹什麼。

蘇慕閑放輕腳步，緩緩走到她身邊，就看到有人提著燈籠走過來，看身影是兩個小丫鬟，一個提著燈籠，一個手裡拿著托盤，托盤裡的碗碟還冒著熱氣。

兩人漸漸近了，眼看就要走過夏衿腳下，夏衿忽然一個翻身就倒掛到屋簷下，緊接著聽到咕咚一聲，旁邊響起一聲動靜。趁兩個丫鬟轉頭去看的工夫，夏衿將手裡的東西放進那冒熱氣的碗裡，她自己則翻身上了屋頂。

這一連串動作，就發生在一瞬間，待蘇慕閑眨了眨眼回過神來，兩個丫鬟已互相安慰著「沒事」、「沒準兒是野貓」地走遠了。

夏衿仍是沒理蘇慕閑，越過他又回到那抽了瓦片的洞口前。蘇慕閑也趕緊回去，朝下面張望。

只見那兩個丫鬟已進了屋，端著托盤走到章姨娘面前，稟道：「姨娘，您吩咐的湯已熬好了。」

「嗯。」章姨娘應了一聲，親手端了那碗湯，還用湯匙攪了攪，遞到羅宇面前，柔聲道：「好了，別生氣了，氣壞了身子不值當。晚飯你也沒吃，喝點湯吧，我一早叫人熬的，趁熱喝。」

羅宇是個大小伙子，正是最能吃的時候。晚上賭氣沒吃飯，此時正餓著，聞到湯裡散發出來的香氣，他也頂不住了，接過湯便三兩下喝了個底朝天。

蘇慕閑正猜測著夏衿在這碗湯裡放了什麼，就感覺頭上發疼，好像有人在扯他的頭髮，轉頭一看，卻是夏衿已站在他的身邊。

「走了。」夏衿微不可聞地說了一聲，見蘇慕閑爬起來，順手將他抽出來的那塊瓦片又放回原處，轉身朝外奔去。

到了外面街上，蘇慕閑緊趕幾步追上夏衿，忍不住問道：「妳給他下了什麼藥？」

夏衿回過頭來，輕瞥了他一眼，淡淡道：「不舉。」

蘇慕閑愣了一愣，不明白這兩個字是什麼涵義。「不舉？什麼不舉？」

夏衿詫異地看了他一眼，見他滿臉迷糊，真的是不明白，只得又解釋一句。「斷子絕孫。」

蘇慕閑終於反應過來，嘴巴張得老大。

「妳、妳……」他指著夏衿，不知說什麼好。

夏衿忽然欺上前來，一把揪住他的領子，冰涼的手緩緩劃過他的脖子，嘴角露出一抹冷笑，在微弱清冷的月光下，如同惡魔化身。

「你要是敢把今晚看到的事情說出去，我不介意你跟羅宇一個下場。」她的聲音跟手指一樣冰冷。

「不、不會……」蘇慕閑只覺一股寒意從腳底直往上冒。

夏衿將他一把推開，朝夏家宅子直奔而去。

蘇慕閑呆呆地站在原地，許久，才回了宣平侯府。

第二天本是董岩跟于管家上省府買廚子的日子，然而羅府昨天才發生那麼大的事，夏衿猜想于管家定然走不開；沒承想她剛起身，魯良就來稟報，說于管家派人來知會夏衿，他們要出發了。

夏衿連忙換了男裝帶著董方出去，便見董岩正跟于管家在離羅府不遠的地方說話。

「于管家，如果你沒空，可以晚些時間或是另派別人去的，沒必要為了我們耽誤你的事。」她走過去道。

于管家見夏衿過來，忙施了一禮，笑道：「沒事。我家公子說了，什麼事都沒有夏公子的事重要。」

夏衿壓下心頭怪異的感覺，抬手回了個禮。「如此，那我就不客氣了，今天一切就拜託你了。」

轉頭她又囑咐了董岩幾句。

眼看時辰不早了，董岩和于管家各自上了馬，帶著羅府的兩個護院，在濛濛的晨霧中飛奔而去。

夏衿轉頭瞥了羅府的大門一眼，正要轉身，卻忽然看到一個挺拔的身影立在那裡。她與羅騫的目光在空中遙遙相撞。

她腳下一頓，猶豫著要不要上前打聲招呼，就見羅騫收回目光，轉身進了羅府。

她摸了摸鼻子，轉頭對董方道：「走吧，回去。」

到了下午，岑子曼來了，一進門就狠狠道：「那對母子真是太可惡了！要不是妳，我肯定要著他們的道。」

「到底怎麼回事，查出什麼來了？」夏衿揮揮手讓菖蒲出去，一面問道。

「妳都不知道，那姓章的賤人早就跟李家大姑娘說，要娶她作二兒媳婦。所以李大姑娘就傻乎乎地幫她，順便坑朱姑娘一把……」

原來，章姨娘是想與李玉娟串通丫鬟給岑子曼下藥，讓岑子曼與羅宇發生點什麼。結果讓夏衿和羅騫插了一手，事情完全變了樣。

「如今，打算怎麼處置他們？」夏衿最關心的是這個。

「敢打我的主意，我祖母哪肯輕易放過？」岑子曼冷哼一聲。「現在她在羅府呢，只看羅大人是什麼態度了；不過有一點可以肯定的，不管羅宇文章做得怎麼樣，進士他就別妄想了。」

夏衿聽了挑了挑眉。

羅家這個大公子，心氣那是高得沒話說，一向將進士視為囊中之物。如今前途無望，簡直比殺了他還要讓他難受。

岑子曼在夏家待了一會兒，等宣平侯老夫人從羅府出來時，便派人把她接回去了。

那天一整天，她哪兒都沒去，直到快要晚飯時間，估摸著董岩和于管家快回來了，她才換了男裝去了城南小院。

進了小院，她不自覺地朝那棵棗樹下看去。以往她到小院來時，羅騫往往會坐在那棵樹下喝著茶等她，可如今，棗樹下空無一人。

她自嘲地笑了一下。

她拒絕了羅騫的感情，羅騫並不像蘇慕閑那樣纏著她不放，她應該高興才是，為什麼心裡會空落落的呢？

「董方，搬張桌子和凳子到這樹下來。」她叫道。

「是。」董方叫了廚房裡做事的男僕，將桌子和凳子搬出來，又沏了一壺茶，放到桌上，便退到廊下。

夏衿坐在樹下，自斟自飲。

董岩他們並沒有讓她等多久，待她喝到第二杯茶時，就聽到門外響起馬蹄聲。

董方早已在門口翹首引領了，看到在門口下馬的人，高興地回身大叫起來。「少爺，我哥他們回來了。」

夏衿連忙站起來，便看到董岩和于管家風塵僕僕地進了大門。後面跟著八、九個人，有男有女、有老有少，顯然是把廚子的家人也一起帶了回來。

「這是你們的新東家，快給東家磕頭行禮。」于管家開口道。

那些人紛紛上前行禮。

「董岩，你帶他們去安頓一下。」夏衿吩咐道，對于管家做了個「請」的手勢。「于管家辛苦了。來，坐下喝杯茶、吃些點心。」

于管家也不推辭，跟著夏衿到棗樹下坐下來，連喝了兩杯茶，才開口道：「照著您的吩咐，買了三個廚子，連帶著他們的家人。有兩個廚子的兒子都已成年，平時能炒些小菜；他們的妻女都可以在後廚做幫工，摘菜、洗碗都沒問題。」

說著他又把今天的行程和費用匯報了一遍。

夏衿聽了，心裡感激得不知如何是好。

這些下人，可不是她想買就能買到的。這其中還託了好幾處關係，買了好些面子，羅騫花費的人情確實不小；而偏偏，這酒樓還沒他的分，純粹是幫她的忙。

這種沈甸甸的人情債，可不是兩句輕飄飄的「謝謝」就能還得了的。

送走了于管家，夏衿又跟三家廚子說了幾句話，吩咐了董岩一番，她才帶著董方回了夏家。

剛回房換了衣服，正跟舒氏說話，就聽夏祁興奮的聲音從外面傳來。「妹妹、妹妹，妳在家嗎？」

「在呢，進來吧。」夏衿扯著嗓子叫道。

門簾一掀，夏祁就進來了，舉著一封信正要說話，一眼看到舒氏在屋裡，忙叫了一聲。「娘。」

「什麼事這麼高興？」夏衿問道。

「是崔先生，崔先生來了信，說要收我為徒，讓我明日穿戴整齊去拜師呢。」夏祁眼裡抑制不住的興奮。

「什麼？」夏衿站起來，從夏祁手裡抽過那封信。「我看看。」

信上說夏祁聰敏好學，這段時間進步很大，欲正式收他為徒，明日正式拜師云云。

舒氏就著夏衿的手看清楚信上說了什麼，眼淚嘩地就流下來。「人好了，這真是太好了。」

「跟爹說了嗎？」夏衿問道。她知道夏正謙最關心夏祁的學業，要是知道兒子被崔先生收為門徒，他不知道會有多高興。

「沒，我一拿到信就跑到妳這兒來了。」夏祁不好意思地摸著腦袋。

這個家對他影響最大、幫助也最大的，不是夏正謙這個老子，而是夏衿這個妹妹。所以拿到信，他第一個想到的就是夏衿。

「趕緊去。」舒氏推著夏祁往外走。

不一會兒，得到消息的夏正謙樂呵呵地進來了，對舒氏道：「趕緊叫人去買菜，我要跟祁哥兒喝兩盅，好好慶祝一番。」

舒氏瞋他一眼。「還要你吩咐？早叫羅嫂買去了。」

夏正謙坐下來平復了一下心情，才疑惑道：「不是說要等祁哥兒考上秀才，崔先生才考慮收徒的事嗎？怎麼忽然就改變了主意？」

夏正謙這麼一問，夏衿也反應過來了。

這段時間夏祁老往崔老先生那邊跑，對他的情況瞭解的也比以前多。這位崔老先生絕對不是簡單人物，要說羅騫求個情，能把夏祁塞到他面前，讓他指點幾天，已是難得的情面了。聽說曾有京裡的大官想讓兒子拜崔老先生為師，崔老先生連一點面子都不給，斷然拒絕。

而且，羅騫也曾透過口風，要想拜崔老先生為師，第一條件就得考上秀才。可現在夏祁還沒參加科舉呢，怎麼崔老先生會忽然就改口收他為徒了？

這裡面，肯定有什麼原因。

她心裡一突，莫非是宣平侯老夫人幫著說了話？

「管他什麼原因呢，只要咱們祁哥兒能拜崔先生為師就是好事。」舒氏一擺手，喜氣洋洋地揪著夏祁道：「走，娘給你挑明天穿的衣服。」

「等等。」夏衿叫道。

舒氏和夏祁都停住腳步，轉過身來看著她。

「這雖然是好事，但我覺得不宜張揚。」夏衿道：「否則就算哥哥考上秀才，人家也會說不是他努力的結果，而是崔老先生的面子。沒準兒有人還會因為妒忌，特意在科考時給哥哥使絆子。」

夏正謙很贊同地點了點頭。「衿姐兒說得對。這事即便有人知道，也不應該從咱們嘴裡傳出去，否則崔先生定要說祁哥兒為人輕狂，心裡不喜。」他特意叮囑舒氏。「妳別四處瞎嚷嚷。」

舒氏本來還有心將喜訊告訴娘家或夏家人呢，聽到這話也冷靜下來。「我不會說，也會管好知情的下人，讓他們不要到處亂說。」

第二天，夏正謙陪夏祁去崔家拜師，夏衿就待在家裡琢磨酒樓的事。

待夏祁回家，她便換了男裝，去了城南小院，開始忙碌訓練廚子的事。

她要將腦子裡適合臨江口味的名菜說出來，再讓廚子做出來——也不須多，一個廚子只掌握三、四道菜餚就可以了，加上他們自己拿手的絕活，湊一湊，也能做出三、四十道菜。

過了一日，羅府那邊傳出消息。羅宇訂親後，章姨娘就被送回浙省老家，羅宇被羅維韜打了三十板子。李玉娟許了個土財主家的兒子，半個月後就出嫁。

「就這麼便宜他了？那個畜生！」夏祁在知道羅宇曾設計讓朱友成調戲夏衿的事後，氣得不行。

夏衿自然不會說出她已悄悄給羅宇下了藥，只嘆了一口氣道：「咱們無權無勢，還能如何？」

「妹妹放心，等我考取功名、做了官，定然為妳討回公道。」夏祁的臉上是從未有過的堅毅。

夏衿欣然。

她把這些事情說給夏祁聽，就是要讓他知道世事艱辛，人心險惡，鼓舞他的鬥志。現在看來，夏祁已慢慢長成一個男子漢了。

童生試很快就要開始了，接下來的日子裡，在崔老先生安排下，夏祁乾脆就住到崔家去，一心讀書。夏衿則開始忙碌酒樓的事。

岑子曼自那日羅府宴後，就被宣平侯老夫人關在家裡，蘇慕閑想來被那晚的夏衿嚇著了，也沒再來嚷嚷要娶她。

日子就這樣慢慢地過了數日，那日夏衿還在城南小院指導廚子做菜，魯嬸派菖蒲帶了女裝過來，稟報夏衿。「岑姑娘來了，在家裡等您呢。」

「什麼事？」夏衿問道。

「沒說，但一臉焦急。」

夏衿趕緊換了女裝，跟菖蒲一起回家去。

一進廳堂，看著滿屋子的東西，夏衿就吃了一驚，對岑子曼道：「岑姑娘，妳這是要搬家呀？」

岑子曼噗哧一聲笑了，擺手道：「說什麼呀？這些都是送妳的禮物。」

「不年不節的，妳送這麼多禮物給我做什麼？」夏衿看著堆得跟小山似的野味乾貨和布料、貴重藥材、擺件，都不知說什麼好。

岑子曼的眼神暗了下來。

「我要回京城去了，短時間內不會再回來了。這些東西又搬不回去，我祖母說，與其放著讓它們發霉，不如送給你們。」

舒氏忙在一旁道：「衿姐兒，妳快勸勸岑姑娘吧。我說這些禮物太貴重了，讓她收回去，她偏不聽。」

夏衿卻笑道：「娘，既是宣平侯老夫人和岑姑娘一片心意，東西也搬來了，您就收下吧。」

「啊？」

舒氏沒想到女兒會說出這樣的話。夏衿從來不是眼皮子淺的，怎麼今天……

夏衿話聲一落，岑子曼就拍手道：「爽快，就應該這樣才好。」又對舒氏道：「我跟夏姑娘情同姊妹，我祖母也很喜歡她，一直說她比我能幹呢。這些東西都是外物，哪比得上她的救命之恩？您別再推辭了，推辭就見外了。」

舒氏只得道謝。

岑子曼站了起來，挽著夏衿的胳膊。

「走，我們去妳院裡說話。」

到了清芷閣，夏衿才問道：「怎麼就要回京城？不是說十天以後嗎？」

岑子曼斂了笑容。

「我姨夫，也就是我表哥的爹去世了。剛剛才收到京城的來信，這會兒府裡在收拾東西呢，我們一會兒就要啟程趕回去。」

——未完，待續，請看文創風383《醫諾千金》3

2016 線上書展
狗屋CASINO

精彩連三元 文創風 猴年不孤單

深情揪心的前世恩怨　高潮迭起的深宮鬥智／藍嵐

2 / 16 出版

文創風 378-380 《不負相思》 全套三冊

曾經，她也是真心地愛過他……
雖然只是他王府裡的奴婢，卻是他身邊女子中最受寵的一個；
他冷酷無情、心思難以捉摸，但偶然的溫柔又讓她飛蛾撲火，
在他身邊，她一顆芳心終究是錯付了，最後她只想求得自由，
可他連這點心願也不給，讓她落得被親近的人背叛，毒害而死……
愛過痛過那一回，姜蕙重生到十一歲時，雖是小姑娘的身體，卻有兩世的記憶，
活過來的她只想守住姜家平安，絕不讓自己再次經歷家破人亡的痛；
她小心翼翼、步步為營，看起來前世的失敗似乎可一一彌補，
怎知姜家才剛站穩了點，前世的冤家竟然意外現身，成了哥哥的同學？!
他分明不是重生，與她巧遇時卻格外注意她，
難道他倆之間的恩怨，也要從前生繼續糾纏到今生……

書展限定 **新書優惠75折**，訂單滿500元再送一張刮刮卡！

♥幸福大樂透

猴年猴賽雷，快來試手氣！買一本就能抽獎，
只要上網訂購且付款完成，系統會發e-mail給您，附上抽獎專用之流水編號，一本就送一組，買10本書就能抽10次，不須拆單，買愈多中獎機率愈大！**2016/3/10**在狗屋官網公布得獎名單，公布完即開始寄送，祝您幸運中大獎！！

★頭獎 HTC Desire 526G+ dual sim(1G/16G) ………………共**1**名

可選擇喜愛的內容當作首頁，隨時更新，
800萬像素主相機及內置200萬像素鏡頭為妳捕捉精采時刻！

★二獎 Canon PIXMA MG2170多功能相片複合機 ………………共**1**名

日本製噴頭/墨水合一設計，外觀俐落，方便收納，
創意濾鏡特效列印將平凡照片變得超有趣～～

★三獎 SONY 5000mAh CP-V5 行動電源 ………………共**5**名

色彩繽紛，纖薄時尚，隨身攜帶超輕巧，
5000mAh電池容量可讓手機完全充電兩次！

★肆獎 狗屋紅利金200元 ………………共**10**名

粉絲必備狗屋紅利金，搬書回家還能省荷包，一舉兩得～～

★小叮嚀

(1) 請於訂購後兩日內完成付款，最後訂購於2016/3/3前完成付款才算有效訂單喔！
(2) 寄送時間：2/3前完成付款之訂單，會於2/5前依序寄出，
2/4之後的訂單將會在2/15上班日依序寄出。
(3) 如訂單上有尚未出版之書籍，會等到書出版後一併寄送。
活動期間親自至本社購買亦享有相同折扣，請先電話聯絡確認欲購書籍，以方便備書。
(4) 購書滿千元(含)以上免郵資，未滿千元郵資65元。
(5) 書展活動結束後，Q版鑰匙圈將恢復定價49元在官網上單獨販售。
(6) 特賣書籍因出書時間較久，雖經擦拭、整理，仍有褪色或整飾痕跡，故難免不如新書亮麗。
除缺頁、倒裝外無法換書，因實在無書可換，但一定會優先提供書況較良好的書給大家。
若有個人原因需要換書，需自付來回郵資。
(7) 各書籍庫存不一，若遇缺書情形可選擇換書或退款。
(8) 歡迎海外讀者參與(郵資另計)，請上網訂購或是mail至love小姐信箱
(love@doghouse.com.tw)詢問相關訊息。

狗屋．果樹有權修改優惠活動的實施權益及辦法。

2015年12月出版

憐香

文創風 362~364

作為侍妾，前世她無榮無寵、坐足冷板凳，
眼看自己既沒心計，又稱不上絕色，今生重來大概也無望，
哪知這侍寢、賞賜接二連三都降臨到她頭上，
難道自己真的要轉運了？

思君情切，誰憐花容／藍嵐

作為太子的眾多侍妾之一，馮憐容綜觀自身的條件，
即便今生重來一回，要與人爭寵大概也無望。
孰料，她只想做個自在的人，反倒投其所好了？
本以為太子僅是圖一時新鮮，可這恩寵隨著時日只增不減，
待新皇榮登大位，她還一躍成了貴妃，
縱使前世的勁敵藉著選秀女再度入宮，
她仍是集三千寵愛於一身。
豈料，宮裡傳出由她所出的皇長子乃天定儲君之謠言，
意欲以此毒計讓她不見容於世！
所幸在君王的全心信任下，
不僅真相水落石出，還引發廢后風波。
在因緣俱足之下，她也一步步成為後宮至高之人……

2015年12月出版

後妻

文創風 359～361

從江南閨秀到北方軍戶，
細數上門求親的人，簡直要踏破她家門檻；
可她卻相中了那個拖家帶口的新來軍戶，
唉，緣分這事可真真說不準啊～～

危難識真情 平淡見幸福／春月生

宋芸娘出生江南水鄉，是父母捧在掌心嬌寵的明珠，
怎知這種生活在她十五歲那年劃下了句點，
父親捲入貪墨案，遭到撤職不說，更落得全家被充軍北方的下場。
母親和弟弟又因挺不過充軍路途的艱苦，先後病逝，
她一下子像是從雲端跌到了地獄，再也不能翻身。
為了父親與幼弟，宋芸娘咬緊牙關，撐起了整個家，
他們沒有被殘酷的現實擊倒，在苦寒匱乏的北方軍堡開始新生活。
但那個新來的軍戶蕭靖北來了之後，一切好像有點不一樣了。
每回和他接觸，她的胸口總有異樣的悸動，
他對她的好，讓她即便是做後妻，也未曾覺得一絲委屈。
只是他的家人似乎沒有那麼歡迎她，三番兩次的小動作，
讓她在未過門前就吃了不少虧，多了不少煩心事。
此時韃靼來勢洶洶，大軍已然兵臨城下，張家堡岌岌可危，
再多的兒女情長，都得暫時擱在腦後……

2015年12月出版

錦繡重生

文創風 355～358

前生端莊嫻熟，卻落得家破人亡，誰也守護不了；
如今既然重生，就算只是個八歲孩子，也要想辦法撐起家族！
她堂堂侯府嫡女，無論前方有什麼阻礙，必要保這一世榮華安順——

深情婉約的兒女情長 磅礡宏偉的宅門恩怨／迷之醉

父母誤中毒計，不久便撒手人寰，哥哥和她孤苦無依……
當江雲昭再次醒來時，發覺自己竟然回到八歲時闔家歡樂的那一天，
可再過一日後，寧陽侯府就將落入衰敗之境！
她必須要在厄運重演之前盡力阻止，但自己只有八歲啊，
該怎麼讓父母、哥哥相信？

2015年11月出版

寡妻怕夫纏

文創風 350～354

她自認心臟夠大顆，萬事處變不驚，
沒談過戀愛就出車禍穿越了沒關係！
一穿越就變成寡婦，還帶個拖油瓶也沒關係！
成日忙著賺錢謀生，還要應付難搞親戚統統沒關係！
但是那無緣相公竟還活著，甚至渴望與她再續前緣?!
這這這……大大有關係啊！

初試啼聲　驚豔四座／灩灩清泉

江又梅辛苦打拚大半生，一場車禍卻讓所有成就統統歸零，
不但上演荒謬的穿越戲碼，醒來還有個五歲男孩哭著喊她娘！
定睛一瞧才發現身處的屋子還真是家徒四壁，隨時都有斷糧危機……
也罷，山不轉路轉，寡婦身分雖悲哀，總比跟陌生男人生活自在，
更何況有個貼心小兒傍身，比前世孑然一身的處境溫暖太多了，
要知道，女強人的字典裡沒有「服輸」兩個字，
憑她聰明的商業頭腦、勤快的設計巧手，還怕翻不了身？
哪怕孤兒寡母日子大不易，她也能為自己、為兒子掙得一片天！

醫諾千金 2

國家圖書館出版品預行編目資料

醫諾千金 / 清茶一盞著. --
初版. -- 臺北市 : 狗屋, 2016.02-
冊 ; 公分. --（文創風）
ISBN 978-986-328-555-7（第2冊：平裝）. --

857.7　　104027291

著作者　清茶一盞
編輯　余一霞
校對　沈毓萍　許雯婷
發行所　狗屋出版社有限公司
地址　台北市104中山區龍江路71巷15號1樓
電話　02-2776-5889～0
發行字號　局版台業字845號
法律顧問　蕭雄淋律師
總經銷　知遠文化事業有限公司
電話　02-2664-8800
初版　2016年2月
國際書碼　ISBN-13　978-986-328-555-7
原著書名　《杏霖春》，由湖北風語版權代理有限公司授權出版

定價250元
狗屋劃撥帳號：19001626
網址：love.doghouse.com.tw　E-mail：love@doghouse.com.tw